De la même auteure

Déjà paru

- *Passionnément givrée*

À paraître

- *Éternellement givrée*

MERVEILLEUSEMENT GIVRÉE

Catalogage avant publication de Bibliothèque et Archives nationales
du Québec et Bibliothèque et Archives Canada

Parily, Audrey, 1979-
Merveilleusement givrée

(Lime et citron)

ISBN 978-2-89074-790-6

I. Titre. II. Collection : Lime et citron.

PQ2716.A73M47 2010   843'.92   C2009-942601-3

Édition
Les Éditions de Mortagne
Case postale 116
Boucherville (Québec)
J4B 5E6

Distribution
Tél. : 450 641-2387
Téléc. : 450 655-6092
Courriel : info@editionsdemortagne.com

Dépôt légal
Bibliothèque et Archives Canada
Bibliothèque et Archives nationales du Québec
Bibliothèque Nationale de France
1er trimestre 2010

ISBN : 978-2-89074-790-6
1 2 3 4 5 – 10 – 14 13 12 11 10
Imprimé au Canada

Nous reconnaissons l'aide financière du gouvernement du Canada par l'entremise du Programme d'aide au développement de l'industrie de l'édition (PADIÉ) et celle du gouvernement du Québec par l'entremise de la Société de développement des entreprises culturelles (SODEC) pour nos activités d'édition. Gouvernement du Québec – Programme de crédit d'impôt pour l'édition de livres – Gestion SODEC.

Membre de l'Association nationale des éditeurs de livres (ANEL)

Audrey Parily

MERVEILLEUSEMENT GIVRÉE

ÉDITIONS DE MORTAGNE

Sommaire

Précédemment, dans Passionnément givrée (imaginez une musique de série télé du genre de 24 h chrono pour accompagner votre lecture) :

Chers nouveaux lecteurs, la situation est grave ! Vous êtes sur le point de plonger dans la suite de mes aventures et vous ne me connaissez même pas ! La catastrophe est imminente, j'en ai peur ! Pour sauver l'humanité, une seule chose s'impose : lire les pages qui suivent, destinées à vous éclairer sur qui je suis, qui est Maxim, qui est Samuel et pourquoi ma vie était (est ?) une tragédie grecque. Ceux qui me connaissent déjà comme si j'étais leur meilleure amie depuis la maternelle peuvent sauter cette intro. À moins que vous ne désiriez vous rafraîchir la mémoire, vous pouvez aller rejoindre Jack Bauer à la cellule antiterroriste. Traduction : vous pouvez passer aux choses sérieuses, c'est-à-dire le prologue.

Pour ceux qui ne savent pas encore qui je suis, asseyez-vous avec une petite laine, si c'est l'hiver, ou un jus de canneberge sur votre galerie, si c'est l'été, et savourez.

Il était une fois une princesse qui rêvait au prince charmant. Elle vivait... Nan. Je plaisante. Je recommence. Il était une fois Isabelle, vingt-six ans, Française installée au

Québec depuis un an et accumulant les fiascos amoureux avec les mauvais gars. Samuel appartenait à ce genre-là. Il soufflait le chaud et le froid, et leur relation ne faisait qu'avancer d'un pas et reculer de deux. Après trois mois de tergiversations, Isa décida (enfin) de tirer un trait sur leur pseudo-histoire quelques jours avant Noël. Elle noya ensuite son chagrin sous une avalanche de vodka-canneberge en compagnie de Maxim, son colocataire. Cette soirée devint le point de départ d'une succession de péripéties qui bouleversèrent sa vie.

(Petite précision : Isa a parfois tendance à l'exagération.)

Cela dit, il est vrai que beaucoup de choses se sont enchaînées après ça. C'est que, voyez-vous, son colocataire a choisi ce moment précis pour l'embrasser et lui avouer qu'il était amoureux d'elle. Le problème, c'est que le lendemain, à son réveil, elle ne s'en est pas souvenue. Maxim lui a assuré que rien de grave ne s'était passé. Elle ne l'a pas cru, car tout son être lui criait le contraire. Elle est donc partie en France pour les fêtes de Noël avec des tas de points d'interrogation tournant en boucle dans sa tête. Une fois sur le Vieux Continent, elle consola Lucie, sa meilleure amie, qui venait de se séparer de son copain pour un temps. Elle se disputa avec sa mère (rien d'exceptionnel) et elle se tortura en pensant à son avenir (rien d'exceptionnel non plus).

De retour à Québec, elle retrouva un Maxim victime d'un SPM version mâle à longueur de journée. Il l'évita pendant plus d'un mois, refusant catégoriquement de lui parler de cette fameuse soirée qu'elle avait oubliée. Leur amitié faillit même y passer, tellement son comportement horripilait Isa. Et puis, la veille de son anniversaire...

Bon, j'arrête de parler de moi à la troisième personne, c'est chiant et un peu prétentieux.

Je disais donc, la veille de mon anniversaire, la mémoire m'est subitement revenue. Une fois le choc passé, j'ai fini par admettre, après un harcèlement quasi psychologique de la part de Cécile, une de mes amies, que moi aussi j'étais amoureuse de Maxim. Ouh ! que c'est beau ! Sortez les mouchoirs et prenez un moment pour vous attendrir !

L'histoire aurait dû se terminer ainsi : ils vécurent heureux et eurent beaucoup d'enfants. Erreur. Nous n'étions pas destinés à vivre un amour de conte de fées, Maxim et moi. Peu de temps après, nous avons dû faire face à des turbulences assez tumultueuses.

Maxim et moi avons tous deux subi un abandon parental à cet âge où un enfant est encore trop fragile et nous avons plus ou moins réagi de la même façon. Lui a complètement coupé les ponts avec sa mère. Quant à moi, même si j'ai été moins radicale, je ne voyais mon père qu'une fois l'an, dans les bonnes années. Je tentais de tirer un trait sur mon passé et d'annihiler ma peine. En vain. Je me suis alors décidée à pardonner, à renouer avec mon père et à apprendre à connaître Ophélie, ma demi-sœur de seize ans que je n'avais encore jamais rencontrée.

Jusque-là, rien d'anormal, au contraire. Sauf que je me suis convaincue que si Maxim faisait la même chose, il s'en porterait mieux. Et j'ai essayé de contrôler sa vie... Je l'admets. Aïe ! Pour ma défense, sachez que j'y ai été un peu forcée par Antoine, le frère de Maxim. Oui, oui, parfaitement ! Demandez à Antoine, vous verrez ! Quoi qu'il en soit, mon comportement a failli faire avorter ma relation amoureuse naissante avec Maxim. Après une horrible dispute, il est parti à La Malbaie chez son père. Je l'ai poursuivi, nous avons parlé, nous nous sommes réconciliés et nous sommes enfin arrivés au « ils vécurent heureux, mais n'eurent pas beaucoup d'enfants ». Deux suffiront et pas tout de suite, merci.

Voilà. En gros, c'est ça. Vous en savez assez pour vous plonger dans la suite de mes aventures.

— Euh !... Isa, tu ne leur as ni parlé de Marie-Anne et de ses rencontres sur Internet, ni du cheminement personnel de Lucie par rapport à Justin, ni même d'Antoine qui est tombé amoureux de Cécile ! Ne serais-tu pas un peu trop tournée sur ta personne par hasard ?

Hum ! Je vous présente ma charmante petite voix qui, vous l'aurez deviné, est trèèès envahissante. Je l'envoie donc souvent sur les roses, comme ceci :

— Je te signale que je suis une femme pressée, moi, et puis, de toute façon, ils sont là pour lire ma vie et mes aventures, non ?

Non ? Ce qui me fait penser que j'ai failli omettre le plus important : j'écris. Oui. J'écris. Des romans. Un roman surtout. Et je venais d'en terminer le premier jet quand vous avez rencontré le point final du tome un de mes péripéties. Enfin, non, pas vous. Les autres. Ceux qui n'ont pas eu à se mettre dans le bain avec ces lignes et qui ont déjà cinq pages d'avance sur vous dans leur lecture. Pas de chance. Allez, pour vous consoler et vous remettre à leur niveau, approchez donc que je vous confie quelque chose qu'eux ne savent pas.

...

Je suis une spectatrice assidue de tous les *soaps* qui existent au monde. Si je ne travaillais pas, je passerais mon temps à les enchaîner.

Sur ce, je vous propose de sauter avec moi dans la suite de mes aventures. Attachez votre tuque ou, version française, attachez votre ceinture, on décolle !

PROLOGUE
Mi-octobre, 14 h 52

— Isabelle Sirel, bonjour.

— Oui, bonjour. Manon Talbot, directrice littéraire des éditions Les écrits restent. Est-ce que je vous dérange ?

Mon cœur loupe un battement et je remercie le ciel d'être bien assise derrière mon bureau. Ai-je bien entendu ? Les éditions Les écrits restent ? J'ai au bout du fil la directrice littéraire des éditions Les écrits restent ? Et elle me demande si elle me dérange ? Elle pourrait m'appeler au milieu de la nuit qu'elle ne me dérangerait pas !

Mon souffle se coince et je réponds d'une voix étranglée :

— Non, pas du tout.

Manon-quelque-chose s'anime. Vous ne pensez tout de même pas que je me souviens de son nom ? Toute mon attention est dirigée sur « ne pas m'évanouir ».

— Nous avons reçu votre manuscrit il y a un mois. Les membres de notre comité de lecture l'ont lu et il a fait l'unanimité. Pour tout vous dire, je viens de le terminer et j'ai eu un véritable coup de cœur.

Pincez-moi ! Pincez-moi ! Pincez-moi ! Je suis en train de rêver, ce n'est pas possible ! Tout est allé tellement vite ! J'ai terminé le premier jet de mon roman il y a seulement quatre mois. J'ai passé l'été à le retravailler et, en septembre, je me suis finalement décidée à poster mon manuscrit. Oui, enfin, en réalité, c'est plutôt Maxim qui m'a arraché des mains les cinq copies que j'en avais faites, les a mises dans des enveloppes et m'a ensuite ordonné d'écrire l'adresse des maisons d'édition susceptibles d'être intéressées par ma prose. Dix minutes plus tard, il partait poster mon manuscrit pendant que je me cachais sous les couvertures de notre lit en gémissant : « Ah ! mon Dieu, qu'ai-je fait ? Des professionnels vont lire l'histoire que j'ai écrite... Que va-t-il advenir de moi ? » Bon, je ne suis pas restée longtemps sous la couette – il faisait très chaud pour une mi-septembre – mais tout ça vous donne un petit aperçu de qui je suis et de comment fonctionne ma relation avec Maxim. Lui, homme fort des cavernes, moi, femme soumise et obéissante ! Pas tout à fait vérifiable dans les faits, mais écrit, ça sonne bien !

Isa, concentre-toi sur le présent, s'il te plaît ! Il se passe quelque chose d'important, là !

O.K. Retour à la réalité. La voix de Manon me parvient à travers l'écho de mes pulsions cardiaques :

– Votre style est vif, pétillant, et votre histoire est bourrée d'humour.

Parle-t-elle vraiment de *mon* roman à *moi* ? Non, mais elle a très bien pu confondre mon manuscrit posé sur la pile des « refusés » avec celui pour lequel elle me dit avoir eu un coup de cœur. Ce serait tout à fait le genre de choses qui pourraient m'arriver ! Est-elle certaine d'avoir composé le bon numéro au moins ?

— Et surtout, continue-t-elle, j'ai adoré Mathilde. C'est une héroïne tout autant hilarante qu'attachante.

Cette fois, c'est dit, c'est bien de mon roman qu'il s'agit et Manon a l'air de l'avoir lu *et* adoré ! Pincez-moi ! Pincez-moi ! Pincez-moi !

— C'est exactement ce que nous recherchons pour notre collection consacrée à la relève littéraire, conclut-elle, quelque chose qui touchera les lectrices d'aujourd'hui. Est-ce que votre manuscrit est toujours disponible ?

Ah, ah, la bonne blague ! Toutes les maisons d'édition se battent pour publier mon livre. D'ailleurs, à l'heure où je vous parle, j'ai déjà signé avec Gallimard. Ils m'ont tellement suppliée que j'ai fini par céder, sans compter qu'ils m'ont offert un à-valoir à faire pâlir d'envie Marc Lévy lui-même. Bien sûr que mon manuscrit est disponible ! Si le festival des lettres de refus n'a pas encore commencé, elle est tout de même la première directrice littéraire à entrer en contact avec moi.

Je réponds d'une voix précipitée :

— Oui, oui, mon manuscrit est toujours disponible.

— Parfait. Nous souhaiterions le publier, dans ce cas. Pouvez-vous venir à Montréal pour une première rencontre ? Je vous présenterai à toute l'équipe, on discutera du contrat et des corrections à apporter à votre roman. Rien de bien méchant, ne vous en faites pas.

— Je ne travaille pas les vendredis, on pourrait se voir ce jour-là.

— Donnez-moi une minute, je regarde mon agenda... Disons... Oui, le vendredi 19, ça vous irait ? À dix heures trente ? Le temps de vous laisser faire le trajet depuis Québec. On réglera d'abord la question du contrat et, ensuite, on passera en revue les points de votre manuscrit à retravailler.

O.K., j'arrête de me pincer, mon bras gauche est écarlate. Je ne suis pas en train de rêver. Je vais *réellement* signer un contrat avec les éditions Les écrits restent ! Mon cœur explose dans mes oreilles et je ne m'entends presque pas répondre :

– Oui. Le 19 me convient.

– C'est noté, alors ! On a vraiment hâte de vous rencontrer ici.

– C'est réciproque.

Je suis impressionnée. Mon cerveau est capable de fonctionner sans moi et d'élaborer des réponses appropriées à mon interlocutrice pendant que mes pensées vagabondent. Je me sens comme dans *Ally McBeal*.

Je n'arrive pas à croire que mon roman, cette histoire que j'ai sortie de ma tête, va se retrouver sur les rayons des librairies pour ensuite se poser entre les mains de personnes que je ne connais pas. Elles vont payer pour lire tous ces mots que j'ai écrits. Une maison d'édition va investir de l'argent dans mon manuscrit. Mathilde, mon héroïne, sera aimée, détestée peut-être.

Le vertige. Ma gorge est sèche, mes jambes sont en coton et j'ai chaud. Très chaud. Manon sourit de ma béatitude. D'un sourire qui s'entend.

– Est-ce qu'on pourrait se tutoyer ? me demande-t-elle.

– Bien sûr.

– Je t'attends donc le 19. Tu verras, l'ambiance de notre maison est plutôt familiale. Nous aimons publier peu pour pouvoir travailler en étroite collaboration avec nos auteurs. Si tu as un empêchement, tu peux m'appeler ou m'envoyer un courriel.

Je saisis un stylo et inscris l'adresse courriel et le numéro de téléphone de Manon Talbot à l'encre indélébile dans mon agenda, dans ma mémoire, dans ma vie. Ma nouvelle vie d'auteure.

Nous raccrochons l'instant d'après. Je jette un œil à ma montre et bondis de mon fauteuil. J'atteins notre salle de réunion essoufflée. Je m'excuse de mon retard – que je ne regrette néanmoins pas du tout ! – et m'assois près d'une de mes collègues. Mon sourire de trois cent soixante degrés attire l'attention de tous. Même Diane Gagnon, la responsable des ressources humaines qui m'a engagée il y a plus d'un an, me dévisage, intriguée.

– Viens-tu d'apprendre que tu es enceinte, Isa ? me lance-t-elle.

J'émets un petit rire et secoue la tête, mes lèvres toujours accrochées à mon sourire.

– Viens-tu de gagner au 6/49 ?

Nouvel hochement de tête de gauche à droite, encore. Personne ne sait que j'écris, à part elle. Quand, il y a dix mois, j'ai voulu passer à un horaire de travail de quatre jours, elle m'a demandé pourquoi. Je ne lui ai rien caché. Je lui ai parlé de mon roman, de l'envie que j'avais de m'y consacrer davantage. Je l'ai assurée que cela ne remettrait nullement en cause mon travail au sein de l'entreprise. Elle n'en doutait pas. Elle a accédé à ma requête, mais ne m'a jamais reparlé de mes projets d'écriture. Trop personnel sans doute.

Quant à mes collègues, même si nos relations sont chaleureuses, voire amicales avec certains, l'écriture, c'est mon jardin secret. Mon soutien, je le tire de Maxim, mon amour/amant/meilleur ami/rayon de soleil.

Cinq paires d'yeux continuent de me dévisager et je m'en veux de monopoliser ainsi l'attention. Bon. Que dire ? Peut-on ajouter « cri dans un oreiller, saut sur la table et danse de la victoire » à l'ordre du jour de notre réunion ? Je ne sais pas comment je vais faire pour me concentrer le reste de l'après-midi. J'ai juste envie de bondir dans les bras de Maxim.

O.K., plus tard, les explosions de joie. Là, je dois *vraiment* dire quelque chose. N'importe quoi. Mon sourire commence à faire peur à tout le monde. Certains doivent déjà se demander si je n'aurais pas, par hasard, consommé une substance illicite. Allez, on repasse en mode « travail ».

Pour la énième fois depuis quinze minutes, j'inspire si fort que j'en ai la tête qui tourne, et je lâche ma bombe :

– J'ai écrit un roman et je viens de recevoir un appel d'une maison d'édition qui veut le publier. Voilà.

Certains de mes collègues ouvrent la bouche de surprise, d'autres s'extasient puis me félicitent. Ce soir, on sable le champagne, les amis ! Je ne rêverai plus jamais d'une vie d'auteure lorsque je fermerai les yeux. Maintenant, je vais la vivre.

*L'avenir appartient à ceux qui croient
en la beauté de leurs rêves.*

Eleanor Roosevelt

PREMIÈRE PARTIE

ENSEMBLE, ENCORE

Chapitre un
Mars, cinq mois plus tard

Je peux savoir pourquoi personne n'a encore pensé à compiler dans un livre les meilleures dédicaces jamais rédigées par les auteurs ? Ça m'aiderait grandement en ce moment parce que cela doit bien faire une demi-heure que je gribouille des choses ridicules ! Des exemples ?

En vous souhaitant une belle lecture.
Isabelle Sirel

Plus classique que ça, tu meurs.

Un livre sans lecteurs est une pierre précieuse
cachée au fond d'un tiroir.
Merci de l'avoir sortie de son écrin.
Isabelle Sirel

Eh bien, me voici reconvertie en poétesse prodige ! Baudelaire doit en saliver de jalousie dans sa tombe.

Merci d'avoir contribué à mon succès foudroyant en
achetant mon livre ! Plus que dix mille exemplaires
vendus et je pourrai quitter mon emploi !
Isabelle Sirel

Hum !... Curieux mélange de prétention et de mercantilisme ! À supprimer...

Merci d'avoir acheté mon livre ! Pitié, aimez-le !
Ne détruisez pas ma carrière d'auteure à peine entamée !
Isabelle Sirel

De mieux en mieux.

O.K., j'arrête, c'est pathétique ! Je n'arrive plus à écrire quelque chose de sensé. *Vodka-canneberge sans glace* sort demain et cela embrume complètement mon cerveau.

Et si tout le monde détestait mon roman ? Et si certains venaient exprès au Salon du livre de Québec, en avril, me dire à quel point ils l'ont détesté ? Et si on me décernait le prix du pire roman de l'année ? Peut-être que tous les lecteurs, auteurs, éditeurs et journalistes présents – ai-je oublié quelqu'un ? – se ligueront contre moi et finiront par me huer tous en chœur en me montrant du doigt ! Au secours ! Depuis une dizaine de jours, je suis passée maître dans l'élaboration de cauchemars éveillés ! Plus le temps passe, plus ils deviennent atroces et précis. Mon imagination fertile me perdra. D'un autre côté, elle m'a aussi permis d'achever un roman qui sera publié demain.

Demain. Mon roman sort demain. J'ai tellement hâte de le voir en librairie ! J'ai tellement hâte de lire mes premières critiques ! J'ai hâte et, en même temps, je meurs de trouille. Mais vous aviez deviné. C'est troublant, la publication. C'est une mise à nu assez intense, merci. Tout le monde va lire ce que j'ai écrit. Tout le monde va disséquer ma façon d'écrire, de créer des personnages, des atmosphères. Tout le monde va apprendre comment je vois la vie et l'amour à travers l'histoire de Mathilde. À quoi est-ce que j'ai pensé en envoyant ce roman aux maisons d'édition, je vous le demande ? Non, c'est vrai, je n'ai pensé à rien, puisque c'est Maxim qui l'a posté... Je vais donc le tuer de ce pas ! Ensuite, je vais appeler Manon, mon éditrice, et lui dire que j'ai bien réfléchi et que, finalement, je ne veux plus devenir auteure. Je ne veux plus que des inconnus puissent lire *Vodka-canneberge sans glace*. Ce titre est ridicule et, ce qu'il y a entre les deux couvertures, d'un ennui mortel. Par pitié, assommez-moi avec !

– Prête à te coucher, mon étoile des neiges ? me lance Maxim en sortant de notre chambre.

Je lève les yeux vers lui et bondis du canapé en hurlant :

– Non ! Je suis plutôt prête à me taillader les veines, oui ! Apporte-moi ton rasoir !

Surpris, Maxim me dévisage.

– Qu'est-ce qui t'arrive ? Tu paniques à cause de la sortie de ton roman ?

– Euh ! ça ne se voit pas ?! Ils ne peuvent pas publier mon livre, c'est impossible ! Tout le monde va me crucifier sur la place publique !

Maxim se retient visiblement pour ne pas rire et s'approche de moi. D'une voix qui se veut apaisante, il me dit :

– Personne ne va te crucifier sur la place publique, Isa. Oui, tu vas certainement devoir affronter des critiques négatives, mais tu es trop forte pour te laisser abattre par ça. Au contraire, tu vas t'en servir pour t'améliorer et écrire un deuxième roman encore meilleur.

– Foutaises ! Je vais m'enfermer dans la cave jusqu'à ce que mort s'ensuive !

– On n'a pas de cave, plaisante Maxim.

– Il serait grand temps de déménager, alors.

– Allez, arrête de paniquer et viens te coucher.

– Maxim, j'ai vraiment peur. Ce n'est pas une blague.

– Tu as peur de quoi ?

Je me laisse choir sur le canapé du salon et soupire :

– De découvrir que je n'ai aucun talent et que je dois abandonner l'écriture.

Maxim s'assoit près de moi.

– Tu es pleine de talent, Isa.

– Merci de me dire ça, mais tu n'es pas vraiment le plus objectif.

– Je ne suis pas le seul à le penser.

– Oui, d'accord, Marie-Anne, Cécile, Lucie et même Antoine pensent comme toi ! Grosse surprise : il s'agit de mes amies et de ton frère.

– Je pensais à toute l'équipe de ta maison d'édition. Est-ce que tu penses que ces gens auraient investi temps et argent dans ton roman s'ils ne croyaient pas en son potentiel et en ton talent ?

Excellent point. Il est doué, mon amour. Des professionnels ont jugé mon manuscrit assez bon pour le transformer en véritable livre et l'envoyer sur les tablettes des libraires.

C'est quelque chose, mine de rien. Et puis, Manon et moi avons passé deux mois à corriger mon texte. Ensemble, nous avons éliminé les faiblesses de mon histoire : lenteurs, répétitions, incohérences, tics d'écriture et, quand nous avons eu fini, j'étais fière du résultat final. C'était à la fin décembre et, pour ma part, mon travail s'arrêtait là. La couverture était choisie et le distributeur averti de la présence de *Vodka-canneberge sans glace* au catalogue du printemps des éditions Les écrits restent. Il ne manquait plus que la correction de mon manuscrit par un professionnel de la grammaire et de l'orthographe, et sa mise en pages pour l'impression.

Fin février, je recevais les trente exemplaires de mon bébé chez moi. Quelle joie lorsque je les ai découverts ! Quel feu d'artifice ! Il était là, enfin là, et bien réel, mon roman. Des milliers d'heures de travail réunies et assemblées en quatre cents pages. J'en ai pleuré d'émerveillement. Je ne pensais pas à la suite, à ce moment-là. Je ne pensais pas qu'il serait si difficile de laisser mon roman prendre son envol sans moi en espérant qu'il soit bien accueilli par les lecteurs. En espérant qu'ils le choient comme moi je l'ai choyé.

C'est lorsque j'ai rencontré mon attachée de presse que le stress a commencé à monter. Quand elle m'a expliqué qu'elle allait envoyer mon roman à tous les médias de la province, sur le moment, je me suis dit : « Chouette, on risque de parler de mon livre ! » Mais plus le temps passait, me rapprochant inexorablement de la sortie de *Vodka-canneberge sans glace*, plus l'angoisse me nouait le ventre. J'ai commencé à douter de moi et de la qualité de mon roman.

Objectivement, je sais que j'ai donné le meilleur de moi-même et que, avec l'aide précieuse de Manon, j'ai rendu mon manuscrit à sa pleine maturité. Subjectivement, je me demande sans cesse qui je suis pour oser m'imposer sur un marché du livre déjà saturé. Qui suis-je ? Qu'ai-je de plus que les autres pour prétendre intéresser les lecteurs à ce que j'écris ? Je n'ai toujours pas trouvé de réponse et c'est par cette faille que mon stress s'engouffre. Il faut que je me raisonne. Mon roman ne plaira pas à tout le monde, mais je dois continuer de croire en son potentiel. Je suis fière de ce que j'ai écrit et c'est ce qui compte.

Maxim m'observe comme s'il essayait de suivre le cheminement de mes pensées et je lui souris :

– Ça va aller. Je suis encore terrorisée, mais je vais survivre.

– Bien sûr que tu vas survivre ! Tu vas voir, un beau succès t'attend, j'en suis certain. Et si quelqu'un ose démolir ton roman, je trouverai son adresse et j'irai lui casser la figure en bonne et due forme.

– J'aime beaucoup cette idée !

– Qu'est-ce qu'on ne ferait pas par amour, hein !? Allez, viens, on va se coucher.

– T'as sommeil ? Parce que je connais une bonne façon de me détendre.

Joueuse, j'enveloppe Maxim d'un regard espiègle et coquin avant de l'embrasser. Je colle mon corps contre le sien et sens déjà une chaleur familière me chatouiller le bas-ventre. Maxim me rend mon baiser et murmure :

– Ce n'est pas l'envie qui manque, mais je dois me lever tôt demain. J'ai un déjeuner d'affaires à sept heures.

Déçue, je laisse échapper un petit soupir puis lance à la blague :

– Dis donc, je vais commencer à devenir jalouse de ton travail ! Tu ne comptes plus tes heures au bureau en ce moment. Et puis, je peux savoir depuis quand tu es devenu la femme de notre couple ? C'est moi, normalement, qui la joue carriériste fatale aux migraines terribles !

– Quand est-ce que tu as joué à ça ?

J'éclate de rire. Je n'ai jamais vraiment su résister à Maxim.

– O.K., mais je *pourrais* commencer à jouer à ça si tu n'y prends pas garde !

– Je demande à voir !

– Je rêve ! Es-tu en train d'insinuer que je me pâme d'amour et de désir dès que tu entres dans la pièce ?

– Quelque chose comme ça, oui !

– Pff ! Allez, Apollon, au lit !

*   *

*

Bon, aujourd'hui, c'est le demain d'hier et mon roman est en librairie ! Enfin théoriquement, parce que je ne l'ai pas encore vu et je me suis déjà rendue dans deux librairies ! Je le savais ! Manon est revenue sur sa décision de publier *Vodka-canneberge sans glace* ! Lorsque je vais retourner au boulot après ma pause de midi, je vais découvrir dans ma boîte de courriels un message m'expliquant qu'elle est désolée, mais qu'après mûre réflexion, mon livre est nul, illisible et que, par conséquent, il est impubliable. Désolée et merci quand même ! *Don't call us, we'll call you !*

O.K., j'arrête mes bêtises. Direction Place Sainte-Foy. J'ai encore le temps de parcourir les rayons d'une autre librairie. J'avais bien pensé à prendre une journée de congé pour écumer tous les magasins de la capitale nationale susceptibles de vendre des livres, mais je ne suis pas arrivée à trouver d'excuse valable pour justifier mon absence. J'aurais pu appeler mon assistante pour lui dire que j'étais malade, seulement personne n'aurait été dupe au bureau : tout le monde sait que mon roman sort aujourd'hui. Je me suis donc courageusement présentée à huit heures trente, comme d'habitude, avec un sourire radieux scotché sur une tête d'enterrement. Ambivalence, quand tu nous tiens !

Plusieurs collègues m'ont sauté dessus, plus excités que moi et impatients de lire les aventures de Mathilde. Je me suis alors laissée gagner par leur enthousiasme et j'ai délaissé mon voile noir. Aujourd'hui est un jour de fête ! Je réalise un rêve et personne ne pourra jamais me retirer ça. J'ai écrit et publié un roman, et ce, à vingt-sept ans (vingt-huit, dans deux semaines). Ce n'est pas rien. Vraiment pas. Ma mère en est d'ailleurs restée coite quand je lui ai annoncé la publication prochaine de mon roman. J'avoue que j'en ai ressenti un long frisson de satisfaction. Isa : 1. Maman d'Isa : 0. Pour une fois que le classement est en ma faveur, c'est à graver dans les annales. Nous ne sommes plus vraiment en guerre comme avant, mais ma mère demeurant ma mère, elle posera toujours un œil critique sur mes choix. Même si elle m'a encouragée à écrire quand elle a su que j'avais commencé un roman, je suis sûre qu'au fond d'elle-même, une infime partie pensait que je n'arriverais pas à le faire publier. Alors, lui montrer qu'elle avait tort, ça fait du bien ! J'ajouterais même que c'est purement jouissif !

Je gravis les quelques marches qui me séparent de la porte du centre commercial, emplie d'un nouvel espoir. Mon roman est peut-être là, à quelques mètres de moi ! J'entre dans la librairie en retenant mon souffle, mes yeux parcourant déjà avidement les présentoirs à l'entrée. Non. Non. Non. Ce n'est pas mon livre. Non, non, non, toujours pas. Je suis entourée des romans de Stephenie Meyer ! J'aurais dû écrire une histoire de vampires, moi aussi !

Je pivote légèrement sur la droite, face au présentoir rassemblant la littérature québécoise. Mon regard s'arrête net. Mon cœur aussi. Arrêt cardiaque. Pincez-moi ! Pincez-moi ! Pincez-moi ! Une dizaine d'exemplaires de mon roman se trouvent sur un présentoir, bien en évidence. *Vodka-canneberge sans glace*, par Isabelle Sirel. C'est moi ! C'est mon roman ! Et je ne rêve pas ! Je n'ai pas cligné des yeux depuis plus d'une minute tellement je suis obnubilée par le spectacle qui se déploie devant moi. Je suis auteure ! Mesdames et messieurs, applaudissez mademoiselle Isabelle Sirel !

J'attrape un exemplaire de mon roman et le caresse d'une main. Je le feuillette et hume l'odeur qui s'échappe des pages. Il sent le papier neuf et l'encre. Je le pose contre mon cœur et ferme les yeux. Je savoure le bonheur. Je le fige pour toujours. Je grave ce moment unique dans ma mémoire cellulaire.

J'ignore combien de temps je reste ainsi, mais lorsque je rouvre les yeux, je surprends le regard étonné d'une cliente à côté de moi, semblant douter de ma santé mentale. Après tout, pour elle, je suis simplement une folle qui serre un livre sur son cœur. Si vous saviez, Madame, comme la folie est délicieuse !

Je remets l'exemplaire de mon roman avec les autres et me rends dans l'allée principale. Je m'arrête à la lettre S et parcours le nom des auteurs présents. Victoire ! Isabelle Sirel est bien là ! *Vodka-Canneberge sans glace* se trouve donc à la fois sur un présentoir à l'entrée et dans les rayons pour un total de dix-sept exemplaires ! Peut-être même que la librairie en avait commandé vingt et en a déjà vendu trois depuis ce matin, dix heures ! On ne sait jamais, hein ? Ne vous moquez pas des espoirs d'une jeune auteure flottant sur un nuage de bonheur guimauve !

Je m'empare des cinq exemplaires trônant sur l'étagère (Ah ! mon Dieu qu'ils sont beaux, je ne m'en lasse pas !) et les dépose de manière à ce que la couverture soit face à l'allée, bien visible. Quoi ? Je n'ai pas le droit ? Si, si. D'une, je n'ai déplacé aucun livre à côté du mien, et de deux, je trouve que j'ai optimisé l'espace ! L'ensemble est tellement plus harmonieux ainsi !

Un sourire satisfait aux lèvres, je retourne vers le présentoir près de l'entrée et sors mon appareil numérique. Je recule d'un pas ou deux et immortalise l'instant quand une voix grave me fait sursauter :

— Mademoiselle, je peux savoir ce que vous faites ?

Ah ! bravo ! La photo va certainement être floue maintenant.

Je me retourne. Un homme d'une quarantaine d'années au front légèrement dégarni, certainement le responsable du rayon livres, m'observe en fronçant les sourcils. Une camisole de force doit m'attendre à la sortie, c'est certain.

— Désolée, je voulais juste prendre une photo.

— Les appareils photo sont interdits.

— Ah ! je ne savais pas.

— Je vais devoir vous demander d'effacer la photo que vous avez prise.

Je lance mon plus beau regard à mon interlocuteur, assorti d'un sourire ravageur – du moins, je crois... Si ça se trouve, je suis en train de lui faire une mimique affreuse – et m'exclame :

– Je ne suis pas une espionne pour la concurrence ou quoi que ce soit, vous savez.

O.K., les plaisanteries n'ont pas l'air d'être son créneau. Monsieur ne se déride pas. Ai-je mis un décolleté ce matin ? Ça pourrait servir. Je baisse les yeux sur ma poitrine et grimace. Non, évidemment, il fait encore trop froid !

Je pointe mon roman du doigt et passe aux aveux :

– C'est le mien, celui-là. C'est mon premier et il est sorti aujourd'hui. Il me fallait un souvenir.

Tiens, la vérité marche. L'homme esquisse un sourire et finit par hocher la tête d'un air compréhensif. Il saisit un exemplaire de *Vodka-canneberge sans glace* et me demande :

– C'est vous, Isabelle Sirel ?

– Oui. (C'est ce que je viens de lui dire, non ?)

Il retourne le livre et détaille la photo au dos, l'air dubitatif. S'il ose laisser entendre que je suis hyper photogénique et que je ne me ressemble pas, je le trucide sur place. D'accord, cette photo prise par Maxim est très flatteuse. Mais d'une, elle n'a pas été retouchée, c'est la lumière qui donne cet éclat à mon teint. Et de deux, en ce moment, j'ai le nez qui coule (merci l'hiver !) et mon manteau me donne dix kilos de plus, alors qu'il n'essaie même pas de placer la moindre remarque ou je hurle !

31

Histoire d'éviter d'être arrêtée pour meurtre le jour de la sortie de mon roman – quoique ce serait un coup promotionnel fumant –, j'empêche mon interlocuteur d'émettre le moindre commentaire sur ma photo en disant :

– Ça vous dérangerait si je prenais une autre photo du présentoir ? Promis, je la garderai pour moi !

Je vais certainement la mettre aussi sur mon blogue – oui, j'ai un blogue depuis quelques semaines –, mais Monsieur n'a pas besoin de le savoir.

– Bien sûr.

L'homme replace mon roman avec les autres et me lance un « bonne chance » sincère avant de retourner à ses occupations. J'ai comme qui dirait l'impression que le personnel de la librairie va être mis au courant que l'auteure de *Vodka-canneberge sans glace* est un peu givrée ! Certes, oui, je le suis, mais qu'est-ce que c'est merveilleux !

Je place mon appareil photo devant mes yeux, joue avec le zoom et appuie sur le déclencheur. Voilà ! Ma vie d'auteure vient officiellement de débuter !

L'écriture c'est comme la vie,
on ne peut pas revenir en arrière.

Jacques Poulin

Chapitre deux

– Nerveuse ? s'enquiert Marie-Anne avec un clin d'œil.

Je me tourne vers elle et hoche la tête.

– Il ne faut pas, me répond-elle. Ce soir, c'est ta soirée. Tout le monde est là pour toi.

– Oui, je sais, mais je n'aime pas trop être le centre de l'attention.

– Ce n'est pas toi qui l'es, c'est Mathilde et ton roman !

Marie-Anne me lance un autre clin d'œil puis s'éloigne afin d'accueillir une de ses amies qui vient d'arriver. J'esquisse un sourire en apercevant les invités de plus en plus nombreux. Je suis certaine que Marie-Anne a glissé un mot à la terre entière à propos du lancement de mon roman. Moi qui attendais une vingtaine de personnes entre mes amis, ceux de Maxim, et certains de mes collègues, je pense que grâce à elle, nous allons dépasser la cinquantaine. Elle est mon attachée de presse personnelle ! Partout où elle va, elle vante les mérites de mon roman. Même les vendeuses de Zara, sa boutique préférée, savent qui je suis et quel est le titre de mon livre. La communication et le marketing, c'est son domaine ! D'ailleurs, c'est elle qui a pris les choses en main pour mon lancement. Je lui ai dit que je voulais organiser un cinq à sept au pub de l'Université Laval – une envie subite de retourner sur le lieu de mes études – et elle s'est occupée de la réservation d'une partie de la salle, des invitations et du suivi. J'ignore ce que j'aurais fait sans elle.

Cécile s'approche de moi en compagnie d'Antoine. Celui-ci s'étonne :

– Maxim n'est pas là ?

– Non, il ne pouvait pas quitter le cabinet avant dix-sept heures.

Je regarde ma montre : dix-sept heures trente-deux. Avec un sourire, j'ajoute :

– Il ne devrait pas tarder à arriver.

Cécile sort avec Antoine, le frère de Maxim, depuis un an et demi. Grâce à moi – je me devais de vous le dire. Quand j'ai su qu'Antoine était attiré par elle, je les ai mis en contact par courriel et Cupidon s'est chargé du reste. Depuis, ils raflent l'Oscar du meilleur couple chaque année. Ils ont emménagé ensemble l'été dernier, pas loin de chez Maxim et moi, dans le coin de Sillery. On se voit souvent tous les quatre et je ne m'en lasse pas.

– Félicitations, en tout cas ! me lance Antoine. J'ai vu ton roman partout.

– Oui, j'ai de la chance, la distribution de mon livre est excellente.

Vodka-canneberge sans glace est sorti il y a une semaine jour pour jour et il est maintenant dans toutes les librairies de la province. Je ne suis évidemment pas allée faire le tour du Québec pour m'en assurer – ce n'est pas l'envie qui m'a manquée pourtant ! Non. Ce sont les lectrices de mon blogue qui m'ont avisée que mon roman se trouvait bien à Sherbrooke, Gatineau, Montréal, Trois-Rivières et plus encore. Il était toujours en évidence, m'ont-elles dit. La plupart l'ont acheté et sont en train de le lire. J'ai d'ailleurs reçu il y a deux jours la première critique d'une lectrice.

La première, c'est celle qu'on craint le plus, celle qui nous permet de pousser un soupir de soulagement ou qui fait naître quelques larmes de déception. Heureusement pour moi, elle a été plus que positive et j'ai eu l'impression de planer toute la journée. Comment se droguer sans substances illicites ! Je risque de devenir accro aux commentaires élogieux, je le sens ! Ça m'a presque émue aux larmes de lire ça. Ça m'a rassurée et, maintenant, je suis prête à affronter les critiques négatives. Enfin, j'espère. Si je pouvais ne pas en avoir, ce serait mieux, quand même. Si quelqu'un n'aime pas mon roman, tant pis, mais qu'il se taise par pitié, surtout s'il est journaliste ! Pourquoi aller crier à la face du monde son dédain pour un livre ?

Manon n'a pas arrêté de me rappeler que lorsqu'on publie un ouvrage, quel qu'il soit, on s'expose forcément à la critique et qu'il faut l'accepter. On ne peut pas plaire à tout le monde, car la sensibilité de chacun est différente, et c'est tant mieux, selon elle. L'univers serait bien fade s'il n'y avait pas toutes ces différences. Certes, mais ça ne veut pas dire que je vais accueillir avec joie ou sérénité les premières remarques négatives sur mon roman.

Ce ne sera pas pour ce soir, néanmoins. Ce soir ne sera que plaisir. Ce soir ne sera que fête et récompense de toutes ces heures passées à écrire et réécrire.

– Isa, s'exclame soudain Cécile. Regarde qui entre !

Je jette un œil vers la porte du pub et fige. J'ai parlé trop vite quand je disais que cette soirée ne serait que plaisir. Samuel vient d'apparaître dans mon champ de vision et je réprime un beau juron commençant par « f » et finissant par « uck ». Qu'est-ce qu'il fiche ici ? Ce n'est certainement pas Marie-Anne qui l'a invité !

Les ex, franchement, quelle plaie ! Quoique je ne sais même pas si je dois considérer Samuel comme mon ex parce qu'on ne faisait que coucher ensemble, tous les deux. Mais bon, comme je déteste le terme *fuck-friend* – quant à ami moderne ou ami avec bénéfice, n'en parlons même pas –, je préfère continuer à qualifier Samuel d'ex. De toute façon, même si lui n'attendait qu'une seule chose de moi, pour ma part, j'ai toujours cru que nous étions un embryon de couple destiné à devenir un couple adulte. On peut dire que je me suis plantée en beauté.

Je regarde Samuel s'approcher de moi sans aucune hésitation. Il n'a pas vraiment changé. Cela fait presque deux ans qu'on ne s'est pas vus et pourtant, il ressemble au souvenir que j'ai gardé de lui. Toujours les cheveux châtains, les yeux pers et les mains qui me faisaient tellement craquer. O.K., je ne les vois pas d'ici, mais j'imagine qu'elles sont restées les mêmes !

Qu'est-ce qu'il fait là, sérieusement ? J'aurais dû mentionner sur l'affiche à l'entrée du pub annonçant mon lancement que cette soirée était interdite aux ex ! Si je me sauvais ? N'ai-je pas une soudaine envie de faire pipi ? Hum... Même pas ! Bon, de toute façon, Samuel m'a vue. Si je m'enfuyais, ce serait perdre la face et c'est absolument hors de question. Et puis, j'imagine que s'il est venu pour me parler, il ne compte pas repartir sans l'avoir fait.

– Tu veux que je lui dise de s'en aller ? propose Cécile.

– Non, ça va, ne t'inquiète pas, je suis capable de gérer Samuel.

Ma propre assurance m'épate. Espérons seulement qu'elle ne soit pas factice. Je prends une profonde inspiration et lisse machinalement ma robe noire. Je suis physiquement à mon avantage ce soir, ce qui est un excellent point quand on rencontre un ex par hasard. Cécile me demande si je préfère qu'Antoine et elle s'éclipsent, mais je leur ordonne de rester bien à côté de moi, au cas où mon assurance s'envolerait comme par magie dès que Samuel ouvrira la bouche. Celui-ci arrive enfin à notre hauteur et me sourit joyeusement, laissant entrevoir ses dents bien blanches. Pour un peu, je croirais qu'il me fait une démonstration publicitaire pour une pâte dentifrice ! *Avec Colgate, vos dents sont plus brillantes que jamais ! La preuve !* Zoom sur le sourire crispé jusqu'aux oreilles ! Cette pensée me secoue d'un rire intérieur, ce qui a pour effet de me détendre *illico*.

– Salut, Isa, commence Samuel d'une voix enjouée. Je suis vraiment content de te revoir !

Je ne peux pas en dire autant, désolée ! Évidemment, je garde ce que je pense pour moi. Un peu de tenue, c'est ma soirée ! Je lui demande plutôt poliment comment il va.

– Ça va très bien. Je travaille comme ingénieur pour une compagnie hydraulique et je viens d'acheter un condo dans Montcalm. Je vais peut-être partir pour travailler sur un chantier à Dubaï pendant six mois. Ça reste à confirmer. Et toi, comment tu vas ? Tu lances ton premier roman ?

Bingo, Sherlock !

Comment se fait-il que dans sa bouche, la publication de *Vodka-canneberge sans glace* passe pour une futilité ? Je déteste Samuel ! Je me contente néanmoins d'un large sourire pub de dentifrice comme le sien pour toute réponse et Samuel enchaîne :

– Je ne savais pas que tu écrivais.

Il y a des tas de choses que tu ne sais pas sur moi, mon cher !

– Je cherchais un cadeau pour ma sœur et j'ai aperçu ton nom sur un livre. Je n'étais pas certain que ce soit toi, mais ensuite j'ai vu ta photo au verso. Superbe photo, en passant, tu es vraiment très photogénique.

Retenez-moi quelqu'un, je vais le tuer ! Il ne se rend pas compte qu'il parle tout seul ?

– En rentrant à la maison, poursuit-il, j'ai tapé ton nom sur Internet et je suis tombé sur ton blogue. C'est comme ça que j'ai su que tu fêtais la sortie de ton roman ce soir, au pub de l'université.

Et, bien sûr, tu n'as pas pu résister à l'envie de venir m'embêter ! D'accord, mon dernier billet sur mon site invitait tous mes lecteurs à mon lancement, mais cela excluait implicitement Samuel et tous les gars qui m'ont brisé le cœur ! Je peux savoir quelle mouche m'a piquée quand j'ai décidé d'ouvrir un blogue ? O.K., je voulais donner une vitrine à mon roman, partager ma vie quotidienne d'auteure, discuter et échanger avec d'autres écrivains et recevoir des commentaires de la part de lectrices. Cela dit, quelqu'un aurait pu penser à inventer un logiciel capable de barrer l'accès aux ex sur les blogues. Je suis certaine que des tas de personnes apprécieraient !

– Alors, il parle de quoi ton livre ? me demande Samuel.

– Tu n'as pas lu la quatrième de couverture ?

– Non, j'étais trop fasciné par ta photo.

J'arque un sourcil surpris et lance un regard à Cécile et Antoine. Samuel essaierait-il de flirter avec moi ? C'est peine perdue, Don Juan ! Et si Maxim te voyait, il effacerait de ton visage ton sourire enjôleur ! Où est Maxim, d'ailleurs ?

Sans relever la remarque de Samuel sur ma photo, je dis :

– Pour faire court, mon roman raconte un an de la vie de Mathilde qui, après sa rupture avec son chum, décide de réfléchir à qui elle est et à ce qu'elle veut. Autant d'un point de vue personnel que professionnel.

– Ça n'a pas l'air très orignal, tout ça, me taquine Samuel avec un sourire.

– Si ça te ne te plaît pas, tu n'es pas obligé de l'acheter !

– Voyons, ne monte pas sur tes grands chevaux comme ça. Tu sais bien que j'adore te provoquer. D'ailleurs, tu as réussi à me convaincre. Combien il coûte, ton livre ?

– 24,95 $.

– C'est vendu ! L'histoire ne m'accroche pas plus que ça, mais je pense que ma sœur aimera, elle.

Je n'arrive pas à déterminer si Samuel cherche encore à me faire tourner en bourrique ou s'il est sérieux, mais je suis vexée ! Peut-on savoir ce qu'il trouve à redire au résumé de mon roman ? Je veux Maxim ! Qu'il vienne me sauver ! C'est son rôle, après tout !

Je sors un exemplaire de *Vodka-canneberge sans glace* de sa boîte en carton, le dépose sur la table devant moi et m'assois sur ma chaise.

– Comment s'appelle ta sœur ?

– Alexandra.

Je rédige une dédicace simple et sobre et rends mon livre à Samuel. Celui-ci s'empresse de lire ce que j'ai écrit puis me demande :

– Tu ne marques rien pour moi ?

– C'est pour ta sœur, non ? Je croyais que tu ne voulais pas le lire ?

– Bien sûr que j'ai envie de le lire. Franchement, si j'avais écrit un roman, tu ne voudrais pas le lire ?

Euh !... oui... Je crois même que je me jetterais dessus avec une envie irrésistible et un peu coupable de découvrir toute une face cachée de lui. Bien entendu, je ne l'avouerai jamais, même sous la torture. Je me contente donc de hausser les épaules et Samuel insiste :

– Allez, écris-moi un petit quelque chose. Je vais pouvoir claironner partout que je suis déjà sorti avec une auteure !

Je le gratifie d'une moue crispée puis m'empare d'un stylo d'un geste sec avant de griffonner : « À Samuel, le plus grand casse-pieds que je connaisse ! Isabelle Sirel » Avec un sourire satisfait, je lui rends mon livre et l'observe pendant qu'il lit ma dédicace. Il secoue la tête puis grommelle, passablement contrarié :

— « Le plus grand casse-pieds que je connaisse » ? T'es sérieuse, là ?

— Voyons, ne monte pas sur tes grands chevaux comme ça. Tu sais bien que j'adore te provoquer.

— Oh ! touché, *darling*, lance Samuel en portant une main à son cœur.

— Comment tu m'as appelée, là ?

Ignorant ma question, il enchaîne :

— Au fait, tu es toujours avec Maxim ?

— Oui, je suis toujours avec Maxim. Toi qui pensais que ça ne durerait jamais, j'ai le regret de te dire que tu t'es planté. Bon, ça fera 24,95 $ pour le livre.

Samuel sort deux billets de vingt dollars de son porte-feuille et me les tend.

— Bien. Merci d'être passé, lui dis-je en lui rendant sa monnaie. (Oui, je sais, j'ai l'air de le rembarrer. Et c'est l'effet recherché !)

— Ça m'a fait plaisir de te revoir. Au revoir, *darling*.

Samuel agrémente son « darling » d'un clin d'œil puis se décide enfin à tourner les talons et à disparaître. Je pousse un long soupir tandis que Cécile murmure :

— Je ne peux pas croire qu'il soit venu ici.

— C'est du Samuel tout craché.

– Et son *darling* mielleux, ajoute Antoine. C'est comme ça qu'il t'appelait lorsque vous sortiez ensemble ?

– Non, il essayait juste de m'agacer. Et pour ton information, je ne sortais pas avec lui, je couchais avec lui.

– Ah oui, c'est mieux ! s'exclame Antoine en riant. En tout cas, je comprends pourquoi Maxim ne pouvait pas le sentir ! Où est Maxim, d'ailleurs ?

– Je vais l'appeler.

Je sors mon cellulaire de mon sac et compose le numéro de Maxim. Après plusieurs sonneries, je tombe sur sa messagerie et lui laisse un court message :

– Amour, je ne sais pas où tu es, mais si tu ne ramènes pas tes fesses ici très vite, tu risques d'avoir de gros problèmes. Je ne t'embrasse pas, je t'embrasserai quand tu seras là !

Je raccroche et Antoine dit :

– Il devait être en voiture s'il n'a pas répondu.

– Sûrement.

Je range mon téléphone dans mon sac. Au même moment, j'entends une voix stridente s'écrier :

– Isa, excuse-moi, je suis en retard ! Je suis tellement fière de toi !

Je relève les yeux juste à temps pour accueillir Ophélie, ma demi-sœur, dans mes bras. Elle me saute littéralement au cou, tout excitée.

– Wow ! ma sœur est une vedette de la littérature ! J'ai parlé de ton lancement à tout le monde au resto. J'ai invité quelques collègues, d'ailleurs, ça ne t'embête pas ? Tiens, je te présente...

Comme à mon habitude, je me perds dans les prénoms, mais l'enthousiasme d'Ophélie me fait chaud au cœur. Je suis décidément vraiment bien entourée.

Ophélie est la fille que mon père a eue dix-neuf ans plus tôt, alors qu'il était encore marié avec ma mère. Pendant longtemps, j'ai refusé de la connaître. Je refusais de voir mon père et ne pas rencontrer ma sœur faisait partie du lot. Quand j'ai finalement repris contact avec lui, Ophélie et moi avons commencé à échanger des courriels avant de nous rencontrer quelques mois plus tard. Le courant est tout de suite passé et un vrai lien s'est créé entre nous.

Lorsque nous nous sommes revues à Noël, alors que je me trouvais en France avec Maxim pour les fêtes de fin d'année, elle m'a demandé si elle pouvait squatter notre canapé quelques semaines. En année sabbatique depuis juillet dernier après avoir obtenu son bac*, elle mourait d'envie de découvrir le Québec et d'accéder enfin à un peu plus d'indépendance. Elle m'a suppliée, précisant qu'elle ferait n'importe quoi pour que j'accepte. Y compris devenir mon esclave. Ce sont ses termes exacts. J'ai accepté ses deux propositions sous réserve que Maxim n'y voie pas d'inconvénients. Quand je lui en ai parlé, il m'a fait remarquer que l'esclavage faisait partie du passé, mais qu'Ophélie pouvait tout de même s'installer chez nous aussi longtemps qu'elle voudrait. J'ai pesté contre les Temps modernes – j'avais déjà en tête une liste de tâches aussi longue que mon bras à donner à ma sœur – et je lui ai annoncé qu'elle pouvait sauter dans un avion. Un mois plus

---

* Diplôme obtenu après la fin du lycée.

tard, elle atterrissait à l'aéroport de Québec munie d'un permis qui lui permet d'exercer n'importe quel emploi pendant un an de ce côté-ci de l'Atlantique. Elle occupe depuis la petite chambre qui me servait de bureau et travaille comme serveuse dans un restaurant du Vieux-Québec.

— Isa, il faudrait commencer maintenant, m'informe Marie-Anne en s'approchant de moi. Il est déjà près de dix-huit heures.

Je proteste :

— Mais Maxim n'est pas encore arrivé !

— Il ne va certainement pas tarder. Allez, viens.

Marie-Anne glisse son bras sous le mien puis ajoute :

— L'heure de ton discours a sonné.

Super ! Je jette un œil à Ophélie et ses amis, puis à Cécile et Antoine. Ils me sourient. Ils sont tous là pour moi et je veux les remercier. Et si cela doit passer par un petit discours, eh bien, j'accepte cette épreuve !

Je monte sur l'estrade, m'éclaircis la voix et commence :

— Bonsoir, tout le monde. Je suis vraiment touchée de vous voir réunis ici pour le lancement de *Vodka-canneberge sans glace*. Pouvoir partager ce qui m'arrive avec vous est un immense privilège. Mon roman est sorti il y a à peine une semaine et je dois vous avouer que je vis avec l'angoisse de me réveiller un matin et de découvrir que ce n'était qu'un merveilleux rêve. Depuis ces derniers jours, je flotte sur un nuage rose et cette soirée, c'est un peu l'apothéose de ce que je ressens en ce moment.

Je prends une courte pause et balaie la salle du regard. Les invités sourient et je sens mon corps se détendre. Je prendrais presque plaisir à être debout sur ce petit podium, un micro à la main. Même les clients réguliers du pub m'écoutent. Ça doit être pas mal d'être d'une star.

Je continue mon discours, remerciant mon éditrice de m'avoir ouvert les portes dans sa maison d'édition avec autant d'enthousiasme et de chaleur humaine. Je me tourne ensuite vers Marie-Anne, souriant près de l'estrade, et lui avoue à quel point je suis touchée par toute l'énergie qu'elle a mise à m'organiser le plus beau lancement du monde. À quel point aussi, je suis émue par son engouement pour mon roman et par sa délicieuse fougue à en parler à son entourage. Je m'adresse ensuite à Cécile, ma lectrice de la première heure, pour lui dire que ses commentaires sur les différentes versions de mon roman et ses encouragements à poursuivre cette mer-veilleuse aventure qu'est l'écriture m'ont permis d'aller jus-qu'au bout. Mon regard se pose sur Ophélie. Je lui témoigne ma joie de la savoir à mes côtés dans ma vie, aujourd'hui. Je la remercie, elle aussi, pour sa frénésie presque délirante dès que quelqu'un parle de *Vodka-canneberge sans glace*. Je termine enfin en exprimant une légère tristesse : celle de ne pas avoir tous mes proches présents ce soir parce qu'ils vivent en France. Lucie, en particulier, me manque beaucoup et, bien sûr, ma chère maman qui m'a appelée pour me féliciter juste avant que je ne parte de chez moi.

Évidemment, elle en a profité pour me glisser une remarque savoureuse dont elle est seule a le secret : « Profites-en bien, ma chérie, et surtout, ne mets pas de robe, ça te grossit. Ce serait dommage de paraître un peu rondelette à une soirée organisée en ton honneur. Et n'oublie pas un petit maquillage anti-brillance. Tu sais que ton nez a tendance à reluire. Tiens, au fait, j'ai terminé ton livre, j'ai trouvé ça très gentillet. Je file, Bertrand m'attend ! » « Très gentillet » ?

Qu'est-ce que ça signifie exactement ? J'ai préféré ne pas creuser la question. J'ai enfilé une robe noire, maquillé uniquement mes lèvres et je suis partie. Ça, bien sûr, je ne le partage pas avec l'auditoire et choisis plutôt de m'attarder sur la (possible) fierté de mère. Je garde également pour moi la partie que j'avais préparée pour remercier Maxim, ne voulant pas attirer l'attention de tout le monde sur son absence. Je ne peux pas croire qu'il est en train de manquer ça. Il a intérêt à avoir une bonne excuse, sinon il va passer un mauvais quart d'heure ! Ophélie filme mon discours et Maxim pourra l'entendre, mais ce n'est pas la même chose.

Pour éviter de commencer à pleurer de déception, je conclus :

– Encore une fois, un grand merci pour votre présence et je vous souhaite une belle fin de soirée !

Je descends de l'estrade sous une pluie d'applaudissements. Il faut vraiment que je devienne une star, j'adore les applaudissements ! Marie-Anne prend le relais et s'approche du micro tandis que je me poste à côté de Cécile et Antoine.

– Merci, Isa. Je crois parler au nom de chacun si je dis que nous sommes tous heureux de pouvoir vivre ces moments de bonheur avec toi. Je suis certaine qu'une grande carrière d'auteure t'attend. Avant de laisser les invités se ruer sur toi pour une petite séance de dédicaces, j'ai un cadeau pour toi.

Intriguée, je hausse les sourcils puis l'enjoins de poursuivre. Elle sort une feuille de sa pochette en cuir noir – qu'elle tenait sous un bras – puis se repositionne devant le micro :

– Ce matin, j'ai reçu un courriel de ta meilleure amie et elle souhaitait que je le lise ce soir : « Ma chère Isa, je ne serai malheureusement pas présente physiquement avec toi pour ton lancement, mais tu sais, bien sûr, que je serai là, en pensée, durant toute la soirée. Je suis si fière de toi ! Je n'ai jamais douté que tu arriverais à réaliser ton rêve de publier un roman. Depuis ce moment où tu m'en as parlé – on devait avoir douze ans –, j'ai toujours cru en toi. Je t'ai suivie, tout le long de ton cheminement, avec bonheur. Je t'ai vue te décourager puis reprendre confiance et je dois t'avouer quelque chose : je t'admire beaucoup. J'admire ta ténacité, j'admire ce que tu as accompli. Ferme les yeux et profite de ton bonheur. Ton roman est un bijou. Je l'ai terminé hier soir et je l'ai dévoré comme on dévore une plaquette de chocolat. Ta plume est légère, délicate, et Mathilde m'a entraînée presque malgré moi dans ses réflexions et son histoire. Je te souhaite le plus grand des succès et je te dis à très bientôt. Je t'embrasse fort. Lucie. »

Ma Lucie. Ma douce et belle Lucie. Elle est ma sœur de cœur et elle ne m'a pas seulement touchée, elle a touché une bonne partie de l'assemblée. Chacun affiche un sourire attendri. Je remercie Marie-Anne et elle hoche la tête, heureuse d'avoir pu me donner ce moment d'émotion. Elle reprend le micro et conclut :

– Encore une fois, je tenais à te féliciter, Isa. J'invite maintenant ceux qui désirent obtenir une dédicace à faire la file près de la table dans le coin ! Bonne soirée !

Nouveaux applaudissements. Je me retourne et salue l'assemblée de la main. Je remercie chaleureusement Marie-Anne pour tout ce qu'elle a fait. Je m'installe ensuite pour ma séance de signatures alors qu'une ligne d'une quinzaine de personnes se forme. Soudain, je me sens comme une Mary Higgins Clark ou une J. K. Rowling !

Seule ombre au tableau : l'absence de Maxim. Dire qu'il m'a manquée, moi, debout sur un podium devant tout le monde. Dire qu'il a manqué le courriel de Lucie. Il a manqué la partie la plus importante de mon lancement. Mon premier lancement. Ça n'arrive qu'une fois dans une vie, comme la naissance d'un premier enfant.

Je sors mon cellulaire et vérifie si un message ne m'attendrait pas dans ma boîte vocale, mais rien. Aucune nouvelle de Maxim. J'en suis à ma cinquième dédicace – oui, je les compte – quand il arrive enfin. Il n'est pas en sang, ses vêtements ne sont pas en lambeaux et il n'est pas essoufflé. Il n'est pas essoufflé !!! Il n'a même pas pris la peine de courir alors qu'il a plus d'une heure de retard ! Je vais le tuer !

Il s'approche de moi, dépose un rapide baiser sur ma joue puis murmure :

– Je suis désolé, Isa, je...

– On en parlera plus tard.

Mon ton est plus sec que je ne l'aurais souhaité, mais j'estime avoir le droit d'être déçue et en colère contre Maxim. Je lui désigne de la tête les personnes qui attendent que je leur dédicace mon roman. Je veux pouvoir me consacrer totalement à elles. Maxim comprend et s'éloigne. Je me force à reporter mon attention sur mes futurs lecteurs. La plupart sont des amis d'Ophélie et de Marie-Anne que je ne connais pas. Je discute plus longtemps avec certains que d'autres. J'apprends qu'une des collègues d'Ophélie rêve d'écrire. Je lui donne mon adresse courriel et on promet d'échanger sur nos expériences. Le temps file et, bientôt, la ligne disparaît. Maxim patiente un moment puis se rapproche de moi. Je me lève et le regarde en silence.

– Je suis désolé, Isa. J'ai tout fait pour partir plus tôt, mais j'ai été retenu au cabinet.

– Attends, tu n'es pas en retard à cause du trafic ni parce que tu as dû changer un pneu crevé, t'es en retard parce que tu travaillais ? Encore ?

Je sens que je vais l'étriper ! J'aurais passé l'éponge si un événement indépendant de la volonté de Maxim l'avait empêché d'arriver à l'heure, mais ce n'est pas le cas. Il était à son bureau ! Il est toujours à son bureau, à un déjeuner, dîner ou souper d'affaires !

– Je n'avais pas le choix, on était en réunion, s'excuse piteusement Maxim.

– Arrête, je n'ai pas envie d'en savoir plus !

– Isa, s'il te plaît, j'aurais vraiment aimé pouvoir arriver avant, mais qu'est-ce que tu aurais voulu que je fasse ? Que je me lève et que je dise : désolé, je dois y aller, ma blonde lance son roman aujourd'hui.

Je l'aurais fait, moi, si la situation avait été inversée. Je n'aurais pas eu honte d'expliquer à mes collègues que mon chum s'apprêtait à vivre un événement important et que je tenais à être à ses côtés. Vraiment, il serait grand temps que Maxim apprenne à mettre son travail à la bonne place ! Je le dévisage un instant, oscillant entre la colère et la déception. Il semble désolé certes, mais j'ai aussi l'impression qu'il estime que je devrais comprendre son retard. Or, non, je ne comprends pas. Une réunion n'est pas un cas de force majeure.

Je réponds donc avec ressentiment :

– Oui, Maxim, c'est exactement ce que j'aurais voulu que tu dises.

Il secoue la tête, légèrement agacé.

— Isa, tu sais très bien que l'ambiance à ma job n'est vraiment pas comme la tienne.

Effectivement, je le sais, seulement cela ne suffit pas à éteindre ma colère.

— Mon lancement était planifié depuis deux mois ! Tu avais largement le temps de t'organiser et de quitter ton bureau à seize heures trente pour une fois dans ta vie !

Depuis que Maxim a obtenu un poste dans le cabinet d'avocats où il a effectué son stage, il ne rentre jamais à la maison avant dix-neuf heures. Il continue même parfois d'étudier un dossier après le souper. Je m'en accommode, ça me permet d'écrire, mais là, il vient tout de même de manquer mon lancement ! Il aurait dû faire un effort. Il aurait dû.

— Excuse-moi, Isa. Je ne sais pas quoi te dire d'autre... Excuse-moi.

— Tu aurais au moins pu me répondre au téléphone quand je t'ai appelé !

— J'étais en pleine réunion.

— Oui, eh bien, tu aurais dû me rappeler ! Je t'ai laissé un message en plus !

— Je sais, je l'ai écouté dans ma voiture. J'aurais pu te rappeler, c'est vrai, mais je ne voulais pas déranger le déroulement de ton lancement. Je n'en avais que pour dix minutes avant d'arriver

— T'es chiant, Maxim, t'as réponse à tout.

Maxim se rapproche. Je peux lire dans ses yeux des remords sincères. Je flanche. C'est vrai que son travail est plus demandant que le mien et qu'il n'a pas le choix de s'investir totalement s'il veut garder sa place. Les jeunes avocats de son cabinet sont tous prêts à s'entre-dévorer et comme ça ne fait que quelques mois que Maxim a obtenu un poste à temps plein, il doit faire ses preuves. L'atmosphère au quotidien est lourde et stressante. Je me doute que ce n'est pas évident pour lui de travailler dans ces conditions. Moi, je quitte toujours mon bureau au plus tard à dix-sept heures et, sauf urgence, je ne travaille jamais le soir ou les fins de semaine à la maison et je sais que cela ne me pénalisera pas dans l'avancée de ma carrière.

J'esquisse un sourire et Maxim en profite illico pour m'embrasser.

– Je suis là, maintenant, murmure-t-il contre mes lèvres. Je veux vivre ce moment avec toi.

Je pousse un léger soupir, glisse ma main dans celle de Maxim et l'entraîne vers Marie-Anne, Ophélie, Antoine et Cécile.

– Eh bien, eh bien, eh bien, regardez qui arrive ! lance Marie-Anne à Maxim avec un sourire un brin narquois.

Marie-Anne ne perd jamais une occasion de provoquer Maxim. Ce dernier préfère ne pas répondre à son début de joute verbale. Il se contente de lui rendre son sourire.

– Une vraie réussite, ton lancement, me félicite Antoine.

– Merci, je ne m'attendais pas à ce qu'il y ait autant de monde. C'est grâce à vous, tout ça.

– En effet, confirme Manon en se joignant à nous, il y a eu beaucoup de monde. On a vendu tout le stock de livres prévu pour ton lancement.

Je me tourne vers elle.

– T'es sérieuse ?

– Oh ! que oui ! Et j'ai une autre bonne nouvelle pour toi. Plutôt deux, même. La première : surveille *Le Soleil* dimanche, il devrait y avoir une critique de ton livre.

– Dans *Le Soleil* ? Je ne vais pas pouvoir dormir jusqu'à dimanche, c'est sûr !

Manon sourit, touchée par mon excitation. Nous n'avons que cinq ans d'écart toutes les deux, pourtant elle me traite un peu comme une petite sœur. Elle a un côté protecteur, maternant même, qui me rassure. Autant celui de ma mère m'insupporte, autant le sien me réconforte.

– Est-ce que tu sais si l'article va être positif ?

– Je l'ignore mais, bon ou mauvais, l'essentiel, c'est qu'on parle de ton roman.

– Mouais, c'est un point de vue d'éditeur, ça !

Manon opine de la tête.

– Pas faux, mais même si cette critique est négative, prends-la pour ce qu'elle est : l'opinion d'une seule lectrice qui ne fera en aucun cas office de vérité.

Plus facile à dire qu'à faire. Et puis, même si j'arrive à prendre son avis pour un seul et unique avis, comment être certaine que ceux qui liront l'article n'y prêteront pas foi les yeux fermés ?

Manon me sort de mes pensées cauchemardesques en m'annonçant sa seconde nouvelle :

– Je ne veux pas que tu t'emballes, il n'y a rien de signé, mais j'ai une très bonne ouverture avec une maison d'édition française pour la publication en France.

– O.K., retenez-moi, je défaille !

J'aimerais tellement que mon roman soit publié en France. Pas à cause de la taille du marché là-bas – enfin si, quand même un peu –, mais surtout parce que tous mes proches seront à même de partager mon bonheur en direct en apercevant mon roman en librairie. Ils pourront se le procurer et ma mère sera en mesure de parader. La France restera toujours mon second chez-moi et j'ai pour ce pays une tendresse particulière.

– Ce n'est pas encore fait, Isa, alors ne sois pas trop déçue si le projet n'aboutit pas. Ton roman a séduit le comité de lecture de la maison d'édition, mais il faut que la directrice de collection puis le directeur de la maison l'acceptent. Si les ventes décollent ici, ça va faire pencher la balance, c'est certain.

Je souris.

– Il ne reste plus qu'à se croiser les doigts alors.

– Je dois me sauver si je ne veux pas arriver à Montréal trop tard. On se revoit pour le Salon du livre de Québec le mois prochain. Encore bravo pour ton lancement ! Bonsoir, tout le monde.

Manon me fait la bise et s'éloigne en coup de vent. Je serre très fort la main de Maxim toujours dans la mienne et m'exclame :

– Je ne peux pas croire que mon roman va peut-être être publié en France !

Ophélie, Marie-Anne et Cécile s'extasient avec moi tandis qu'Antoine me félicite. Je prends une profonde inspiration pour tenter de calmer les battements désordonnés de mon cœur. Ma vie est splendide, magnifique, rayonnante et... la liste n'est pas exhaustive !

*L'artiste est celui qui nous montre du doigt
une parcelle du monde.*

J. M. G. Le Clézio

Chapitre trois

— Maxim, qu'est-ce que tu penses de cette tenue ?

Je tourne sur moi-même pour lui montrer mon pantalon en lin noir et ma tunique en cache-cœur beige qui tombe sur mes hanches. Assis sur le divan du salon, son portable sur les genoux, Maxim lève à peine le nez de son écran avant de me répondre :

— T'es très jolie.

— Qu'est-ce que je porte, au juste ?

Maxim se décide enfin à m'accorder une attention digne de ce genre et s'exclame :

— Ta tenue est très bien ! Comme les quinze autres que tu m'as montrées !

— Dis-le tout de suite si je te dérange !

— Bordel, Isa, tu passes à la radio, pas à la télé. Personne ne va faire attention à ce que tu portes. J'essaie de travailler, là !

La moutarde me montant au nez, je retourne dans notre chambre et me déshabille avec tant de force que je manque de déchirer une couture sur la taille de mon pantalon. Maxim consacre de plus en plus de temps à son boulot ; par conséquent, il en a de moins en moins pour moi. Jamais, avant, il ne se serait emporté parce que je lui demandais son attention pendant qu'il était occupé à faire autre chose. Il était toujours disponible pour moi.

Je regarde mes vêtements étalés sur le lit et marmonne :

– Quinze tenues, mon œil ! C'était la troisième que je lui montrais !

Je ne sais pas quoi porter et ça me stresse. Maxim pourrait comprendre. D'accord, c'est un passage à la radio ; techniquement, ma tenue est donc secondaire sauf que chacun sait que quand une femme se sent jolie et élégante, elle jouit d'une confiance en elle sans faille. Et j'en aurais bien besoin, de ma confiance, demain. Je suis invitée à l'émission du matin la plus écoutée de la région de Québec. Oui, je suis contente, excitée, flattée, comblée, mais je suis aussi pétrifiée ! Ce ne sera pas mon premier passage à la radio, mais celui-là se fera en direct. Impossible d'effacer quoi que ce soit si je bafouille ou si je raconte des bêtises. Ce serait tellement génial si Marie-Anne pouvait répondre à l'entrevue à ma place. Elle serait parfaite, elle ! Moi ? Bof ! Je me suis préparée du mieux que j'ai pu, analysant les questions habituellement posées aux auteurs et élaborant des ébauches de réponses. Cela dit, ça ne m'empêche pas d'avoir mal au ventre en pensant à demain. Alors, oui, ma tenue est importante ! Sans compter que chanceuse comme je suis, la météo annonce la dernière tempête de l'année en début de matinée. Nous sommes à la mi-mars et il ne va pas seulement neiger, non, ce serait trop facile, il va faire une tempête ! J'aime le Québec ! Non, non, ce n'est pas ironique, c'est la vérité. L'hiver aurait eu raison de moi depuis longtemps et m'aurait forcée à retourner en France, sinon !

Maxim doit me déposer à la station de radio avant d'aller travailler demain. C'est sur son chemin et cela m'évitera de prendre ma voiture. Je suis incapable de conduire dans la neige ! Je glisse, je dérape, je sue. Pas vraiment idéal pour se préparer à une entrevue, vous en conviendrez ! Une fois celle-ci terminée, je me rendrai à mon bureau en bus. Inutile de préciser que tous mes collègues auront les oreilles rivées à leur radio. Sans parler de Maxim, Manon, Cécile, Antoine, Marie-Anne et Ophélie. On respire. On expire. Tout va bien se passer. Les journalistes ont toujours été très sympas avec moi. À commencer par celle qui a rédigé un article positif dans *Le Soleil*. Bien sûr, elle a relevé dans mon livre certains défauts communs aux premiers romans, mais selon elle, je suis une auteure à suivre ! J'ai failli l'appeler pour la remercier. Au lieu de ça, je me suis contentée de pleurer de bonheur. Après cet article, j'ai accordé une entrevue à un journaliste d'un hebdomadaire local et tout s'enchaîne depuis. Je ne touche plus terre. Je suis heureuse et consciente de ma chance de voir les médias s'intéresser à moi, mais qu'est-ce que je peux stresser pour demain !

La sonnerie de mon cellulaire dédiée aux SMS retentit. C'est Ophélie. Elle ne rentrera pas ce soir après son travail. Olivier, le-gars-sur-lequel-elle-trippait-trop-mais-qui-ne-faisait-pas-vraiment-attention-à-elle-non-mais-pour-qui-il-se-prend vient de l'inviter à dormir chez lui. On dirait que le vent a tourné et qu'il l'a finalement remarquée. Je résiste à l'envie de lui envoyer un message du genre : « Ne fais pas de bêtises » sous-entendu : « Ne couche pas avec lui sans connaître ses intentions sur cinq ans ! » Il y a deux jours, elle est rentrée du resto excitée comme une puce. Olivier l'avait embrassée la veille alors qu'avec quelques collègues, ils étaient sortis prendre un verre. Ophélie ne savait pas si c'était à cause de l'alcool, d'une pulsion du moment ou si c'était plus que ça, mais sa joie insouciante faisait plaisir à voir. Je dirais même que je l'ai enviée une minute ou deux. J'ai envié cette sensation que l'on éprouve tous au début d'une relation amoureuse. Soyons clairs : je ne changerais pas de place avec ma sœur, je me sens bien dans ma relation avec Maxim, dans une relation sérieuse et établie. Cela étant, il m'arrive néanmoins de regretter ces moments où notre cœur s'affole pour un regard, une caresse accidentelle ou un baiser dont on ressort essoufflé.

Avec un soupir mélancolique, je range mes vêtements dans le garde-robe et décide de porter la dernière tenue que j'ai montrée à Maxim. Je me sens jolie dedans.

Maxim apparaît sur le seuil de notre chambre.

– Excuse-moi pour tout à l'heure, murmure-t-il, je suis à cran ces temps-ci. Mais c'est vrai, tu sais, tu étais belle autant avec un pantalon qu'une jupe.

– Ce n'est pas grave.

Maxim s'avance vers moi et me prend dans ses bras.

– Tu vas voir, tout va bien se passer demain.

Je hoche la tête comme pour m'en convaincre.

– J'espère... Ça te dérange si on part plus tôt, je ne voudrais pas être en retard, et avec la neige, on... Quoi ?

Maxim grimace et je comprends tout de suite.

– Tu n'as pas oublié que tu devais me déposer ?

– Tu aurais dû me le rappeler ce matin. J'ai accepté un déjeuner à sept heures trente demain.

Je me dégage de son étreinte et m'écrie, des éclairs de colère déjà dans les yeux :

— C'est de ma faute, maintenant ? Tu as un agenda pourtant. Tu ne pouvais pas regarder tes disponibilités avant d'accepter ton rendez-vous ? Tu es toujours en train de travailler depuis quelque temps !

— Je n'avais pas noté que je devais t'emmener, Isa. Je suis désolé.

Maxim semble sincère, mais je secoue vigoureusement la tête.

— C'est trop facile, tu es toujours désolé ! Eh bien, grande nouvelle, ça ne marche plus !

— Isa, t'as maximum quinze minutes de route à faire, tu...

— On peut avoir un accident en deux minutes, Maxim !

— Eh bien, prends un taxi ! Je ne suis pas ton chauffeur !

Sa dernière remarque me coupe le souffle. Si demander à son chum de nous déposer quelque part, un quelque part qui se trouve sur son chemin, c'est lui demander de nous servir de chauffeur, bravo ! Mais où est passé mon Maxim prévenant, aimant, attentionné ? Il y a une substitution ou quoi ?

Lorsque je retrouve enfin l'usage de la parole, je hurle :

— Sors d'ici ! Tu ne dors pas avec moi ce soir !

Irrité, Maxim réplique :

– Ne fais pas le bébé.

– Dégage !

J'attrape un de mes chandails restés sur le lit et lui lance à la figure. Maxim le récupère et le dépose sur le bureau. Il lève ensuite les yeux au ciel puis quitte notre chambre. J'en ai marre. J'ai l'impression de toujours passer après son travail depuis quelque temps. Un travail qu'il n'aime même pas.

La semaine dernière, c'était mon anniversaire. Maxim avait décidé de m'emmener fêter mes vingt-huit ans au Château Frontenac, au restaurant le Champlain. Évidemment, il n'a pas réussi à quitter son bureau à l'heure et, une fois au Château, nous avions perdu notre réservation. Nous avons dû nous rabattre sur un restaurant dans le Vieux-Québec. L'ambiance était raffinée, tout comme la cuisine, et nous avons passé une excellente soirée – surtout parce que je ne désirais pas la gâcher en faisant une scène –, mais j'étais déçue que Maxim soit arrivé en retard pour ma fête. Il a tout fait pour se faire pardonner cependant.

Le lendemain, il m'a préparé mon déjeuner et il me l'a apporté au lit avec une rose. J'ai trouvé ça touchant, mais d'une, j'aurais aimé qu'il pense à le faire la veille pour mon anniversaire. Et de deux, je me suis rendu compte qu'il fallait maintenant que j'attende qu'il soit désolé à propos de quelque chose pour obtenir de sa part une belle attention comme celle-là. Bon, certains pourront présumer que je chipote, que je passe sous silence le bracelet en or blanc de chez Cartier ainsi que la jolie mallette en cuir noir pour mon portable que Maxim m'a offerts. Eh bien, non, pas du tout ! Je ne nie pas que ces deux cadeaux soient magnifiques, mais j'ai la désagréable sensation que Maxim s'est acheté une conscience en tentant de m'éblouir avec des présents dispendieux.

Je me glisse sous les draps, bien décidée à ne pas flancher. Que Maxim dorme sur le canapé ! Moi, je vais pouvoir, pour une fois, profiter de tout l'espace de notre grand lit !

* *

*

Quand je me réveille le lendemain, Maxim n'est déjà plus là. Je ne l'ai même pas entendu entrer dans notre chambre chercher des vêtements propres. Je me lève et regarde par la fenêtre. La tempête est bel et bien là, elle. La poudrerie aussi. Je vais me tuer, c'est sûr. Je devrais prendre un taxi, mais j'ai trop peur qu'il arrive en retard avec cette neige. Et si je l'appelle dès maintenant, comment puis-je être sûre qu'il n'arrivera pas alors que je suis encore sous la douche ? C'est sans issue. Je préfère être maître de mon destin. J'ai mon permis de conduire depuis presque dix ans et j'ai déjà conduit sous la neige. Ma belle Yaris neuve, couleur or, devrait m'emmener à bon port.

Je m'enferme dans la salle de bains et en ressors vingt minutes plus tard, douchée, coiffée, habillée et parfumée. Je me rends ensuite dans la cuisine pour avaler un jus d'orange et deux toasts. Un mot de Maxim m'attend sur la table. Il a dessiné un bonhomme au sourire triste. Il m'écrit qu'il est désolé d'avoir oublié qu'il devait me déposer aujourd'hui, qu'il fera tout pour se faire pardonner en rentrant (bonhomme avec un clin d'œil) et qu'il ne doute pas que je vais donner envie à toute la ville d'acheter mon livre.

Je repose son mot en soupirant. Une partie de moi avait espéré qu'il s'arrangerait pour annuler son déjeuner et m'amener à la station de radio comme prévu. Je ne peux donc m'empêcher d'être déçue malgré sa petite note.

— *Arrête de te plaindre, Isa, tu fais vraiment des montagnes pour pas grand-chose.*

Mer-de ! Oui, oui, l'apparition de qui vous savez justifie un juron ! Je regarde autour de moi pour être certaine qu'il n'y a personne dans la cuisine, ni dans l'appartement. Je m'assois sur une chaise et ferme les yeux. Ma petite voix est revenue ! Moi qui croyais que ma conscience avait définitivement cessé de me tourmenter, je me trompais. Enfin, au moins, j'ai eu quelques mois de répit...

— Mademoiselle-la-petite-voix, vous n'êtes pas la bienvenue ici !

— Ouais, ouais, ouais. Dépêche-toi d'avaler ton déjeuner, arrête de martyriser ce pauvre Maxim et prépare-toi à déneiger ton auto !

— Moi ? Je martyrise ce pauvre Maxim ??? Mieux vaut entendre ça que d'être sourde !

En silence, je m'installe à la table de la cuisine avec mes toasts et un verre de jus d'orange.

— Oh ! tu boudes ? Tout ça parce que je viens de te balancer tes quatre vérités ?

— Puisque tu es si intelligente, pourrais-tu me démontrer point par point quand et comment je martyrise Maxim ?

— Il est sous pression en ce moment, il a besoin de ton soutien et toi, tout ce que tu trouves à faire, c'est de le stresser encore plus en lui faisant des scènes pour des broutilles.

— Il est arrivé en retard à mon lancement ET à un tête-à-tête pour ma fête, ce n'est pas rien ! Et là, il vient d'oublier qu'il devait me déposer à mon entrevue !

— Oui, je suis au courant.

La nonchalance de ma petite voix me donne envie d'hurler. Alors, quoi ? Toutes les blondes du monde acceptent sans se révolter que leur tendre moitié les traite comme... Comme quoi ?

— Oui, comme quoi ? Finis ta phrase.

— Tu ne pourrais pas disparaître, toi !

Maxim ne me traite plus comme si j'étais sa huitième merveille du monde et c'est là où le bât blesse. Ça me fait de la peine et j'ai du mal à l'accepter.

— Voilà. Mademoiselle ne se sent plus considérée comme une princesse et ça l'énerve.

— Non, ça ne m'énerve pas, ça me rend triste, ce n'est pas la même chose.

Est-ce que c'est ça, la suite logique des choses dans une relation ? Est-ce que c'est la fatalité ? Est-ce que je dois l'accepter ?

— Tu dois accepter qu'il y ait des hauts et des bas dans votre relation. On ne peut pas toujours être au sommet de la vague.

— Je ne t'ai pas demandé ton avis.

— Je te le donne quand même. Désolée si je suis directe, mais tu n'excelles pas dans l'art de gérer les complications d'une relation amoureuse.

— Merci, ça fait toujours plaisir ! Mais, Maxim, lui, c'est un expert en la matière ?

— Laisse-le un peu respirer, ne l'accable pas tout le temps et tu verras que tout reviendra comme avant.

— En gros, tu veux que j'accepte de me faire traiter comme une serpillière.

— Je veux que tu te montres plus compréhensive et que tu te mettes un peu à sa place.

Je ne me réponds pas. Je termine mon déjeuner en essayant tant bien que mal d'ignorer ma petite voix. Je me brosse les dents, attrape mon sac et enfile mon manteau ainsi que mes bottes. Je saisis la pelle posée devant le palier et descends jusqu'à ma voiture. La tempête se déchaîne. Le vent siffle et les flocons tourbillonnent. Je rabats mon capuchon, relève la tête et mon cœur s'attendrit soudain. Maxim a pris le temps de déneiger toute l'entrée ainsi que mon auto. Un petit coup de balai pour chasser la neige qui s'est accumulée depuis une heure sur le capot et le pare-brise et je suis prête à partir. Touchée, je reste un moment sans bouger, Ça me fait tellement de bien de voir qu'il a pensé à moi. Je devrais peut-être essayer d'être moins intransigeante avec lui. Tout le monde a droit à quelques erreurs de parcours.

Je dépose la pelle et mon balai à neige dans ma Yaris et démarre. Objectif : ne pas me tuer et ne pas tuer les autres ! Je roule à environ vingt kilomètres heures tout le long du trajet, je me fais klaxonner des dizaines de fois à cause de ma lenteur, mon cœur ne cesse de battre la chamade tout le long, mais j'arrive entière. Hourra ! Je suis une vraie pro du volant !

Je me gare un peu n'importe où – la police a autre chose à faire que de coller des contraventions un jour de tempête, non ? – et me rue dans l'immeuble abritant la station de radio. Essoufflée, je m'enferme dans les toilettes avant même d'annoncer ma présence à la réceptionniste. Je dois être dans un état pitoyable avec la neige et la sueur. Heureusement, j'avais prévu le coup. Mon sac à main est une mini-salle de bains : déodorant, maquillage, brosse à cheveux et même un pull de rechange !

L'image que le miroir me renvoie me fait presque sursauter. Mes cheveux sont plaqués sur mon visage, mon rouge à lèvres se trouve partout ailleurs, sauf sur mes lèvres, et on dirait que je viens de pleurer. J'adore les tempêtes de neige ! Euh ! je suis ironique, hein !?

En un temps record, je retrouve une allure présentable, voire distinguée, puis m'enferme dans les cabinets pour remplacer le chandail que j'ai taché avec mon gloss. Une minute plus tard, je rassemble mes affaires et tente d'ouvrir la porte. J'essaie de tirer le loquet vers la droite, mais il ne bouge pas d'un centimètre. Je garde mon calme et recommence une dizaine de fois, mais il est bel et bien coincé ! Je rêve ! Je suis bloquée dans les toilettes alors que je devrais être en train de me préparer pour l'entrevue du siècle.

Pendant plusieurs minutes, je m'acharne, je martyrise même le loquet avec le talon de ma chaussure en l'insultant, mais rien n'y fait. Je suis bel et bien enfermée.

Je rêve. C'est un cauchemar.

Réveillez-moi ! Vite !

Les gens compliquent tout
pour avoir l'impression de vivre.

Patrick Rambaud

Chapitre quatre

L'heure est grave. Je suis enfermée dans une cabine des toilettes de l'enfer depuis presque quinze minutes et mon passage à la radio est prévu dans moins de dix ! Il n'y a qu'à moi que ça arrive, ce genre de choses ! J'ai testé tous les moyens mis à ma disposition pour ouvrir la porte, seulement elle est coriace ! J'ai bien pensé appeler le neuf-un-un, mais, à la dernière minute, j'ai préféré m'éviter une cuisante humiliation et j'ai plutôt composé le numéro de Marie-Anne. Je voulais qu'elle téléphone à la station et demande à un responsable de venir me délivrer, mais elle n'a pas répondu. J'ai ensuite tenté de joindre Cécile, mais la batterie de mon cellulaire m'a lâchée alors que j'avais à peine réussi à crier : « Je suis coincée dans la... ! » C'est peut-être un signe. Il ne faut pas que je donne cette entrevue sous peine de me ridiculiser devant des milliers d'auditeurs.

Mais pourquoi personne ne vient-il soulager un besoin pressant dans ces toilettes ? Je n'ai vraiment pas envie de rester enfermée toute la journée, moi ! Je suis dans une autre dimension, c'est ça ? Ou c'est un piège pour *Juste pour rire* ? C'est bon, j'ai ri (jaune), vous pouvez vous montrer !

Qu'est-ce que je fais ? J'escalade par-dessus la cloison pour passer dans la cabine d'à côté ? C'est à peu près la seule option qui me reste ou dépérir jusqu'à ce que mort s'ensuive. L'espace entre le sol et la porte est trop étroit pour laisser se faufiler autre chose qu'un chat, je n'ai donc pas le choix de grimper, je veux sortir. J'ai bien fait de ne pas me mettre en jupe !

Je prends une profonde inspiration, monte sur la cuvette de la toilette et lance mon sac de l'autre côté de la séparation. J'attends encore une minute ou deux, espérant que quelqu'un vienne miraculeusement m'aider à sortir, mais ces toilettes ont été réservées à l'usage exclusif d'Isabelle Sirel, apparemment. Merci, c'est trop gentil, il ne fallait pas !

Allez, j'y vais. Et hop ! Je me hisse tant bien que mal tout en gémissant. Ma jambe droite passe de l'autre côté de la cloison tandis que la gauche pendouille dans le vide. Je me sens d'une élégance rare. Absolument pas humiliant comme situation... Avec toute la force que je peux réunir dans les bras, je me redresse et me retrouve à califourchon sur la séparation des deux cabines. Hum. Heureusement que je ne suis pas un homme, sinon je serais en train de hurler de douleur. Déjà qu'en tant que femme, ça ne fait pas du bien. Je me tourne de façon à pouvoir passer ma jambe gauche de l'autre côté et, ô horreur, j'entends le déchirement d'une couture. Avec un cri de stupeur et de rage, je me laisse glisser le long de la séparation jusqu'à ce que mes pieds touchent le sol.

Libre ! Je suis une femme libre ! Je sors de la toilette et me précipite devant le miroir pour constater l'étendue des dégâts. Au secours ! La couture de mon pantalon s'est rompue sur une dizaine de centimètres, au milieu des fesses, et les tissus forment maintenant un grand trou ovale laissant entre-apercevoir ma culotte. J'appuie mon front contre le mur et hésite entre éclater en sanglots ou de rire. J'ai pensé à apporter un chandail de rechange, mais pas de pantalon ! Franchement, qui pense à apporter un second pantalon à un rendez-vous ?

Je regarde ma montre et grimace. Je devais être en ondes il y a déjà cinq minutes. Je récupère mes affaires et file vers l'ascenseur. Si je m'étais annoncée avant de courir aux toilettes, je n'en serais pas là ! Bravo, Isa !

Les portes de l'ascenseur ont à peine le temps de se rouvrir que je suis déjà debout devant la réceptionniste, me confondant en excuses.

– Bonjour, je suis Isabelle Sirel, je suis vraiment désolée, je suis en retard, j'étais enfermée dans les toilettes au premier, je ne sais pas ce qui a pu se passer. J'étais invitée à l'émission du matin pour parler de mon livre. Je suis vraiment confuse, est-ce que vous pensez que je vais quand même pouvoir donner l'entrevue ?

La réceptionniste, une jeune fille blonde d'une vingtaine d'années, me sourit.

– Accordez-moi une minute.

Elle décroche son téléphone et entame une conversation avec un dénommé Simon que je devine être l'assistant de Steve, l'animateur censé m'interviewer.

– Oui, elle est arrivée, elle était enfermée dans les toilettes au premier.

Un éclat de rire rugit à travers le combiné :

– Non, tu rigoles ! Ah ! la pauvre ! Enfermée dans une toilette, oh ! non !

Autre éclat de rire aussi bruyant que le précédent et apparemment contagieux, car la réceptionniste ne peut s'empêcher de pouffer tandis que je sens également monter en moi un hoquet d'hilarité nerveuse.

La réceptionniste finit néanmoins par raccrocher puis m'informe :

– Simon va voir avec Steve si l'entrevue peut avoir lieu, mais il ne devrait pas y avoir de problème. Ce n'est pas de votre faute, après tout. Désolée pour... mon fou rire, ce n'était pas pour me moquer.

Mais si, ma belle, c'était pour te moquer, mais je te pardonne. Moi aussi, je me moquerais d'une fille qui reste bloquée dans les toilettes alors qu'elle doit donner une entrevue importante.

Deux minutes plus tard, un jeune homme extatique surgit devant moi et s'exclame :

– Isabelle, j'imagine ! Salut, moi, c'est Simon ! Alors, t'es restée coincée dans une cabine de toilettes ! Pauvre toi ! Bon, ce n'est pas grave, tu vas quand même pouvoir passer en ondes. Viens avec moi, on va déposer tes affaires dans mon bureau et te préparer pour l'entrevue ! En passant, j'ai A-DO-RÉ ton roman. J'ai tellement ri !

Ce Simon est une vraie pipelette ! Je n'ai pas encore pu en placer une, alors que mon manteau, mon écharpe et ma tuque sont déjà posés sur une chaise. Comment fait-il pour respirer ? Il ne reprend jamais son souffle ! Je fais bien attention de ne pas lui tourner le dos, de manière à ce qu'il ne puisse pas voir la déchirure de mon pantalon. Il risquerait de s'étouffer de rire !

– T'es prête ? Direction le studio alors.

Je suis la cadence effrénée de Simon à travers un long couloir, puis nous nous arrêtons devant des portes vitrées. J'aperçois Steve, un homme d'une quarantaine d'années, en jean et en tee-shirt. Celui-ci nous fait un signe de la main. Mon cœur bat si fort que j'ai peine à entendre l'émission diffusée par les haut-parleurs installés dans les coins, tout en haut des murs.

– Restez avec nous ! Après la pub, nous recevrons l'auteure de *Vodka-canneberge sans glace*. Je vous l'avais annoncée un peu plus tôt, mais la demoiselle était enfermée dans nos toilettes ! Sérieusement ! Vous pensiez que ça n'arrivait que dans les films ou dans les livres ? Eh bien, non, ça arrive aussi dans la vie ! De retour après la pause !

Ce n'est pas possible ! Steve n'a pas pu confier ma mésaventure à la ville entière ! Il faut vraiment que je me réveille maintenant !

Une publicité pour une marque de voiture quelconque envahit les ondes et Steve vient nous retrouver, Simon et moi.

– Bonjour, Isabelle, pas trop stressée ?

– Euh ! si, un peu.

Surtout parce que tu as annoncé à tout le monde que j'étais enfermée dans les toilettes, mais bon, ce n'est pas grave, je te pardonne, à toi aussi ! Décidément, je ne me reconnais pas. Je ferais un excellent dalaï-lama aujourd'hui !

– C'est vrai alors ? T'étais vraiment coincée dans les toilettes du premier ?

– Eh oui, vrai de vrai.

– Je pensais que c'était la tempête qui t'avait retardée.

– J'aurais préféré.

71

— Bon, viens, on va s'installer. Attention, il y a une marche avant la porte. Il ne faudrait pas que tu tombes, hein !

Ah, ah ! Simon nous regarde pénétrer dans le studio avec un large sourire. Je suis sûre qu'il a vu le trou dans mon pantalon. Pourtant, j'ai bien fait attention de toujours poser mon sac sur mes fesses pendant que je discutais avec Steve. Je devais avoir l'air bizarre, mais des deux maux, j'ai choisi celui qui me paraissait être le moins grave !

Je m'assois en face de Steve et celui-ci me conseille :

— Prends soin de ne pas parler trop loin du micro devant toi, mais pas trop près non plus.

Super ! Elle est très claire, sa directive ! Donc, à combien de centimètres du micro, exactement, dois-je me tenir ?

— Détends-toi, ça va bien se passer, je n'ai que des questions drôles pour toi.

Il me sourit de manière engageante et je lui rends son sourire. Les annonces publicitaires prennent fin et Steve reprend l'antenne.

— De retour à l'émission du matin ! J'ai avec moi Isabelle Sirel, auteure du roman *Vodka-canneberge sans glace* sorti au début du mois. Un roman un peu dans la veine des *Invincibles* croquant sur le vif toute une génération ainsi que les relations amoureuses d'aujourd'hui. Bonjour, Isabelle.

— Bonjour.

— Remise de ta petite mésaventure dans les toilettes ?

— Euh ! oui, merci.

– Est-ce que tu pourrais nous raconter en quelques mots de quoi parle ton roman ?

– Bien sûr. C'est un roman sur la quête de soi et l'identité. Globalement, après sa rupture avec son chum de longue date, Mathilde se remet en question autant d'un point de vue personnel que professionnel. Elle va essayer de réaliser un vieux rêve d'enfant tout en redéfinissant ce qu'elle attend d'une relation amoureuse au fil de ses rencontres. C'est écrit sur un ton vif et drôle

– Ton héroïne est très maladroite, non ? Elle a le don de se fourrer dans des situations pas possibles. Est-ce que tu t'es inspirée de toi pour créer ton personnage ?

– Hum ! oui et non. Je dirais que c'est à force de fréquenter Mathilde que je suis devenue aussi maladroite qu'elle !

Éclat de rire de la part de Steve et détente de mon côté. Je m'assois confortablement sur ma chaise, un sourire empli de confiance aux lèvres. Je suis prête à répondre à toutes les questions qu'il pourra me poser. Marie-Anne avait raison : faire abstraction des auditeurs et me concentrer sur mon échange avec l'animateur me permettent de commencer à apprécier mon passage en direct la radio !

Comme il me l'avait annoncé, Steve ne me pose que des questions classiques sur mon roman. Il me demande quelle est ma vision de l'amour et quels sont, selon moi, les défis que les vingt-cinq à trente-cinq ans doivent surmonter aujourd'hui. On aborde le côté rencontres sur Internet – Mathilde se laisse tenter un temps –, puis Steve s'interroge sur l'origine du titre de mon roman. J'explique que c'est le cocktail préféré de mon héroïne et que c'est en buvant un peu trop qu'un soir, elle avoue ses sentiments à Nicolas, le gars qu'elle fréquente depuis quelques semaines. L'entrevue dévie ensuite du côté de mon parcours autant avec l'écriture qu'avec l'expatriation et, au bout de vingt minutes, Steve conclut :

– Isabelle, ce fut un vrai plaisir de t'accueillir ce matin !

– Merci de m'avoir invitée.

– Je souhaite un beau succès à ton livre et pour vous, chers auditeurs, je vous rappelle le titre de ce roman : *Vodka-canneberge sans glace*, et c'est publié aux Éditions les Écrits restent. Restez avec nous pour dix minutes de musique sans pub !

Une chanson des Cowboys Fringants envahit les ondes et je pousse un gros soupir de soulagement et de satisfaction. J'ai réussi, et haut la main, si vous voulez mon avis. Je remercie chaleureusement Steve, Simon, la réceptionniste, puis cours jusqu'à ma voiture. Pas de contravention ! Hourra ! L'univers est avec moi ! Impatiente d'écouter les messages que Maxim, Marie-Anne, Cécile, Ophélie et même Antoine n'auront pas manqué de me laisser, je décide de m'arrêter à la maison pour recharger la pile de mon cellulaire avant de me rendre au bureau.

Une fois dans ma chambre, je me jette sur la prise de courant et branche mon téléphone. Je découvre ainsi des textos de la part d'Antoine ainsi que de quelques collègues qui me collent un sourire énorme sur le visage. Tous me félicitent pour ma prestation. Je passe ensuite aux messages de Marie-Anne, Cécile et Ophélie puis décide d'appeler Maxim pour revivre avec lui, à vif, toutes les émotions qui m'ont traversée et qui me traversent encore.

– Salut, chéri, alors comment tu m'as trouvée ?

– Très bien. Vraiment.

– J'ai tellement adoré, tu ne peux pas t'imaginer ! J'ai presque envie de devenir animatrice radio maintenant !

– Tu n'as pas eu trop de mal pour te rendre jusqu'au studio ?

– Non, ça a été. Merci d'avoir déneigé l'entrée et ma voiture.

D'une voix un peu plus basse, Maxim me répond :

– Ce n'est rien. Je suis désolé de ne pas avoir pu t'emmener. T'as trouvé mon mot ?

– Oui. Ah ! mon Dieu, je suis tellement soulagée que tout se soit bien passé !

– Et toi qui pensais que tu allais te ridiculiser devant toute la ville !

– Ben, je me suis quand même fait ridiculiser un peu.

– Comment ça ?

– Quoi, « comment ça » ? Tu ne te rappelles déjà plus que Steve a raconté à tout le monde que... attends une minute. Qu'est-ce que Steve a raconté en ondes ?

Le silence de Maxim confirme mes soupçons et me donne envie de hurler. Il ne m'a pas écoutée ! Il ne m'a pas écoutée et, en plus, il me ment effrontément sans le moindre remords !

– Isa, excuse-moi, j'ai...

– Mais arrête d'être désolé ! Et ne me dis surtout pas que tu étais en train de travailler, à une réunion ou à une pause-café super importante que tu ne pouvais pas manquer !

Je raccroche et balance mon cellulaire sur le lit. J'enfouis mon visage dans mes mains en soupirant. Maxim n'arrête pas de me décevoir en ce moment et ça fait tellement mal. J'avais décidé d'oublier tout ce qui s'est passé ces dernières semaines et d'essayer de me montrer plus conciliante, mais là, il n'en est plus question. Il va falloir qu'on ait une longue discussion, lui et moi, et que les choses changent.

Aimer, c'est bien, savoir aimer, c'est tout.

François René de Chateaubriand

Chapitre cinq

— Qu'est-ce que tu fais ?

Je sursaute et manque de faire tomber mon rouge à lèvres dans le lavabo. Maxim me regarde, les sourcils froncés. Je reporte mon attention sur mon reflet dans le miroir, tapote ma lèvre avec mon annulaire pour étaler mon gloss et dis :

— Je me prépare pour aller rejoindre Cécile et Marie-Anne.

— Tu ne m'avais pas dit que tu soupais dehors, soupire Maxim agacé.

J'essaie de répondre sur le ton le plus neutre possible :

— Je te l'ai dit. Il y a deux jours.

— Je ne m'en souviens pas.

Pas étonnant, tu ne fais qu'oublier ce que je te dis et t'excuser ensuite ! Je saisis ma brosse à cheveux posée sur le lavabo tandis que Maxim marmonne :

— Je vais devoir passer la soirée avec ta sœur, si je comprends bien.

– Ophélie est de service au resto ce soir, elle rentrera bien après moi.

Je me retourne vers Maxim qui n'a pas bougé d'un iota :

– Je ne rentrerai pas tard.

Maxim ne réagit pas. Il reste là, à me fixer, comme s'il détaillait une inconnue et j'en arrive moi-même à ne plus le reconnaître. J'en arrive même parfois à ne plus reconnaître notre relation. La journée de mon entrevue, j'ai ruminé ma rancœur contre lui durant des heures et, le soir, nous avons eu une franche conversation qui a tourné au vinaigre. J'avoue que je n'ai pas apprécié qu'il me dise qu'il n'avait pas pu m'écouter parce que – je cite – « je travaillais sur un dossier avec un collègue et il m'était impossible d'allumer la radio ». Je lui ai alors crié que son comportement me blessait, que j'avais été déçue qu'il me mente, que je comprenais qu'il soit stressé ces temps-ci, mais que j'avais besoin de savoir que notre relation comptait encore pour lui. Il m'a rassurée et m'a répondu que ce que nous vivons est la chose la plus importante pour lui. Je lui ai demandé de me le prouver parce que des mots qui ne sont pas suivis par des actes ne veulent rien dire. C'est là que ça a dégénéré. Il a rétorqué que j'avais toujours besoin de preuves pour tout, que je ne le laissais jamais souffler et que je n'acceptais pas qu'il puisse, pendant quelque temps, être moins présent et se concentrer sur sa carrière. Il m'a aussi asséné que j'étais vraiment mal placée pour le critiquer étant donné tout le temps que je passais à promouvoir mon roman. Je n'ai pas voulu en entendre davantage et nous sommes, une fois encore, partis nous coucher séparément.

C'était il y a deux semaines. Depuis, Maxim a réintégré le lit conjugal, mais nous ne nous sommes pas vraiment réconciliés. Nous sommes en guerre froide et j'estime que ce n'est pas à moi de faire le premier pas. Certes, il n'a pas tout à fait tort quand il dit que la promotion de mon roman me prend du temps ; seulement, ce tourbillon n'est que temporaire. Quand est-ce que Maxim, lui, va finir de travailler cinquante heures par semaine ? Va-t-il se consacrer à sa carrière pendant un an, deux ans, cinq ans ? Où est-ce que je me situe, moi, dans tout ça ? Est-il en train de redéfinir unilatéralement notre relation ? Travail, travail, travail et rien d'autre ? Il ne s'extasie même plus avec moi de toutes les belles choses qui m'arrivent avec mon roman.

Les ventes de *Vodka-canneberge sans glace* ont littéralement décollé et je suis même entrée dans les palmarès des librairies, cette semaine, à la sixième place. Quand je l'ai annoncé à Maxim – ou devrais-je plutôt dire crier dans ses oreilles tellement j'étais en feu –, il s'est contenté de me sourire et de me féliciter. Pas de « je suis fier de toi, j'ai toujours cru en toi, je t'aime ». Rien qu'un « bravo, je suis content ». Cache ta joie, mon amour ! Heureusement que Marie-Anne, Cécile, Ophélie et Lucie s'émerveillent pour vingt personnes.

C'est tellement inattendu, tellement hallucinant, tellement magnifique, ce que je vis, mais dans mes rêves, *Vodka-canneberge sans glace* devenait un best-seller interplanétaire – oui, rien que ça – et Maxim et moi coulions des jours heureux dans un loft à New York. Je jette un œil à Maxim, pousse un léger soupir et décide de parcourir la moitié du chemin qui me sépare de lui. Je l'aime et il me manque.

– Est-ce que tu veux venir avec moi ? Marie-Anne et Cécile seraient ravies de te voir.

– Non, je vais passer mon tour. Les discussions de filles, très peu pour moi. Et puis, ça changerait complètement la donne si j'étais là.

Je pince les lèvres. Ce n'est pas ce que j'appelle rejoindre quelqu'un au milieu du chemin ! Dois-je me sentir vexée par son ton à deux doigts du dédain ? Je ne sais pas. Après tout, moi non plus je ne suis pas fan des discussions de gars autour d'une bière, d'une pizza et d'un match de hockey.

Je hausse les épaules et dis :

— Je ne rentrerai pas tard.

— Non, prends ton temps, ce n'est pas bien grave. J'ai des dossiers à boucler, de toute façon.

Évidemment. Je préfère ne rien répliquer et dépose ma brosse à cheveux sur le lavabo. Je m'apprête à saisir un élastique quand Maxim s'approche de moi et m'attire contre lui. Il m'embrasse et une décharge électrique me fait trembler jusque dans les jambes. Je suis à fleur de peau en ce moment. Le stress, l'effervescence autour de mon roman et... le manque de sexe, tout ça forme un mélange explosif, et si faire l'amour est la façon de Maxim de franchir les quelques mètres émotionnels qui nous séparent, je suis d'accord. Je me languis de nos contacts physiques.

Maxim se penche vers ma nuque. Je sens sa bouche, sa langue sur ma peau et je frissonne déjà de plaisir. La nuque, c'est mon point G. Que voulez-vous ? Défaut de fabrication. Je place mes mains sur ses reins pour le plaquer contre moi. Il se redresse et m'embrasse si brusquement que j'en perds presque l'équilibre. Appuyée contre le lavabo, j'essaie de le débarrasser de son veston quand son cellulaire se met à sonner. Je m'en empare et tente de l'éteindre, mais Maxim le récupère au vol. Il jette un œil au nom qui clignote sur l'afficheur, grimace et décroche sans prêter attention à mon air outré. Si jamais il répond à son interlocuteur, quel qu'il soit, qu'il ne le dérange pas et qu'il ne faisait rien d'important, je le castre sur-le-champ. Il sort de la salle de bains en prononçant des mots comme « fusion, acquisition, *stock option* » et je remets mes cheveux en place mi-énervée, mi-déçue. Encore une fois, je passe en deuxième.

Je quitte l'appartement dix minutes plus tard, non sans avoir eu droit aux excuses préformatées de Maxim. Il devait répondre au téléphone, il n'avait pas le choix, ils sont débordés au bureau en ce moment et blablabla. Ses excuses ne veulent plus rien dire pour moi. Je ne les entends même plus.

*   *

*

Le souffle court, je pousse la porte du restaurant thaïlandais où j'ai rendez-vous avec Marie-Anne et Cécile. Je suis en retard. Je balaie la salle du regard et les aperçois. Déjà attablées, elles semblent en grande conversation. Dès qu'elles me voient, elles me tendent la dernière critique de mon roman. Depuis que mon livre est sorti, elles parcourent tous les journaux, tous les magazines, tous les blogues à la recherche d'articles sur *Vodka-canneberge sans glace*. Elles m'appellent à la minute où elles en trouvent un et je lis leurs découvertes le souffle court. D'ailleurs, je ne les lis pas, je les dévore jusqu'à la fin. Une fois rassurée, je reprends ma lecture depuis le début et la tension dans mes épaules disparaît. Jusqu'à présent, toutes les critiques ont été globalement positives, mais l'angoisse me tord le ventre à l'idée qu'un jour, quelqu'un détestera mon roman et le criera à la face du monde.

Je jette un œil au magazine dans lequel se trouve la chronique sur mon roman. *Vodka-canneberge sans glace* récolte quatre cœurs, sur une possibilité de cinq, et j'ai envie de sautiller à travers le restaurant.

« *Style percutant... personnages attachants... situations cocasses... humour original, loin de la facilité ou des clichés... réflexions pertinentes sur qui nous sommes et ce que nous voulons devenir... Premier roman prometteur pour cette jeune auteure française, débarquée au Québec il y a trois ans...* »

Tous ces éloges me laissent pantoise. Je flotte. Je ne touche plus terre depuis un mois et c'est un euphémisme. Même Manon n'avait pas prévu ce succès. C'est le phénomène du bouche-à-oreille selon elle. Les gens parlent de mon livre autour d'eux, les libraires le conseillent et les ventes suivent.

Je referme le magazine et murmure :

– C'est tellement incroyable, ce qui m'arrive.

– Tu le mérites, Isa, assure Cécile. On récolte ce qu'on sème, non ? Tu as bossé comme une folle, et maintenant il ne te reste plus qu'à en profiter.

Je souris. Je devrais apprendre à savourer le moment présent sans penser à l'avenir. Pour l'instant, je suis une auteure à suivre, une auteure à découvrir et c'est tout ce qui compte. Au diable la peur d'avoir un jour une critique totalement et irrémédiablement négative ! Le pire serait l'indifférence ! Être critiquée, détestée, c'est exister !

– Bon, assez parlé de moi et de mon roman. J'ai l'impression qu'on n'a fait que ça dans les dernières semaines. Parlons des hommes qui nous tourmentent. Parlons de trucs de filles ! Maxim n'a pas voulu venir à cause de ça, d'ailleurs. Il n'était pas sûr d'être intéressé par nos conversations.

– Tu lui as proposé de t'accompagner ? s'exclame Marie-Anne.

– Oui, je m'étais dit que ça aurait pu briser la glace entre nous. D'un autre côté, ça m'a plutôt fait du bien de voir qu'il semblait déçu de commencer la fin de semaine sans moi.

– Exactement, l'absence attise le désir et nos soirées sont exclusivement réservées aux personnes de la gent féminine ! Et c'est valable pour tous les restos à venir.

Je m'apprête à répliquer quand Cécile lance :

– Et moi qui ai failli venir avec Antoine !

Marie-Anne lève les yeux au ciel.

– S'il vous plaît, ne me dites pas que vous êtes en train de vous transformer en filles qui ne peuvent pas passer trois heures d'affilée sans leur chum. Dites-le-moi tout de suite si c'est ça, que je me trouve d'autres amies. Célibataires, elles. On formera un autre trio.

Cécile affiche une mine mi-désespérée, mi-rieuse :

– Tu ne peux pas nous faire ça ! On te manquerait trop de toute façon.

– C'est sûr, mais ça ne vous tente pas de redevenir célibataires ? Je m'ennuie, moi.

Je fronce les sourcils.

– C'est pourtant toi qui as décidé d'arrêter de voir Alexandre.

– Et ce fut la meilleure décision de ma vie. Ce dont je m'ennuie, c'est de nos soirées à draguer dans les bars.

– On n'a jamais dragué dans les bars, proteste Cécile.

– Hum ! j'ai le souvenir d'une certaine soirée où une certaine jeune fille a failli faire l'amour dans les toilettes d'un certain bar tandis qu'une autre se faisait draguer par un jeune de vingt ans.

Cécile vire au rouge et je secoue la tête en riant. Ah ! souvenirs, souvenirs ! J'ai failli réaliser un de mes fantasmes ce soir-là, avec Samuel, mais ma raison a repris le dessus. Mes papillons m'en ont voulu pendant des semaines.

Tout ça me paraît si loin aujourd'hui. Comme si ce n'était pas moi, comme si c'était une autre vie. Oui, une autre vie. Une autre époque. Nous étions étudiantes, nous terminions notre maîtrise et nous passions notre temps à rire de nos déboires affectifs. Marie-Anne croulait sous les cas sociaux, Cécile considérait les gars comme des enfoirés affectifs et moi je faisais tout pour que Samuel tombe amoureux de moi. Y compris le laisser m'entraîner dans les toilettes du Charlotte pour essayer de me faire l'amour. Lorsque je songe à ces événements, j'ai la sensation de regarder une décennie derrière. Les choses auraient dû rester figées quand nous avons toutes les trois atteint notre happy-end. Mais non, la vie a continué et Marie-Anne a quitté Alexandre, ce qui doit amplifier ce qu'elle ressent.

Leur séparation m'a fait l'effet d'un coup de fouet. Je savais que Marie-Anne n'était pas heureuse et qu'elle se posait beaucoup de questions sur elle, sur ses désirs, sur l'amour et la vie de couple, mais je pensais que sa relation avec son chum survivrait à toutes ses remises en question. J'ai eu tort. Marie-Anne a quitté Alexandre au début de cette année, alors que janvier commençait à peine et que les vacances se terminaient. Elle s'est ensuite loué un appartement dans le quartier Montcalm, le quartier où elle habitait avant de se lancer dans la vie à deux. Au fil des semaines, elle a transformé son ex en ami moderne. Pour moi, c'est une aberration. Marie-Anne est la seule fille que je connaisse qui, après avoir testé les relations amoureuses, a décidé de revenir de son plein gré aux relations amicales basées sur le sexe et le non-engagement.

Alexandre était pourtant parfait pour elle. Il supportait sa tendance à vouloir tout diriger et possédait ce même côté un peu fou qui la caractérise. Elle avait réussi à dénicher la perle rare sur Internet et ils auraient dû se marier et avoir beaucoup d'enfants. C'était ce qui était écrit, mais ce n'est pas ce qui s'est passé. Marie-Anne aimait Alexandre, seulement la vie de couple lui demandait trop d'efforts et elle ne se sentait plus la force d'en faire. Point final. J'ignore ce qu'Alexandre ressent par rapport à tout ça. Peut-être continue-t-il de faire l'amour avec Marie-Anne en espérant qu'elle revienne. Ou peut-être la situation lui convient-elle comme ça. Je n'ai jamais compris les hommes. Ce n'est pas aujourd'hui que ça va commencer. Dès que je pense être arrivée à les cerner, ils agissent d'une manière imprévisible et je dois reprogrammer mes données dans mon cortex depuis le début !

Marie-Anne, Cécile et moi nous laissons absorber par la lecture de notre menu. Nous commandons auprès de la serveuse et celle-ci revient avec nos plats au bout d'une dizaine de minutes. La vapeur s'échappe de nos assiettes et l'odeur des épices titille à la fois nos papilles et nos narines.

Cécile saisit sa fourchette et me demande :

– Alors, comment vont les choses avec Maxim ?

– Pas de changements. Il ne se décide pas à faire le premier pas et moi non plus. Quoique, ce soir, il m'a presque sauté dessus et, comme par hasard, son cellulaire a sonné et il a décroché.

– Il a décroché ? répète Marie-Anne en écarquillant les yeux.

– Ouais, mais je ne m'en formalise plus. C'est limite s'il ne répond pas à ses appels pendant son sommeil, alors j'ai l'habitude.

– N'empêche que tu es trop tolérante.

– Qu'est-ce que tu aurais voulu que je fasse ? Que je jette son téléphone dans les toilettes ? Que je l'engueule ? S'il préfère répondre au téléphone plutôt que de faire l'amour avec moi, qu'est-ce que j'y peux ?

– Oui, mais si tu ne lui dis rien, intervient Cécile, il ne saura pas que son attitude t'a blessée.

– Je l'ai quand même assassiné du regard. Il a bien dû sentir que je n'étais pas ravie.

– Tu devrais essayer d'avoir une vraie discussion avec lui.

– J'ai déjà essayé et ça s'est terminé en dispute. C'est à son tour de tenter une approche maintenant.

– Tu sais, Antoine dit qu'il est pas mal tendu à cause de son travail.

Je lève les yeux au ciel.

– Pitié, je ne suis plus capable d'entendre cette excuse-là !

Énervée, j'avale un verre d'eau pour éviter d'avoir à disserter sur le stress que Maxim ressent à sa job. J'enchaîne plus calmement :

– C'est bizarre, mais on dirait que nous avons commencé à nous éloigner à partir du moment où mon roman est sorti.

Cécile hoche la tête.

– C'est un peu normal, je pense. Tu es prise par tout ce qui t'arrive. De son côté, Maxim travaille beaucoup et vous vous voyez moins. Sans compter que, quoi que tu en dises, vous vivez tous les deux une bonne dose de stress et, malheureusement, vous passez vos nerfs chacun sur l'autre.

Je soupire doucement tout en méditant les paroles de Cécile. Il y a sans doute du vrai dans ce qu'elle dit. Je me suis peut-être emportée trop vite le soir où j'ai su que Maxim ne pouvait plus me déposer à la station de radio pour mon entrevue. Je suis peut-être plus impatiente qu'avant.

Alors que le silence perdure, Marie-Anne s'exclame soudain :

– Eh bien, c'est le bonheur sous le soleil, la vie de couple ! Ne me demandez plus pourquoi j'ai laissé Alexandre !

– Je ne songe vraiment pas à rompre avec Maxim. Je l'aime et ce qu'on vit n'est qu'un passage à vide de notre relation.

– Est-ce que c'est ça, l'amour : se rendre malheureux à deux ?

Je sens les poils sur mes bras se hérisser. Autant j'en veux à Maxim pour tout ce qu'il me fait vivre dernièrement, autant je ne veux pas que Marie-Anne dise du mal de lui.

– Je ne suis pas malheureuse. J'aimerais juste que tout redevienne comme avant et je suis prête à faire tous les efforts nécessaires pour que ça arrive.

Marie-Anne recule dans sa chaise.

– Contrairement à moi, c'est ce que tu veux dire ?

– Tu as fait tes choix, laisse-moi faire les miens.

Un silence tendu retombe. Je sais que Marie-Anne n'a pas quitté Alexandre parce qu'il était stressé ou parce qu'il travaillait trop. Elle l'a quitté parce que leur couple n'allait pas bien et qu'elle n'était pas convaincue qu'il valait la peine d'être sauvé. Ma relation avec Maxim est la chose la plus importante dans ma vie et même si je lui en veut en ce moment, même si tout n'est pas idéal entre nous, pour rien au monde je ne renoncerais à nous.

Marie-Anne, Cécile et moi nous concentrons un moment sur notre repas, les yeux baissés sur notre assiette, puis Cécile lance :

– Vous n'allez tout de même pas vous mettre à bouder dans votre coin comme deux gamines, si ? Isa, Marie-Anne ne t'a jamais conseillé de quitter Maxim. Quant à toi, Isa n'a jamais critiqué ta décision de rompre avec Alexandre.

– Pas directement, mais je sais qu'elle me reproche mon choix.

Je réprime une grimace :

– *Elle* ne te reproche rien du tout.

Je relève la tête avant de poursuivre :

– Si j'ai eu du mal à te comprendre, je t'ai toujours soutenue. Et tu ne peux pas dire le contraire.

– Je le sais, mais tu me juges. Et toi aussi, précise-t-elle en se tournant vers Cécile.

Elle passe une main dans ses cheveux et soupire :

– Écoutez, je ne vous demande pas d'approuver ma décision. Ni même de la comprendre. Vous n'êtes pas dans ma peau. Mais je ne supporte plus la façon dont vous me regardez dès que je vous parle d'Alexandre.

– On ne te juge pas, murmure Cécile.

– Oui, vous me jugez. Peut-être pas intentionnellement, mais vous me jugez. J'ai laissé Alexandre alors qu'il m'aimait. Je continue de coucher avec lui alors qu'il m'aime probablement encore. Je sais que ça fait dérailler votre disque de logique conjugale, mais je suis comme ça. Je ne veux plus, aujourd'hui, être en couple. Est-ce si difficile à accepter ?

Je jette un œil à Cécile qui secoue la tête avec une tristesse dans le regard. Marie-Anne n'a pas tort. C'est vrai que j'ai du mal à accepter sa décision. Pour moi, le bonheur se conjugue au pluriel. Encore plus quand il s'agit d'amour. J'ai peut-être fait sentir à Marie-Anne que je ne la comprenais pas et que, par conséquent, je la jugeais. J'ai du mal à accepter que les gens ne pensent pas ou n'agissent pas comme moi, je suis toujours convaincue d'avoir raison. Je sais, je ferais une bonne dictatrice. Donnez-moi les clés du pays ! Ne vous inquiétez pas, je travaille sur ça.

Je reporte mon attention sur Marie-Anne et me sens soudain honteuse. Elle est mon amie, une amie très proche qui répond toujours présente quand on a besoin d'elle. Elle a aussi une très bonne influence sur Ophélie. Celle-ci l'admire beaucoup et elles s'entendent comme larrons en foire. Marie-Anne est une grande amatrice des peintures d'Ophélie et, bien sûr, ma sœur adore lui montrer ses dernières créations. Ophélie dessine et peint depuis toujours et elle accapare Marie-Anne dès que celle-ci vient à la maison. Elles se ressemblent, toutes les deux. Fortes, déterminées, fonceuses, imprévisibles, fragiles parfois, même si Marie-Anne est beaucoup plus indépendante qu'Ophélie. Ma sœur, elle, du fait de son jeune âge, a encore besoin des autres pour continuer à se construire.

– Excuse-moi, Marie, ce n'était pas dans mes intentions de te juger. Si je l'ai fait, alors je te demande de me pardonner. Il est évident qu'on peut accepter ta décision.

Oui. Je me dois de lui apporter mon soutien face à ce choix qu'elle a fait il y a trois mois et qui n'a pas dû être facile, quoi que j'en pense. Je jette un œil à Cécile qui se mord la lèvre inférieure avant de s'excuser, elle aussi.

Marie-Anne nous regarde tour à tour, nous sourit puis s'exclame :

– O.K., O.K., O.K., excuses acceptées, mais ne vous mettez pas à pleurer !

Nous rions de bon cœur et l'affaire est close. Ce n'est pas plus compliqué que ça. Nous sommes les trois mousquetaires, version filles, sans la reine, le cardinal et d'Artagnan. Une pour toutes ! Et toutes pour une !

La conversation reprend, s'anime. Nous faisons des projets pour les semaines à venir, une pièce de théâtre, un concert, une visite au Musée de la civilisation. Nous consultons nos agendas. Même si, en ce moment, je la concurrence aisément, Marie-Anne est toujours la plus occupée. Un nouveau poste est censé s'ouvrir dans l'entreprise où elle travaille et elle est pressentie pour être la nouvelle chef de produit de son service. Son emploi du temps risque de devenir encore plus chargé. Cela dit, passer soixante heures par semaine au bureau ne l'a jamais dérangée. À croire qu'elle a déteint sur Maxim ! Cécile, elle, manie avec habileté l'art de la conciliation travail-famille. Depuis la fin de ses études, elle travaille comme conseillère en gestion de projet, un contrat d'un an qui se termine en juin et qui lui permet de se consacrer comme elle veut à son couple. Je l'envie. Arriver à gérer toutes les sphères de sa vie sans les faire s'emmêler, c'est ce dont rêvent toutes les femmes. Je devrais peut-être lui demander qu'elle me donne des cours.

En attendant, je pique plutôt ma dernière crevette avec ma fourchette et lance à mes amies, mi-figue, mi-raisin :

— Les filles, est-ce que vous connaissez une tactique imparable pour amener un homme à faire l'amour à sa copine ? Parce que je vous annonce qu'aujourd'hui, ça fait exactement cinq semaines que Maxim et moi n'avons pas accompli notre devoir conjugal et qu'il est grand temps d'y remédier !

Finalement, je suis peut-être prête à faire le premier pas !

C'est des malentendus que naissent nos disputes.

François de Neufchateau

Dans la tête de Maxim

Je fais n'importe quoi. Depuis des semaines, je fais n'importe quoi. Je manque les moments importants dans la vie d'Isa au détriment d'un travail qui bouffe toute mon énergie. Un travail qui ne me plaît même pas. Chaque fois que j'arrive au bureau, j'ai l'impression d'être un galérien au début de sa peine et qui a en pris pour cinquante ans. Pourtant, je continue. Je continue parce que c'était mon choix de devenir avocat et parce que j'aime la sécurité financière que ce métier m'apporte. On s'y fait, à l'argent et au pouvoir qu'il nous procure. C'est con. Je crois que je suis bêtement devenu matérialiste.

J'aime toujours autant Isa, même peut-être plus qu'avant. Malgré cela, notre relation nous échappe doucement. C'est lent, presque imperceptible, mais bien réel. Tous les jours, des centimètres ajoutés à ceux déjà présents s'ajoutent entre nous et nous séparent. Et c'est de ma faute. Je ne laisse plus Isa s'approcher trop près de ce que je ressens parce que ce qu'il y a au fond de moi n'est pas très reluisant.

Hier soir, après sa soirée au restaurant avec Marie-Anne et Cécile, Isa est venue se glisser près de moi. Je faisais semblant de dormir. En réalité, je l'attendais avec l'idée d'essayer d'effacer ce froid silencieux entre nous. Le problème, c'est que dès que j'ai entendu la porte s'ouvrir, toutes mes bonnes intentions se sont envolées. Isa a commencé à me caresser le torse, collant sa poitrine contre mon dos, mais j'ai vaguement marmonné que j'avais sommeil. Elle n'a pas insisté.

Je ne sais pas ce qui m'a pris. Je voulais me rapprocher d'Isa, mais une partie de moi redoutait l'inévitable discussion qui aurait suivi notre intimité physique et je ne me sentais pas capable de lui avouer quelque chose qui me dépasse. Si je me réfugie derrière mon travail, si je suis si d'humeur changeante depuis que le roman d'Isa est sorti, c'est pour ne pas avoir à affronter ce que sa réussite n'arrête pas de me marteler : elle a réalisé un rêve et pas moi. J'ai tout fait pour ne pas laisser transparaître ce que je ressens et pour essayer de me réjouir pour elle, mais gérer sa joie au quotidien n'est pas facile. Chacune de ses exclamations d'allégresse fait naître en moi un sentiment d'échec. Je ne sais pas comment le lui dire, c'est tellement affreux comme émotion. Être jaloux de la femme qu'on aime parce qu'elle réussit. Être jaloux de tout ce qu'elle vit parce que, maintenant, je ne suis plus le seul à pouvoir faire briller ces éclats d'or qui pétillent dans ses yeux quand elle est heureuse. L'écriture, un appel de son éditrice, tenir son roman dans ses mains, recevoir un courriel d'un lecteur enchanté, tout cela fait étinceler son regard maintenant.

Quand nous sommes tombés amoureux, nous nous sommes juré de tout faire pour ne pas devenir comme tous ces couples. Ne pas devenir un couple moyen. Pourtant, nous sommes comme eux. Ou peut-être que c'est moi. Oui. Moi. Je suis un gars moyen. Quand je vais mal, je me tais parce que je ne veux pas paraître vulnérable. Je deviens irritable, lunatique, maussade, je manque tous les événements importants dans la vie de la fille que j'aime et je m'investis dans mon boulot pour ne pas trop penser à l'image de moi qu'Isa me renvoie malgré elle. L'image d'une personne qui a abandonné sa passion. Je n'ai pas touché à un appareil photo depuis l'été dernier. Quant à mon rêve de devenir photographe, il est bien loin et cette réalité est dure à encaisser. Isa avance et moi, je reste à la traîne.

Isa n'est pour rien dans tout ce qui se passe dans ma tête. Pourtant, de plus en plus, c'est elle qui paie. Et je ne sais pas comment arrêter ça... Je me sens vraiment comme le pire des *loosers*.

Chapitre six

L'amour dure trois ans de Frédéric Beigbeder.

C'est le livre que lisait Lucie quand sa relation avec Justin allait mal. Je lui avais ordonné de balancer au feu ce bouquin maudit tellement il la déprimait. Eh bien, c'est à croire que ce roman nous poursuit parce que je suis tombée dessus cet après-midi.

Comme chaque lundi après le travail, je suis allée faire un tour aux librairies de Place Sainte-Foy et de Place Laurier pour vérifier que les exemplaires de mon roman étaient bien placés. J'y vais toujours ce jour-là parce que c'est celui qui suit la fin de semaine, moment où l'achalandage est le plus élevé et où, par conséquent, les livres sont le plus souvent manipulés et reposés sans attention. Je sais que les libraires s'assurent déjà que les ouvrages sur les présentoirs et dans les rayons sont bien placés, mais deux paires d'yeux valent mieux qu'une seule, non ? Et puis je dois avouer que j'adore rester debout à admirer la couverture de mon livre. J'y passerais des heures sans problème.

Quand j'ai eu terminé ma contemplation de la semaine, je suis allée flâner du côté des romans français et je suis tombée sur un vieil exemplaire de poche de *L'amour dure trois ans*.

Un peu malgré moi, je l'ai attrapé et je l'ai ouvert. Je l'ai refermé aussi sec en lisant la première phrase : « L'amour est un combat perdu d'avance. » Non, mais quelle idée de commencer un roman avec un coup de poing dans le ventre ? Je n'ai pas besoin de lire ce genre de choses ! Je suis déjà bien assez déprimée en pensant à ma relation avec Maxim. Inutile que quelqu'un vienne en plus me dire que mon couple n'en a plus que pour un an !

Le hic, c'est que... j'ai fini par acheter le bouquin. Une impulsion certainement masochiste. Depuis, je le feuillette et je me brûle le cœur chaque fois. Jugez par vous-même !

> « *Au début, tout est beau, même vous. Vous n'en revenez pas d'être aussi amoureux. Pendant un an, la vie n'est qu'une succession de matins ensoleillés, même l'après-midi quand il neige [...]. La deuxième année, les choses commencent à changer. Vous êtes devenu tendre. Vous faites l'amour de moins en moins souvent et vous croyez que ce n'est pas grave. [...] La troisième année, vous ne vous retenez plus de regarder les demoiselles fraîches qui éclairent la rue. Vous sortez de plus en plus souvent : ça vous donne une excuse pour ne plus parler.* »

Super ! Je vais aller balancer ce livre dans le fleuve ! (Et moi avec, tant qu'à y être !) Mais pas tout de suite. Pour l'instant, je vais plutôt me contenter de l'enfouir au fond de ma bibliothèque, bien caché derrière mes autres livres. Ma tâche accomplie, je me rends ensuite dans la cuisine préparer le repas pour ce soir, bien décidée à réduire à néant la théorie de monsieur Beigbeder sur la durée de l'amour. Maxim et moi sommes destinés à terminer notre vie ensemble ! C'est comme ça. Bon, j'avoue qu'en ce moment, les choses ne vont pas très bien, mais je fais tout pour que ça change.

Le soir de mon souper au restaurant avec Marie-Anne et Cécile, j'ai essayé de me rapprocher de Maxim. Ma tentative a lamentablement échoué. Il a gentiment décliné mon offre de faire l'amour comme s'il avait décliné un morceau de chocolat et s'est rendormi. J'ai failli hurler et puis j'ai réfléchi. J'ai réfléchi une bonne partie de la nuit et, le lendemain, j'ai décidé de laisser tout le temps qu'il faudra à Maxim pour venir vers moi et changer d'attitude. Plus de reproches, plus de colères, plus de demandes pressantes. J'ai fini par écouter ma petite voix et je laisse Maxim souffler un peu. Il rentre toujours après dix-neuf heures, seulement, maintenant, je ne dis plus rien. Nous soupons ensemble et, en parfaite épouse des années 1950, je me montre souriante. Je lui pose des questions sur sa journée au cabinet et nos soirées se déroulent dans le calme. Même si, pour le moment, cela ne réactive pas la passion qu'on avait l'un pour l'autre, je dois dire que ne pas nous disputer me fait un bien fou.

Les premiers jours, Maxim, soupçonneux, m'a demandé ce que j'avais. Je lui ai répondu que j'étais prête à me montrer plus compréhensive et à arrêter de lui reprocher de ne pas pouvoir m'accorder tout le temps que je voudrais à cause de son travail. Il m'a remerciée, mais nous ne nous sommes pas vraiment rapprochés pour autant. Nous avons des hauts et des bas. Des moments fugaces d'intimité sur une plaisanterie partagée, un souvenir oublié, une recette de gâteau manqué. Quand ça arrive, je me dis que le chemin qui mène à notre complicité passée n'est pas si loin. Notre couple n'a peut-être besoin que d'un peu de temps pour arriver à sortir du creux de vague dans lequel il s'est logé.

— *Euh ! t'es sûr que c'est une bonne idée de tout accepter comme ça ?*

— *Mais t'es une vraie chieuse, toi ! Ce n'est pas toi qui m'as conseillé de relâcher la pression sur Maxim, peut-être ?*

— *Je ne t'avais pas dit de te transformer en femme soumise !*

Je lève les yeux au ciel.

— N'importe quoi ! Ne t'inquiète pas, je connais mes limites.

Maxim franchit la porte, me sauvant d'une querelle avec moi-même. Il me rejoint dans la cuisine. Une soirée en tête-à-tête se prépare : Ophélie travaille jusqu'à vingt-trois heures. Elle ira ensuite certainement passer la nuit chez Olivier, devenu officiellement son chum. Ma sœur n'est pas du genre à se contenter d'une demi-relation, c'est tout ou rien. Le lendemain de leur première nuit ensemble, elle lui a mis les points sur les i. Il était hors de question qu'elle couche avec lui juste pour le plaisir. Elle est entière, ma sœur, et c'est quelque chose que j'admire beaucoup chez elle. Olivier aussi, apparemment.

Maxim et moi passons à table. Nous discutons du Salon du livre de Québec qui commence après-demain. J'ai du mal à tenir sur ma chaise tellement je suis impatiente. Maxim me demande si je veux qu'il vienne me voir. Je lui réponds par l'affirmative et suis même stupéfaite qu'il puisse en douter. Je rêve depuis si longtemps de partager ma vie d'auteure avec lui. Enthousiaste, il décide de passer le samedi après-midi au salon pour prendre des photos de moi en pleine gloire. Nous planifions également un tour des auteurs présents après ma séance de dédicace. Maxim n'est pas un grand amateur de livres, mais il aime beaucoup les polars du style de ceux d'Harlan Coben.

Je me réjouis de savoir qu'il sera là, mais je me prépare aussi au pire : son travail le retiendra peut-être pour une quelconque raison. Maxim perçoit ma prudence. Il s'approche de moi, dépose une main sur ma joue et m'embrasse comme pour chasser mes craintes silencieuses. Je me sens bien soudain et je me répète que le chemin pour gommer cette distance entre nous n'est pas si loin...

* *

*

Je crois que je vais devenir accro aux salons du livre. Mercredi soir, quand je suis arrivée au Centre des congrès de Québec, tout de suite après mon travail, je suis presque allée hurler au comptoir des accrédités que j'étais auteure et qu'une carte d'accès m'attendait ! Quand la jeune femme me l'a tendue, j'ai eu envie de l'exhiber aux yeux de tous et de chanter : je suis auteure, je suis auteure, tralalilalère !

Après avoir passé l'entrée, je me suis rendue directement au stand de ma maison d'édition. Une table avec une bouteille d'eau et des exemplaires de mon roman m'attendaient. J'ai salué Manon ainsi que toute l'équipe et je me suis installée. Il n'y avait pas foule, mais j'ai tout même vendu et dédicacé huit livres. Pas mal pour une première ! Durant les temps morts, je discutais avec les autres auteurs présents et je dois dire que nous avons eu des conversations assez surréalistes sur nos personnages.

Stéphanie, par exemple, auteure d'une comédie romantique, compatissait aux tourments qu'elle a, elle-même, infligés à son héroïne :

– Elle n'est tellement pas chanceuse, la pauvre ! Tout ce qui peut aller mal dans sa vie va mal ! Son chum la quitte, elle perd son emploi, se fait virer de chez elle par sa colocataire et se retrouve chez sa mère ! À croire qu'elle a été maudite à la naissance !

– En ce qui me concerne, a glissé Mélanie, auteure de romans jeunesse, mes personnages me suivent jusque sous la douche. Ils ne me laissent aucun répit !

Nous avons ri. J'aurais voulu que la soirée ne finisse jamais. Je me sentais si bien dans cet univers rempli de livres et d'auteurs. C'était la première fois que je pouvais parler de ma passion pour l'écriture avec des personnes qui saisissaient ce que je vis. Même si Marie-Anne adore mon roman, même si Cécile m'a donné de judicieux conseils pour corriger certaines faiblesses avant l'envoi de mon manuscrit aux éditeurs, même si Maxim m'a encouragée quand je rédigeais le premier jet de *Vodka-canneberge sans glace*, je n'avais jamais vraiment pu partager ma passion avec quelqu'un qui la vit. Et cela fait toute une différence !

Enfin, on m'a comprise quand j'ai disserté sur mes personnages comme s'ils existaient vraiment ! Enfin, on m'a comprise quand je racontais que ce sont eux qui décident de leur destinée et que je ne fais qu'écrire ce qu'ils me dictent. Enfin, on m'a comprise quand j'ai avoué rêver de mes personnages !

Quoique, à bien y réfléchir, les hôpitaux psychiatriques devraient peut-être songer à ouvrir une unité spéciale destinée aux auteurs ! Les liens que nous nouons avec ces êtres de papier sortis de notre imagination sont quand même assez bizarres !

Le jeudi soir, la foule était plus dense mais sans être extraordinaire. Plusieurs collègues sont venus me saluer et j'ai même croisé quelques personnes avec lesquelles j'avais étudié, toutes surprises d'apprendre que j'avais publié un roman. J'ai dédicacé une dizaine de livres, assisté à quelques conférences sur les écrivains de la relève et discuté le reste du temps avec les auteurs présents.

Ma séance de ce soir risque d'être un petit plus mouvementée que celle d'hier puisque Marie-Anne, Cécile, Antoine, Ophélie et Olivier doivent venir me voir. J'aurais aimé que Maxim se joigne à eux, mais je sais qu'il a un rendez-vous avec un client à dix-neuf heures. Il viendra néanmoins demain, comme prévu.

Telle une habituée évoluant en terre connue, je me dirige vers le stand de ma maison d'édition. Alors que j'arrive à la hauteur de ma table, je m'arrête et fronce les sourcils. Un petit groupe de cinq ou six personnes semble attendre quelque chose. Je m'avance, incertaine, puis Manon me lance :

– Ne fais pas cette tête, Isa ! Ces gens sont là pour toi !

Je lance à Manon un regard signifiant : « C'est une blague ? » Celle-ci me sourit et je m'installe à ma table, telle une automate. Je sors mon stylo et fixe la file, suspicieuse. Sept personnes seraient non seulement venues exprès jusqu'à ma table pour que je leur signe mon roman, mais auraient, en plus, attendu que j'arrive ? Sept personnes auraient consulté mes horaires de présence et seraient arrivées un peu avant le début de ma séance pour être certaines de ne pas me manquer ? Impossible. Elles ont dû se tromper d'auteure ! Il n'y a pas une auteure célèbre dans le coin, qui me ressemble et... qui aurait écrit mon livre ? Oui, mon livre, parce que le doute n'est plus permis maintenant. La première personne de la file, une jeune fille d'une vingtaine d'années, vient de déposer son exemplaire de *Vodka-canneberge sans glace* devant moi en s'exclamant :

– J'ai tellement aimé ton livre ! Mathilde est tellement inspirante ! Si tu savais comment j'ai eu le goût de tout plaquer pour quelques mois, comme elle, en te lisant ! Elle donne tellement envie de réaliser ses rêves. Est-ce que tu comptes écrire une suite ?

– Je ne sais pas. Pas dans l'immédiat.

Mes projets d'écriture sont au point mort en ce moment. Je préfère savourer la publication de mon premier roman.

– Tu devrais, je suis sûre qu'il serait aussi bon que le premier. En tout cas, c'est sûr que je vais lire tous tes prochains livres !

Je lui sauterais bien au cou, à cette jeune fille prénommée Laurence. Ce qu'elle me dit me donne envie de ronronner de plaisir. Je lui rédige une belle dédicace tandis qu'elle continue de parler de mon roman. J'apprends l'art et la manière de converser tout en écrivant quelques mots ! La jeune fille s'en va et je me retiens pour ne pas l'embrasser ! Le reste de la file est tout aussi enthousiaste et j'ai envie de pleurer de bonheur. Une adolescente de quinze ans environ me demande même si elle peut me prendre en photo. Elle est si enthousiaste à cette idée que j'ai l'impression qu'elle vient de croiser Madonna et que celle-ci lui a donné son adresse électronique personnelle ! Ça me fait tout drôle de savoir que je peux déclencher autant d'émotions positives chez ceux qui me lisent. C'est agréable comme sensation.

– Alors, la star ? Comment ça se passe ? Inutile de me le dire, ça fait quinze minutes qu'on attend que tes fans aient disparu !

Je me tourne et aperçois Ophélie, accompagnée d'un jeune homme grand, brun avec des yeux bleus très clairs que je devine être Olivier. Elle m'embrasse, me présente son chum en glissant un bras autour de sa taille puis s'exclame :

– Ta séance se déroule à merveille, à ce que je vois ! T'es presque en train de déclencher une émeute !

– Pff ! N'importe quoi ! Cela dit, je suis encore toute chamboulée que des personnes m'aient mise sur leur liste d'auteurs à rencontrer.

– Si ça se trouve, certains se sont même déplacés exprès pour toi !

– Je crois que tu as un peu trop bu, toi, non ?

– Qui a un peu trop bu et où est-ce que je peux trouver de l'alcool ?

Marie-Anne apparaît, rayonnante comme à son habitude et nous salue.

– Alors, heureuse de ton premier salon, ma belle ? s'enquiert-elle.

Je n'ai pas le temps de répondre qu'Ophélie lui explique combien je suis sous le choc d'avoir eu droit à une petite file d'attente de lecteurs en arrivant. Marie-Anne s'extasie et j'aperçois Alexandre, un peu en retrait. Il a l'air concentré par la lecture d'une quatrième de couverture. Est-ce que Marie-Anne serait venue avec lui par hasard ? Aurait-elle décidé d'accorder une nouvelle chance à leur relation sans me le dire, la cachottière ? Surprenant mon regard, elle devine tout de suite ce à quoi je pense. À son expression, je comprends que je me suis trompée et que rien n'a changé avec Alexandre. Il faudrait quand même que je lui dise que ce qu'elle vit avec lui ressemble à s'y méprendre à une vraie relation amoureuse. Elle couche avec lui, l'appelle pour discuter durant des heures, se rend à des salons du livre en sa compagnie. C'est assez évident, non ? Il n'y a qu'elle pour refuser de le voir.

Se sentant observé, Alexandre dépose le livre qu'il feuilletait et s'approche de moi. Nous discutons un peu, surtout de mon roman et de son travail de journaliste. Je brûle de lui poser des tas de questions sur sa relation avec Marie-Anne, sur ses sentiments pour elle, mais d'une, je n'ai jamais été aussi proche de lui que je peux l'être avec Antoine et, de deux, je doute que Marie-Anne apprécierait mon intrusion dans sa vie privée. Alors, je me tais, mais je n'en pense pas moins.

Soudain, je sens quelqu'un me tapoter le dos. Je me retourne et me retrouve en face d'une femme d'une cinquantaine d'années, l'air un peu pincé. Elle tient mon roman à la main :

– C'est vous qui avez écrit ça ?

Je lui souris fièrement.

– Oui. C'est mon premier roman.

– Vous n'êtes pas un peu jeune pour écrire des livres ?

Surprise par sa question, et surtout par son scepticisme – j'ai l'impression qu'elle croit que je suis un imposteur ! –, je reste un moment silencieuse, cherchant mes mots.

– Vous avez quel âge ? reprend-elle, visiblement décidée à ne pas lâcher le morceau.

– Je viens d'avoir vingt-huit ans, mais je ne crois pas que l'âge ait un quelconque rapport avec l'écriture.

La femme ne répond pas, mais je sens qu'elle n'est pas convaincue.

– Et il est bien, au moins, votre livre ?

Qu'est-ce que c'est que cette question ? Comment est-ce que je peux répondre à ça ? Je ne vais pas dire non et si je dis oui, il est évident que mon opinion est biaisée puisque je suis l'auteure !

– Je vous invite à lire le début pour en juger par vous-même.

– Vous n'êtes pas capable de me dire si votre livre est intéressant ?

– Écoutez, je peux bien vous dire que mon roman mérite le Prix du gouverneur général, mais vous conviendrez qu'il m'est impossible d'être objective, étant donné que j'en suis l'auteure.

Marie-Anne intervient et réduit à néant la réplique de cette femme bizarre qui a l'air de m'avoir prise en grippe.

– Si je puis me permettre, Madame, ce roman est une pure merveille. Je l'ai lu en une seule soirée.

– Ah ! vraiment ? Je suis assez dubitative en ce qui concerne les jeunes auteurs. Ils écrivent tout et n'importe quoi.

C'est quoi, ce sectarisme envers les écrivains de la relève ? Si cette femme pense que nous ne sommes que des écrivaillons, pourquoi s'intéresse-t-elle à mon roman ? Il y a des centaines d'auteurs présents au salon et ayant écrit des dizaines de livres. Quelle pimbêche ! Qu'on s'entende, ce n'est pas de devoir convaincre ceux qui se présentent à ma table d'acheter mon roman qui me gêne ; je l'ai déjà fait avec plaisir. Ce qui me dérange dans ce cas précis, c'est que je sens que je perds mon temps. Ma future non-lectrice semble s'être déjà fait une idée assez précise de ce que j'écris, et ce, de manière on ne peut plus étrange, vu qu'elle se base sur mon âge pour juger de mon travail !

Marie-Anne ne se laisse pas démonter et continue :

– Je vous comprends, vous savez. Moi aussi, j'ai du mal à trouver des romans qui me plaisent.

– C'est qu'on publie tellement de choses de nos jours ! Impossible de s'y retrouver. Moi, je veux lire des valeurs sûres.

– Vous avez fait le bon choix avec le livre d'Isabelle, alors.

La femme examine mon roman sous toutes les coutures puis le dépose sur ma table.

– Je le prends. Dans le pire des cas, je m'en servirai pour coincer le pied d'une table bancale.

Ma salive se coince dans ma gorge et je me force à refouler la réplique cinglante qui se bouscule sur mes lèvres. Être auteure demande une bonne dose de sang-froid.

Je m'assois et saisis mon stylo.

– Votre prénom ?

– Lise.

Hum. L'ironie de la vie me laisse sans voix. Cette charmante personne porte le même prénom que ma mère !

N'écoutez pas les critiques, prenez des risques.

Claude Lelouch

Chapitre sept

– J'ai vraiment hâte de voir quel genre de lecteurs je vais rencontrer aujourd'hui ! je m'exclame en descendant de la voiture de Maxim.

Je le rejoins et continue.

– Je pense que je vais compiler toutes mes rencontres et en écrire un livre !

Ma rencontre avec cette femme qui me prenait de haut hier soir a marqué le début de toute une série d'échanges insolites. J'ai eu droit, par exemple, à une jeune femme d'une trentaine d'années qui pensait que mon roman était, en réalité, un livre de recettes de cocktails alcoolisés – à cause du titre ! J'ai également dû me retenir de ne pas éclater de rire quand une vieille dame s'est approchée de moi et m'a demandé sans sourciller si le vase et les fausses fleurs posées près de moi étaient à vendre ! Je lui ai répondu par la négative et elle a alors absolument tenu à ce que je lui donne le nom et l'adresse de la boutique qui les vendait. Mais ce qui m'a le plus surprise, c'est le nombre incalculable de fois où on m'a lancé : « C'est vous, l'auteure du ce roman ? » Non, non, j'ai vu une chaise et je me suis assise là pour me reposer ! Manon pense que c'est une manière d'amorcer la conversation avec l'auteur, car les gens sont intimidés par notre aura de *glamour* – ah, ah ! Si tel est le cas, je conseillerais plutôt : « Bonjour, ma mère, ma sœur, ma meilleure amie, ma boss a adoré votre roman ! Il me le faut absolument ! » Ça, c'est une belle entrée en matière ! Ou, plus platement : « Bonjour, de quoi parle votre livre ? » Cela étant dit, j'adore mon expérience et je regrette que le salon se termine déjà demain.

Je jette un œil rapide à ma montre. Il est presque onze heures et je commence ma séance de dédicace dans quelques minutes. Antoine et Cécile n'ont finalement pas pu venir me voir hier à cause d'un problème de voiture, mais ils viendront faire un tour aujourd'hui.

Dès que Maxim et moi pénétrons dans la salle, je suis tout de suite saisie par le nombre des visiteurs. On se croirait à Place Laurier lors du *boxing day* ! Les auteurs sont pratiquement tous pris d'assaut et il est très difficile de circuler.

– Il y a vraiment du monde, commente Maxim. Où est le stand de ta maison d'édition ?

– Suis-moi.

Je glisse ma main dans la sienne pour éviter que nous nous perdions de vue et je l'entraîne vers ma table. Une file au moins deux fois plus longue qu'hier m'attend ! Je fige un instant, vérifie que c'est pour bien moi que toutes ces personnes patientent et me tourne vers Maxim :

– Est-ce que tu vois ce que je vois ? On dirait qu'une bonne dizaine de personnes sont là pour moi ! Non, mais tu te rends compte ? Ils viennent pour me rencontrer, moi ! Comme si j'étais quelqu'un d'important ! Il faut que tu prennes des photos, ma mère ne me croira jamais, sinon !

Maxim sort son appareil de l'étui suspendu à son cou, prêt à immortaliser l'instant. Je salue Manon et les auteurs présents puis m'installe à ma table. Les dédicaces s'enchaînent au même rythme que les flashs. Je prends le temps de discuter quelques minutes avec chacun, maîtrisant maintenant parfaitement l'art de mener une conversation, de réfléchir à une dédicace puis de l'écrire. La majorité des personnes présentes s'est fait conseiller mon roman soit par une amie, soit par des libraires. Manon avait raison : le bouche-à-oreille est la meilleure promotion ! Les minutes filent. Je grave toutes mes rencontres dans ma mémoire et emmagasine des tonnes de souvenirs. Quand j'écrirai mon deuxième roman et que je ferai face au syndrome de la page blanche, je repenserai à tous ces moments de bonheur et mon inspiration reviendra, j'en suis sûre.

Prise par ma séance de signatures, je mets un bon moment à remarquer que Maxim a disparu. Je le cherche des yeux, mais impossible de le distinguer parmi une foule de plus en plus dense. Quelques minutes plus tard, Antoine et Cécile arrivent à se frayer un chemin jusqu'à moi alors que la file de mes lecteurs a sensiblement diminué.

— Eh bien, Marie-Anne m'a dit hier que tu étais devenue une star, mais je ne savais pas que c'était à ce point ! s'exclame Cécile. Est-ce que tu vas continuer à nous parler après le salon ?

— N'y comptez même pas ! Nous n'évoluons plus dans les mêmes sphères maintenant !

— Horreur et damnation, ma belle-sœur a pris la grosse tête ! plaisante Antoine.

— Si grosse qu'elle ne passe même plus dans les portes ! je confirme en riant.

– Maxim n'est pas là ? s'étonne Cécile.

Je secoue la tête.

– Il est venu avec moi, mais je crois qu'il a préféré me laisser seule avec mes lecteurs.

– Je vais essayer de l'appeler, dit Antoine. Avec un peu de chance, il va entendre son cellulaire. On reviendra te voir à la fin de ta séance. Tu termines quand ?

– Dans une heure.

– Tu ne reviens pas après ?

– Non.

– On pourrait aller manger quelque part tous les quatre, alors ? Si Madame l'auteure n'a pas trop honte d'être vue en compagnie de gens ordinaires, ajoute Antoine avec un clin d'œil.

– Je vais enfoncer ma tuque jusque sur mon nez pour éviter qu'on me reconnaisse ! On se dit à tantôt ?

– À tantôt !

Cécile et Antoine s'éloignent, main dans la main, et je les suis des yeux avec un pincement au cœur. Ils ont l'air si amoureux. Cela fait longtemps que Maxim ne m'a pas regardée comme Antoine regarde Cécile. Je crois que le secret de la réussite de leur couple réside dans le fait qu'ils pensent toujours à l'autre avant de penser à eux. Et, comme c'est réciproque, aucun ne se sent délaissé. Le problème de ma relation avec Maxim en ce moment, c'est que je suis la seule à faire des efforts. J'ai hâte que les vacances d'été arrivent. Nous avons planifié un périple à travers le Saguenay et dans Charlevoix. Cela devrait lui permettre de se détendre, d'oublier son boulot et de nous rapprocher.

Le reste de ma séance de dédicace me file entre les doigts. Je pourrais rester assise des heures à ma table, mais l'auteur qui doit prendre ma place vient d'arriver et je dois me lever. Je rassemble donc mes affaires et Manon m'interpelle.

— Isa, j'ai une super nouvelle pour toi !

— Qu'est-ce que c'est ?

Je vais passer à la télé ? Mon livre s'est vendu à dix mille exemplaires ? Je suis en lice pour le titre d'auteur de l'année ?

— C'est confirmé : ton roman va être publié en France, en septembre de cette année !

Pincez-moi ! Pincez-moi ! Pincez-moi !

— En septembre de cette année ?

Avec les plus grands noms de la scène littéraire française ? Ça y est, j'ai déjà mal au ventre !

— Eh oui ! C'est une petite maison indépendante parisienne, mais elle commence à se tailler une bonne place dans le milieu et son réseau de distribution est excellent.

Je ne me retiens pas et embrasse Manon.

— Merci, merci, merci ! Vraiment, je ne sais pas comment te remercier !

— Continue d'écrire des histoires captivantes. Dès que je reçois la couverture française de ton livre ainsi que la date exacte de sa sortie, je te fais suivre ça.

— Dire que mon roman va sortir en France en septembre ! C'est à peine croyable. J'aurais presque envie d'être sur place pour assister à ça.

— C'est sûr que si tu peux, ça ne serait pas une mauvaise idée, me lance Manon. Tu pourrais participer aux activités de promotion.

Aller en France ? Pour quelques semaines ? Ce serait tellement génial ! Peut-être que ma boss accepterait de me donner un congé sans solde d'un mois. Maxim arrivera peut-être à se libérer, lui aussi. On pourrait alors passer deux ou trois semaines à se balader sur les routes de France. On pourrait prendre tout le temps qu'il faut pour admirer Paris, passer quelques jours dans les Alpes puis descendre dans le Sud pour profiter des derniers beaux jours sur la plage. On remonterait ensuite à Lyon jusqu'à notre départ. Je nous vois d'ici !

Maxim et moi sommes déjà allés deux fois en France ensemble, mais nous n'avons jamais eu de temps pour nous. Nous avons surtout couru d'un endroit à l'autre parce que ma famille et mes amis voulaient nous voir.

— Penses-y, en tout cas, conclut Manon.

— Je te tiens au courant.

Maxim arrive alors que j'embrasse à nouveau Manon avant de lui dire au revoir. Je m'empresse de lui apprendre la bonne nouvelle et lui demande si, à son avis, il serait en mesure d'obtenir un congé sans solde en septembre.

114

– Je ne sais pas du tout. Il faudrait que je me renseigne.

Déconcertée par son ton assez neutre, je l'interroge :

– Mais tu aurais envie de venir en France avec moi ?

– Oui, bien sûr, seulement je ne pense pas pouvoir m'absenter un mois entier.

– Ce n'est pas grave, deux semaines, ce serait déjà bien.

– On verra. On y va ? Le brouhaha ambiant commence à me donner le vertige.

– Tu n'as pas croisé Antoine et Cécile ? Ils sont passés à ma table tout à l'heure. Antoine devait t'appeler pour essayer de te retrouver.

Maxim sort son portable de la poche de son jean et hoche la tête.

– Oui, il a tenté de me joindre. Avec le bruit, je n'ai pas entendu la sonnerie.

– Il voulait qu'on aille manger quelque part.

– Oh ! non, vas-y, toi, si tu veux. J'ai vraiment envie de me détendre à la maison.

– Rappelle quand même ton frère pour le lui dire.

Maxim acquiesce et s'éloigne. Tandis que je patiente, une jeune femme m'interpelle :

– Est-ce que c'est vous l'auteure de *Vodka-canneberge sans glace* ?

– Oui, c'est moi.

– Je n'étais pas certaine. Est-ce que ça vous dérangerait de me dédicacer votre livre ? Je sais que vous avez fini votre séance, mais...

– Donnez. Ça me fait plaisir !

La jeune femme me tend son exemplaire de mon roman et je me poste contre la caisse du stand pour lui rédiger quelques mots. Je le lui rends avec un grand sourire tandis que Maxim réapparaît.

– Je croyais que tu avais fini ?

Je lui souris :

– C'est l'heure de mon rappel, comme les chanteurs.

– Tu peux rester si ça te dit. Antoine et Cécile ne vont pas tarder.

– Je préfère rentrer avec toi.

– Mais non, on se verra ce soir. Ne gâche pas ton après-midi pour moi.

– Je préfère rentrer avec toi, on pourrait...

– Tiens, voilà justement Antoine, me coupe Maxim comme s'il ne m'avait pas entendue. À tout à l'heure.

Il dépose un rapide baiser sur mes lèvres et se dirige vers son frère. Il salue Cécile, discute un instant avec eux, leur expliquant certainement qu'il n'a pas envie de passer du temps avec nous, ni même avec moi, puis s'éloigne sans un regard en arrière.

C'est ce qu'il fait le mieux en ce moment : s'éloigner sans un regard en arrière.

L'habituel défaut de l'homme est de ne pas prévoir l'orage par beau temps.

Nicolas Machiavel

DEUXIÈME PARTIE
Et si ?

Chapitre huit
Juin, deux mois plus tard

De dan.mercier@gmail.com à moi :

« Objet : Félicitations, Sab !

Dan ? Mercier ? Daniel... Mercier ? Ça ne peut pas être celui à qui je pense. Félicitations, *Sab* ? Oh ! que oui, c'est lui. Il n'y a qu'une seule personne au monde qui m'appelle comme ça. Ou plutôt, qui m'appelait comme ça.

Salut, toi !

Arrête de froncer les sourcils, Sab, c'est bien moi.

Le succès de ton roman a traversé l'Atlantique pour parvenir jusqu'à moi et j'ai eu envie de t'écrire un mot d'admiration. Je me suis procuré ton livre à la Librairie du Québec à Paris et, même si c'est avant tout une histoire destinée à un lectorat féminin, je ne me suis jamais senti exclu ou pas à ma place au cours de ma lecture. Ta plume est universelle, elle vient chercher chaque lecteur, et ça, c'est la marque des grands écrivains. Crois-moi.

Après ma lecture, j'ai fait une petite recherche avec ton nom sur Google et je suis tombé sur ton site. En voyant ton adresse e-mail, je n'ai pas pu résister à l'envie de t'écrire. J'espère que tu ne m'en voudras pas. À ce que j'ai compris en parcourant ton blog, c'est un beau ténébreux qui te retient dans cette contrée éloignée qu'est le Québec. Toi, si frileuse, tu endures maintenant un hiver de six mois. Ah ! l'amour !

Appelle-moi si tu passes à Paris un de ces jours, j'aimerais beaucoup te revoir. Et... je ne sais pas si tu m'en veux encore pour ce qui s'est passé entre nous, mais si oui, je te présente une nouvelle fois mes excuses.

D. »

PS : Mon numéro de portable : 06-08-25-56-34

Dan ? Dan Mercier ? Daniel Mercier ?

Je pose une main sur mon ventre, comme si quelqu'un venait de me donner un coup de poing et ferme les yeux. Je ne m'attendais pas du tout à recevoir de ses nouvelles aujourd'hui, ni même demain. Jamais, en réalité. Jamais, et cela aurait dû rester ainsi. S'il y a une chose dont je n'ai pas envie en ce moment, c'est bien de me laisser agripper par les réminiscences de mon passé.

Allez, on respire un grand coup et on oublie. J'envoie son courriel directement dans la corbeille et ce sera comme s'il n'avait jamais existé.

Oui, mais... Il m'a quand même dit que j'écrivais comme un grand écrivain. Personne n'avait employé ces termes avant. Ni les critiques, ni mes lecteurs, ni même Manon. Je ne peux pas supprimer un message refermant un tel compliment, même s'il vient de Daniel. Je devrais peut-être l'archiver et l'oublier. Ou me souvenir uniquement de ce que j'ai ressenti quand j'ai lu les mots « grands écrivains ».

Pourquoi m'a-t-il écrit ? Pourquoi maintenant ? Et pourquoi suppose-t-il que je vais me rendre à Paris prochainement ? C'est louche. Il n'avait aucun moyen de savoir que je serais en France en septembre. Je ne l'ai même pas encore annoncé sur mon blogue.

Mon congé sans solde a été accepté la semaine dernière. J'attends maintenant de savoir si Maxim va pouvoir m'accompagner. Il m'a dit avoir beaucoup insisté auprès des associés du cabinet et qu'il ne nous restait plus qu'à patienter. Leur réponse ne devrait pas tarder.

Je relis le courriel de Daniel. Mon visage se crispe en parcourant le passage sur Maxim.

> « À ce que j'ai compris en parcourant ton blog, c'est un beau ténébreux qui te retient dans cette contrée éloignée qu'est le Québec. Toi qui étais si frileuse, tu endures maintenant un hiver de six mois. Ah ! l'amour ! »

C'est moi ou sa dernière exclamation sur l'amour est ironique ? Comme s'il se doutait qu'entre Maxim et moi, c'est assez difficile parfois. N'importe quoi ! Je suis vraiment parano ! Il n'empêche que c'est ainsi. Maxim et moi nous rapprochons pour nous éloigner ensuite sans aucune raison apparente. Ce cycle infernal est en train de me rendre folle. Au moins, nous nous sommes reconnectés physiquement. De l'initiative de Maxim, c'est déjà ça. Un vendredi après-midi, il m'a fait la surprise de rentrer après le dîner. J'ai tout de suite pensé qu'il avait oublié un dossier important à la maison, mais non. Il m'a dit que je lui manquais et qu'il voulait passer du temps avec moi. Nous sommes restés tout l'après-midi au lit. Ah ! si Maxim pouvait ne plus jamais travailler les vendredis, comme moi, j'aurais érigé cette journée-là en journée coquine ! J'en aurais même fait une tradition. Je n'aurais jamais cru que le sexe et l'intimité qui en découle puissent me manquer autant. Cela étant dit, ma vie sexuelle avec Maxim est à l'image de notre couple : changeante. Parfois, la passion nous enveloppe, parfois, non.

Avec Daniel, en revanche, ça a toujours été très fougueux. Même la première fois. Même à la fin de notre relation. Je me demande ce qu'il devient. Selon ce qu'il m'a écrit, il vit à Paris, mais pour le reste, c'est assez nébuleux. Nous ne nous sommes pas vus depuis environ dix ans. Depuis le jour où il est venu chez moi m'annoncer qu'il me quittait pour une autre fille. Mon premier amour. Mon premier amant. Envolé en quelques mots. Les mots les plus banals du monde. « C'est terminé. Je suis désolé. » Oui, c'est ça, tu peux bien encore me présenter tes excuses aujourd'hui ! Tant que tu ne te seras pas fait hara-kiri pour effacer tout ce que j'ai souffert quand tu es parti, tu peux te les mettre où je pense, tes excuses ! Mon amour-propre, ma confiance, tout ça s'est volatilisé en même temps que lui.

Et quel culot de me recontacter après toutes ces années ! Les hommes se croient vraiment tout permis. Si certaines règles de savoir-vivre existent, c'est pour que les messieurs les suivent. Jamais plus tu ne reparleras – et surtout pas de ta propre initiative – à la femme que tu as bafouée. Ce n'est pas compliqué à comprendre, même pour eux !

Oui, mais Daniel m'a quand même dit que j'écrivais comme les grands écrivains. C'est sa force, ça, trouver les mots pour amadouer, faire plaisir ou énerver son interlocuteur. Qui est-il, d'abord, pour juger de la qualité de ma plume ? Et de quel droit ? Je ne le lui permets pas, même pour me faire le plus beau compliment du monde.

Je me demande à quoi il peut bien ressembler aujourd'hui ? Est-il toujours cet homme en devenir, cherchant son identité ? A-t-il toujours les cheveux châtains rasés de près et ce regard perçant ? Et si j'essayais de trouver une photo de lui sur Google ?

D-a-n-i-e-l M-e-r-c...

— Salut, ma sœur !

Je sursaute et claque le couvercle de mon portable. Ophélie a le don d'arriver quand on ne l'attend pas ! Sa démarche est aussi feutrée que celle d'un chat.

— T'étais sur un site porno ? me lance-t-elle avec un sourire coquin.

— Franchement !

— Quoi ? Tu veux me faire croire que tu n'as jamais surfé sur un site porno ?

J'éclate de rire.

— O.K., je plaide coupable, mais ce n'est pas ce que j'étais en train de faire. Je... revivais des souvenirs.

Ophélie fronce les sourcils.

— Plus énigmatique que ça, tu es la réincarnation du sphinx. N'excite pas ma curiosité si tu ne veux pas que je te pose des questions.

— Oui, mais tu sais bien que ta curiosité est toujours excitée pour peu de choses.

Je gratifie Ophélie d'un clin d'œil et un sourire taquin illumine son visage.

– C'est bien vrai, ça ! Maintenant que mon plus gros défaut est établi, tu peux m'avouer ce que tu faisais. Promis, je ne le répéterai à personne.

– Un de mes ex m'a écrit pour me féliciter pour mon roman, c'est tout.

– Tu vas lui répondre ?

– Non. Je ne crois pas.

Ophélie opine du chef puis s'exclame :

– Bon, changeons de sujet ! Ma belle grande sœur d'amour, j'ai quelque chose de très, très important à te demander !

Je ne peux retenir une légère grimace.

– Pourquoi est-ce que je sens que je ne vais pas aimer ?

– Je ne sais pas. Écoute-moi et tu me diras si tu aimes.

– O.K., mais allons prendre l'air. Il fait vraiment beau et je suis enfermée depuis ce matin.

Faire beau est un euphémisme. Le soleil, plus que généreux pour ces premières journées de juin, brûlerait presque ma peau trop peu habituée à recevoir tous ces rayons après six mois d'hiver. Ophélie et moi prenons le chemin du bois de Coulonges, à dix minutes de la maison. En ce vendredi, nous ne sommes pas les seules à avoir eu cette idée. Chacun prend son bain de soleil, un sourire flottant sur les lèvres.

Les écureuils courent autour de nous, heureux du ciel bleu rayonnant tacheté de quelques nuages blancs. L'été frappe à nos portes, il n'y a pas de doute.

Je jette un œil à Ophélie et souris. J'aime sa présence. J'aime qu'elle soit ici, à Québec. Même si on se voit moins depuis qu'elle sort avec Olivier, notre complicité ne cesse de croître. Personne, en nous regardant ensemble toutes les deux, ne pourrait se douter que nous nous connaissons depuis seulement deux ans. Nous avons commencé par échanger *grâce* à Internet et puis nous nous sommes rencontrées quelques mois plus tard, alors que je passais les vacances de Noël en France. Nous avons tout de suite été complices et nous n'avons jamais cessé de nous appeler ou de nous écrire jusqu'au Noël suivant où elle m'a demandé si elle pouvait venir vivre au Québec.

Aucune gêne n'a jamais entaché notre relation. Ophélie est loin d'être rancunière. Elle ne m'a jamais tenu rigueur de l'avoir gardée à l'écart de ma vie si longtemps. Elle comprend pourquoi je l'ai fait même si elle m'a avoué qu'elle aurait aimé grandir en m'ayant à ses côtés. Ce n'est pas si facile de passer sa vie seule avec ses parents. On regrette toujours de ne pas avoir un frère ou une sœur près de soi pour partager nos joies, nos espoirs, nos colères ou notre tristesse. On regrette même les éventuels disputes et coups bas. Moi aussi, je suis triste de ne pas avoir vu Ophélie devenir la jeune femme qu'elle est à présent, mais les regrets sont inutiles. Le passé est ce qu'il est. Regardons vers le présent. Vers l'avenir.

– Alors, cette demande si importante, c'est quoi ?

– En réalité, c'est une demande pour Maxim et toi.

Je détaille Ophélie de haut en bas et fronce les sourcils.

– Tu n'es pas enceinte ?

Ma sœur se fige un instant avant de pouffer de rire en se tenant le ventre.

– Enceinte ? répète-t-elle. Mais où t'es allée chercher ça ? T'as de ces idées !

Effectivement ! Je me demande bien où j'ai été pêché ça ! Son visage étant soudain devenu plus grave, j'ai logiquement pensé à quelque chose de sérieux. Quoique, à bien y réfléchir, Ophélie a l'air passablement excitée et si elle avait été enceinte, je pense qu'elle aurait davantage été mortifiée.

Se remettant de son fou rire, elle enchaîne :

– Ne t'inquiète pas, on se protège, Olivier et moi ! Et puis si j'étais enceinte, je n'aurais rien eu à te demander.

Je hausse les épaules.

– Tu aurais pu vouloir que Maxim et moi soyons le parrain et la marraine de ton enfant.

– On voit que t'es romancière, toi ! T'as l'imagination fertile !

– O.K., arrête de te moquer de moi et fais donc ton *coming-out* !

Ophélie inspire un grand coup et lâche d'un trait :

– Je voudrais exposer dans la galerie de la mère de Maxim à New York.

Finalement, j'aurais préféré qu'elle soit enceinte. Elle est tombée sur la tête ou quoi ? Elle ne peut pas avoir dit ce que j'ai entendu qu'elle a dit. À moins que son cerveau, trop peu habitué à l'hiver québécois, ne soit resté embrumé par l'avalanche de neige que nous avons eue. Oui, ça doit être ça. Elle est victime d'une intoxication à l'hiver !

– J'espère que par « exposer dans la galerie de la mère de Maxim » tu voulais dire « te marier avec Olivier et partir élever des vaches laitières en Gaspésie » parce que sinon...

– Isa, je sais que Maxim et sa mère ne sont pas très proches, mais...

– Pas très proches ? Ophélie, ils ne se parlent plus depuis des années !

– Oui, bon, d'accord, si tu veux, mais j'ai vraiment envie d'exposer mes peintures dans la galerie de Louise ! S'il te plaît, il faut que tu me laisses essayer ! Si tu n'oses pas en parler à Maxim, je le ferai.

– Écoute, si tu veux que je t'aide à démarcher les galeries québécoises, je le ferai avec plaisir, mais tu dois t'enlever de la tête l'idée d'exposer un jour dans la galerie de Louise.

– Oui, mais là je te parle de New York, Isa. New York. Tu te rends compte ? Je ne peux pas passer à côté de cette occasion.

– Quelle occasion ? Il n'y a pas d'occasion, sauf dans ta tête ! Tu ne connais même pas Louise ! Elle a sûrement d'autres chats à fouetter que de s'embarrasser des peintures de la sœur de la copine de son fils qui ne lui parle plus depuis des lustres !

– Je voudrais juste avoir la possibilité d'entrer en contact avec elle.

– C'est hors de question.

Ma relation avec Maxim n'est déjà pas au beau fixe en ce moment. Si en plus je dois ramener sa mère sur le tapis, une guerre ouverte risque de se déclarer entre nous, et ma sœur se retrouverait en plein cœur du champ de bataille.

Ophélie se poste devant moi, de manière à m'empêcher d'avancer. Son regard me supplie.

– Demande au moins son avis à Maxim avant de dire non.

– Je lui ne parle jamais de Louise, c'est une règle tacite entre nous.

Depuis cette fameuse soirée où Antoine et moi avons entraîné Maxim au restaurant pour qu'il fasse la paix avec sa mère – soirée ayant conduit à des réactions en chaîne cataclysmiques –, je n'ai jamais plus abordé le sujet de sa mère et de sa non-relation avec elle. Il lui arrive de mentionner son nom parfois, en faisant référence à un souvenir d'enfance. En revanche, elle est toujours exclue du présent ou de l'avenir. Parler à Maxim des projets hallucinants de ma sœur n'est certainement pas la meilleure façon de l'amener à envisager une réconciliation avec elle.

Ophélie soupire de déception, cherchant une faille dans laquelle se glisser pour me faire changer d'avis. Je suis triste de lui dire non, mais elle aura beau aborder le sujet sous tous les angles imaginables, ma réponse restera la même. Elle plonge la main dans la poche de son manteau, en retire une poignée d'arachides et les lance aux écureuils. Ils accourent aussitôt, excités par ce festin inattendu. Ma sœur garde toujours sur elle une ou deux gâteries à donner aux petits animaux des bois quand elle se balade. Elle m'a même forcée à installer une mangeoire sur notre balcon afin de pouvoir nourrir et observer les mésanges.

Nous continuons notre promenade en silence puis Ophélie revient à l'attaque :

– Est-ce que tu sais que la galerie de Louise est connue pour donner une voix aux nouveaux artistes ? Je voudrais juste qu'on me donne ma chance, comme on l'a fait avec toi pour ton roman. Quelqu'un a cru à ton art.

– C'est vrai, mais je ne connaissais personne dans le milieu. Je suis entrée en contact avec des maisons d'édition en leur proposant mon travail. Pourquoi tu n'essaies pas de faire la même chose ?

– Parce que personne ne va prendre au sérieux une artiste peintre de même pas dix-neuf ans ! Isa, je ne suis pas naïve, il est presque certain que Louise refusera d'exposer mes peintures, mais je voudrais au moins pouvoir le lui demander.

– Ophélie, ne le prends mal, mais penses-tu vraiment avoir l'étoffe pour exposer à New York ? Ce n'est pas parce que tu es ma sœur que Louise te ferait une faveur.

– Je sais. Tout ce que je demande, c'est qu'une professionnelle examine mon travail et me dise si je peux espérer un avenir dans la peinture ou non.

– Tu n'es pas obligée de le demander à Louise, il y a d'autres professionnels en Amérique du Nord. Et depuis quand tu cherches à faire carrière dans la peinture ? Tu ne m'as jamais dit que c'était plus qu'un passe-temps.

– Un passe-temps, grimace-t-elle, déçue par l'emploi de ce mot. Non, ce n'est pas un passe-temps. C'est comme toi avec l'écriture.

Je ravale un hoquet de surprise.

– Tu rêves de vivre de la peinture ?

Elle acquiesce en silence. Je me sens soudain honteuse d'avoir qualifié son art de passe-temps. Cela me mettait tellement hors de moi lorsque ma mère le faisait...

– Excuse-moi, je ne savais pas.

– C'est pour ça que c'est important pour moi de pouvoir contacter la mère de Maxim.

– Ophélie, je voudrais t'aider, je le voudrais vraiment, mais...

– Est-ce que tu m'accompagnerais chez Olivier ?

– Pourquoi ?

– Pour que je te montre ce que j'ai peint ces dernières semaines.

* *
*

Le loft d'Olivier est situé dans le quartier Saint-Roch, rue Saint-Vallier Est. Une immense pièce lumineuse nous accueille quand Ophélie et moi poussons la porte. Orientée vers le sud-ouest, le soleil tombant de la fin de l'après-midi inonde les planchers de bois franc. Le lit se trouve vers l'entrée ; en avançant un peu, nous tombons sur le coin salon, séparé du reste de l'appartement par une grande bibliothèque ouverte, composée de plusieurs cases symétriques. Des dizaines de livres, DVD et CD sont posés sur le meuble en mélamine blanche. Un peu plus loin, au fond, se trouve l'espace cuisine et la salle de bains.

– Est-ce qu'Olivier sait que tu viens chez lui quand il n'est pas là ?

– Pourquoi penses-tu que j'ai la clé ?

Je fronce les sourcils, surprise.

– Tu ne trouves pas que c'est un peu rapide ? Vous avez l'intention de vivre ensemble ?

– Mais non, voyons ! Je viens ici pour travailler sur mes peintures.

– Pourquoi tu ne peins pas à la maison ?

– Parce que j'aime être seule et aussi parce que...

Ophélie s'interrompt et un voile d'appréhension assombrit son visage.

– Parce que je ne voulais pas que tu saches tout le temps que j'y consacre.

– Pourquoi ?

– J'avais peur que tu me lances le même regard désapprobateur que mes parents et que tu me demandes « d'arrêter de perdre mon temps avec des futilités et de faire quelque chose de concret de ma vie », fin de la citation.

Sa réponse me coupe le souffle. Elle pensait vraiment que j'aurais pu lui faire ce genre de reproches ? Moi qui ai vécu exactement la même chose avec ma mère ? Moi qui sais par expérience à quel point nous devons nous battre pour être nous-mêmes et non ce que nos parents attendent de nous ?

– Je ne t'aurais jamais dit ça, Ophélie. Si quelqu'un peut comprendre ce que c'est de vouloir essayer d'avancer sur un chemin artistique, c'est moi.

Elle me sourit, incertaine, et j'enchaîne :

– C'est pour peindre que tu as pris une année de congé alors ? Pas seulement pour voyager et vivre autre chose avant d'entrer à l'université ?

Elle hoche la tête, heureuse et soulagée que la raison profonde de son année sabbatique soit révélée au grand jour. Ses parents ne le savent pas, ils auraient désapprouvé, m'explique-t-elle. Ophélie a toujours été une excellente élève et ils s'attendent à ce qu'elle embrasse une brillante carrière de scientifique. Apparemment, ses parents sont faits du même bois que ma mère.

– C'est en partie pour cette raison que je veux exposer à New York, pour leur montrer que mes peintures valent quelque chose et que je suis une véritable artiste. Et aussi pour qu'ils m'encouragent à suivre cette voie. J'ai encore besoin de leur approbation, tu sais.

– Je sais.

Je me demande si on arrive un jour à se débarrasser de cette volonté de toujours vouloir plaire à ses parents. Ophélie m'entraîne alors dans la cuisine, là où se trouvent ses aquarelles. Il y a en a sept : le Château Frontenac, la terrasse Dufferin, le traversier sur le fleuve, le pont de l'île d'Orléans et les rues de la ville. Les rues dont l'ambiance jaillit. Et puis, il y a le Vieux-Québec, un escalier, des passants. Celle qui sèche sur le chevalet croque sur le vif une enseigne de magasin qui se balance au gré du vent.

Ophélie a tout représenté, tout saisi selon son regard et j'ai l'impression de redécouvrir cette ville que j'ai adoptée plus de trois ans auparavant. Il y a un je-ne-sais-quoi dans ses peintures, une étincelle de vie, une âme. Je reste debout à les contempler, silencieuse, pendant plusieurs minutes, plongeant à travers une belle palette d'émotions, allant de l'émerveillement à l'étonnement en passant par l'admiration.

Ophélie et moi nous asseyons ensuite sur la causeuse du salon. Ma sœur s'empare d'une grande pochette cartonnée posée contre l'accoudoir du divan et étale sur la table une série de portraits, tous crayonnés au fusain.

– Je me suis mise au dessin l'an passé. J'aime beaucoup la texture du papier et du fusain. J'ai entamé une série de portraits il y a quelques semaines.

Elle me tend des esquisses d'Olivier pour la plupart, ainsi que deux ou trois nus d'une jeune fille que je ne connais pas.

– C'est une collègue de travail, me précise Ophélie.

Elle fouille dans sa pochette et en ressort une autre de ses créations.

– Celui-là, il est pour toi.

Mon cœur cogne subitement plus fort dans ma poitrine en observant le portrait qu'elle a réalisé de Maxim. Elle a saisi avec une précision étonnante l'émotion qui s'échappe parfois de son visage. Elle a l'œil pour figer parfaitement sur papier ce qui définit un lieu ou une personne.

— Tu as fait ça de mémoire ?

— Oui.

Elle est douée. Et je ne m'en étais jamais rendu compte. J'avais déjà apprécié ses aquarelles en France mais jamais avec grande attention. Son coup de pinceau est sûr tout en étant plus délicat. Ses peintures sont chaudes, remplies de vie, remplies de ce qui compose le monde.

Talentueuse. Voilà le mot qui me vient en tête pour qualifier ce qu'elle fait. Et ce n'est pas parce qu'elle est ma sœur. Je voudrais tellement l'aider dans l'accomplissement de ce rêve, mais demander à Maxim si Ophélie peut appeler Louise, je ne peux pas. Je ne veux pas le forcer à nouveau à revoir sa mère ou à lui parler. Je ne l'obligerai pas à revivre des sentiments, des souvenirs ou des blessures mal refermées. Il a trop souffert de ce qu'Antoine et moi avons fait il y a deux ans. Je sais que s'il m'a pardonné, il n'a pas oublié, et c'est pour cette raison que je ne peux pas aider ma sœur. Je comprends qu'exposer à New York soit son rêve, je comprends qu'elle puisse avoir besoin de ça pour tenir tête à ses parents, seulement elle va devoir trouver un autre moyen. Si Louise acceptait d'exposer les peintures de ma sœur, Maxim finirait forcément par l'apprendre, et savoir que ma sœur est en contact avec sa mère ne l'enchantera pas. Je regrette son attitude vis-à-vis de sa mère. Selon moi, il serait grand temps qu'il tourne la page, mais je ne peux pas le forcer. Pour cette raison, je ne peux pas permettre qu'Ophélie ramène Louise dans la vie de Maxim, même indirectement.

Ophélie lit dans mes yeux ce qu'elle souhaitait tant ne pas y lire. Je murmure d'une voix chargée de tristesse :

— Je suis désolée.

– Je comprends, répond Ophélie, l'air résigné.

– Tu pourrais exposer au Québec, non ? Je t'aiderai si tu veux et tu te feras des contacts.

Ophélie hoche à nouveau la tête mais reste silencieuse. Elle est déçue. Quand viendra le temps, on reparlera de tout ça. On reparlera de ce que je peux faire pour l'aider à se réaliser et à révéler au monde son talent. Pour le moment, elle doit faire son deuil de son projet d'exposer dans la galerie de Louise.

– Est-ce que tu veux que je te laisse ?

– Oui, mais attends, j'ai autre chose pour toi.

Elle fouille dans sa pochette cartonnée et me tend doucement un autre de ses dessins. Mon regard reste longtemps accroché à ce portrait tandis que je me mords la lèvre inférieure.

C'est moi. Comme peu de personnes me connaissent.

Qui donc a dit que le dessin est l'écriture de la forme ?
La vérité est que l'art doit être l'écriture de la vie.

Édouard Manet

Chapitre neuf

De moi à Lucie :

« *Objet : Tu ne devineras jamais !*

Oh ! et puis si, devine ! Devine qui m'a envoyé un courriel la semaine dernière ! Un revenant, et presque d'entre les morts ! O.K., j'exagère, c'est plutôt moi qui ai souvent souhaité l'y envoyer. Je me suis tellement imaginée le tuer de mes propres mains.

X a eu vent de mon roman. Il a parcouru mon blogue et a décidé de m'écrire en y trouvant mon adresse e-mail. C'est bien un comportement masculin, ça ! Jamais une fille ne contacterait un ex qu'elle a quitté pour prendre de ses nouvelles. En tout cas, moi, je ne l'aurais pas fait. Voilà ce que ça donne d'avoir un site Internet ! D'un autre côté, j'adore pouvoir échanger avec mes lecteurs. Je reçois des messages adorables. Certains me disent avoir ri, avoir été touchés, d'autres attendent déjà mon prochain roman. C'est vraiment incroyable. Cela dit, j'ai dû faire face à ma première critique négative sur un blogue cette semaine. La jeune fille qui l'a écrite a acheté mon livre à la suite de mon second passage à la radio. Elle n'a pas tout détesté, elle a aimé mon style, par exemple, et le dénouement final, mais elle est loin d'avoir été emballée par Mathilde et son histoire. Elle l'a trouvée ado. C'est bizarre, la façon dont les gens peuvent percevoir un même personnage. Elle peut être tout autant attachante, drôle, inspirante qu'immature, apparemment.

Je dois t'avouer que ma première réaction a été de vouloir retrouver l'auteure de cette critique, crever ses pneus, l'assassiner et ensuite faire fermer son blogue à jamais. Ça m'a fait mal physiquement de lire ses mots. Et puis, une fois le choc passé, je me suis rendue à cette évidence que Manon n'a pas cessé de me marteler : on ne peut pas plaire à tout le monde. L'essentiel, c'est d'apprendre des critiques que nous trouvons objectives et justifiées. Pas facile, quand même ! Et dire qu'il va falloir que je revive ça avec la publication de Vodka-canneberge sans glace en France ! Quoique, là-bas, mon roman risque de passer beaucoup plus inaperçu. Comment se démarquer quand on est une jeune auteure qui ne publie pas dans une prestigieuse maison d'édition parisienne ? Quand on fait sa rentrée en même temps que les collectionneurs de prix et de best-sellers ? Il s'est publié plus de cinq cents romans l'automne passé et, si on ne fait pas partie des élus, on reste sur le bas-côté, et ce, même si on a connu un petit succès au Québec.

Les choses s'arrangent doucement entre Maxim et moi. Il travaille un peu moins, et notre période de pénurie sexuelle est derrière nous (je m'étais presque refait une virginité !). Cela dit, je dois encore gérer ses sautes d'humeur un peu trop souvent à mon goût et il m'apparaît souvent déprimé. Je pense que le problème vient de son travail. Il n'aime pas ce qu'il fait, mais il aime le train de vie et le prestige que sa profession d'avocat lui procure. J'essaie de le soutenir du mieux que je peux. Qu'est-ce que je peux faire *d'autre ? C'est à lui de prendre ses décisions, non ? Il m'a trop souvent reproché d'interférer dans sa vie, même dans sa relation avec sa mère, alors, aujourd'hui, je préfère me taire et l'écouter. Enfin, l'écouter, c'est un bien grand mot. Il ne me parle pas souvent de ce qui se passe dans sa tête.*

Parlant de la mère de Maxim, tu ne sais pas ce que ma petite sœur inconsciente est allée inventer ? Elle s'était mis en tête d'essayer d'exposer dans la galerie de Louise ! Elle veut devenir artiste peintre professionnelle et prouver à ses parents qu'elle en est capable. Elle est vraiment douée, tu sais. Ses peintures sont sublimes.

J'aurais aimé l'aider à réaliser son rêve, mais la laisser demander à Louise si elle serait intéressée à exposer son travail est inconcevable. Heureusement, elle n'a pas insisté quand elle a compris que mon « non » était définitif. J'ai réussi à éviter Nagasaki et c'est tant mieux parce que la gestion d'Hiroshima entre Maxim et moi, il y a deux ans, a vraiment été périlleuse.

J'espère que tout va bien entre Justin et toi. J'ai hâte de te voir en septembre. Maxim est toujours en attente de la réponse du big boss *de son cabinet concernant son congé sans solde. C'est vraiment long !*

Enfin, au moins, nous partons en vacances fin juillet. Nous allons passer quelques jours au Lac-Saint-Jean avant de filer vers Tadoussac voir les baleines et de remonter vers Charlevoix. Nous fêterons l'anniversaire de Maxim là-bas, avec son père et ses frères. Ensuite, nous repartirons à Québec. Nous avons décidé de consacrer notre dernière semaine de congé à redécouvrir les trésors de notre ville. Nous en profiterons également pour fêter les dix-neuf ans de ma sœur. Plus j'y pense, plus j'ai hâte. Je suis sûre que cette petite pause dans notre quotidien va nous faire du bien, à Maxim et moi !

À bientôt, ma belle. Isa xxx

PS : Je sais que j'ai été assez prise ces derniers mois pour nos traditionnels vendredis sur Skype, mais il faut qu'on remette ça. Ça me manque.

PS du PS : Veux-tu un autre indice pour deviner l'identité de celui qui m'a écrit ? Dans le doute, je te le donne : Sab.

PS du PS du PS : Bonne nuit ! »

De Lucie à moi :

« Objet : Re : Tu ne devineras jamais !

Eh si, j'ai deviné ! Tes pistes étaient grosses comme des lanternes, surtout la dernière. J'ai toujours détesté les surnoms que Daniel donnait à tout le monde ! Il m'appelait Luce, tu te souviens ? Comme s'il était trop paresseux pour prononcer la deuxième syllabe. Luce, Sab, Dan. Franchement, c'est ridicule, on dirait des interjections ou des onomatopées. Je me demande comment il a fait pour inventer ton surnom, d'ailleurs ! O.K., Sab, ce sont des lettres d'Isabelle, mais il fallait y penser !

C'est vraiment curieux qu'il t'ait écrit après dix ans. Jamais il ne me viendrait à l'idée de contacter un ex du lycée que j'ai quitté. Quoique, si c'était mon premier amour, peut-être. Juste pour savoir ce qu'il devient. Nous changeons tellement après le lycée, nous n'étions que des embryons d'adultes à cette époque. Maintenant... Maintenant sommes-nous adultes ?

Bon, à force de te côtoyer depuis plus de seize ans, voilà que je me mets à philosopher sur la vie n'importe quand. Je n'ai pas arrêté de sortir des vieux proverbes à mes élèves de huit ans, cette année. « Petit à petit, l'oiseau fait son nid ; c'est en forgeant qu'on devient forgeron ; rien ne sert de courir, il faut partir à point. » Tu vois un peu ce que ça donne d'être ta meilleure amie !

Moi aussi, j'ai hâte que les vacances d'été commencent. Encore trois semaines et j'aurai droit à presque deux mois de repos bien mérités. Farniente, farniente et farniente. Justin et moi partons sur la côte Atlantique en juillet, à La Rochelle, je n'y suis encore jamais allée. Il paraît que c'est une très jolie ville.

Je suis heureuse de lire que ta relation avec Maxim s'améliore, même s'il ne te parle pas vraiment de ce qui le tracasse. Tu sais, je pense que c'est un peu normal. La plupart des hommes détestent parler de leurs problèmes, ils n'aiment pas se prendre la tête comme nous ; ils sont plutôt portés vers l'action. Justin est comme ça. Quand je viens le voir pour discuter de choses qui me tracassent, il essaie de m'apporter des solutions, alors que moi, j'ai juste envie d'en parler. Les hommes viennent de Mars et les femmes de Vénus, pas vrai ? Laisse Maxim se retirer dans sa caverne ; quand il sera prêt, il viendra vers toi.

Justin est très attentionné en ce moment, on sort souvent et il m'a même accompagnée au spectacle de Roméo et Juliette en ballet ; ça a duré presque trois heures et il n'a pas bronché. Je n'irais pas jusqu'à dire qu'il a aimé ça, mais il n'a pas bronché. Je le sens amoureux comme au début et ça me rend heureuse. Finalement, la vie de couple, c'est juste des montagnes russes à perte de vue. Une solution pour arrêter le train et rester en haut ?

Moi aussi, nos rendez-vous sur Skype le vendredi soir me manquent. On remettra ça après les vacances !

À bientôt. Lucie

PS : Est-ce que tu vas répondre au courriel de Daniel ? Qu'est-ce qu'il t'a écrit au juste ?

PS du PS : Est-ce que tu lui en veux encore ?

PS du PS du PS (IMPORTANT) : Selon ce que je connais d'Ophélie, je ne suis pas du tout certaine qu'elle ait renoncé à son projet d'exposer dans la galerie de la mère de Maxim. C'est trop énorme pour elle, New York. C'est une superbe occasion qu'elle ne laissera pas s'envoler comme ça. Si tu veux mon avis, tu ferais mieux d'en parler à Maxim. »

De moi à Lucie :

« Objet : Re : Re : Tu ne devineras jamais !

Eh bien, tu m'avais caché ton talent pour les devinettes ! D'un autre côté, vu que tu me connais par cœur, ça n'a pas dû être trop difficile pour toi.

J'ignore si j'en veux encore à Daniel et si je vais lui répondre. Je vais certainement la jouer à pile ou face ! Mon premier réflexe a été d'effacer son courriel et de me convaincre que rien ne s'était passé, mais tu sais ce qu'il m'a dit ? Que ma plume était celle d'un grand écrivain.

144

Un grand écrivain, tu te rends compte ? Pourquoi est-ce qu'il m'a dit ça ? Pour me flatter ? Se moquer ? Ou parce qu'il le pensait ? Quoi qu'il en soit, le sujet Daniel reste en suspens pour le moment !

Passe de bonnes vacances à La Rochelle, ma belle, tu me raconteras !

À bientôt. Isa xxx

PS : Je pense que tu t'inquiètes pour rien à propos d'Ophélie. Elle ne risquerait pas notre relation en entrant en contact avec Louise malgré mon refus. Elle a compris mes raisons. Elle sait aussi qu'elle a d'autres options pour pouvoir exposer ses peintures. Et puis, elle m'a dit songer à s'inscrire à l'école des Beaux-Arts de Paris. New York lui est sorti de la tête, j'en suis convaincue.

* *

*

— Tu es trop naïve, Isa. Je regrette de te le dire, mais Lucie a raison. Évidemment qu'Ophélie n'a pas renoncé à son idée !

Je regarde Marie-Anne en plissant les yeux et lui demande :

— Pourquoi es-tu si sûre de toi ? Est-ce qu'Ophélie t'aurait dit quelque chose ?

— Non, mais si exposer à New York est son rêve, elle ne renoncera pas seulement parce que tu ne veux pas qu'elle appelle la mère de Maxim.

— Mais moi, je crois qu'elle a compris pourquoi j'ai refusé.

— Comprendre et accepter, ce n'est pas la même chose.

145

Je reste silencieuse, préférant me concentrer sur ma crème glacée, espérant ainsi effacer l'angoisse qui me noue l'estomac. Marie-Anne et moi avons passé notre fin d'après-midi à arpenter les magasins de Place Laurier en vue de dénicher quelques vêtements d'été pour les vacances qui approchent. En sortant, le soleil brillait encore et nous avons décidé de couronner notre virée par une halte dans un bar laitier. Une fois assises sur la terrasse, j'ai raconté à Marie-Anne ce que Lucie m'avait écrit à propos Ophélie. Je voulais qu'elle se range à mon avis et me confirme que ma sœur ne trahirait pas ma confiance ainsi, mais on ne peut pas dire que j'ai été exaucée ! Je n'arrive pas à imaginer que Marie-Anne et Lucie puissent avoir raison. Ophélie n'oserait pas agir derrière mon dos. N'est-ce pas ?

Tentant de me convaincre du bien-fondé de son opinion, Marie-Anne m'expose son raisonnement :

– Isa, mets-toi à la place d'Ophélie deux minutes. Si, il y a deux ans, tu avais eu la possibilité de contacter une prestigieuse maison d'édition par l'entremise de ta mère et que celle-ci t'ait dit non, est-ce que tu l'aurais écoutée ?

– Ce n'est pas pareil, j'adore faire enrager ma mère. J'aurais fait exprès de ne pas lui obéir !

– D'accord, mauvais exemple. Disons que Lucie t'aurait dit non pour des raisons que tu comprendrais mal, qu'est-ce que tu aurais fait ?

– Ophélie a très bien compris mes raisons.

Marie-Anne secoue la tête.

– Je ne crois pas, non. Je ne crois pas qu'elle saisisse totalement ce que Maxim ressent vis-à-vis de sa mère ni ce qui se passe dans sa tête. Isa, je te jure, si j'étais à sa place, je n'en aurais fait qu'à ma tête, et toi aussi.

Je grimace et repousse mon pot de crème glacée, l'appétit coupé. Les battements de mon cœur ralentissent. Marie-Anne et Lucie ont raison. Il est impossible qu'Ophélie ait renoncé aussi vite à son envie d'entrer en contact avec Louise. Elle n'a pas insisté après notre discussion chez Olivier ! Elle ne m'en a même jamais reparlé ! Exposer à New York lui tient tellement à cœur qu'elle n'a pas pu tirer un trait si vite, comme je l'ai cru. Si ça avait été moi, je me serais entêtée jusqu'à donner la nausée à l'univers. Or ma sœur ne l'a pas fait. Qu'est-ce que j'ai pu être aveugle ! Ophélie ne m'a pas offert ce portrait de moi pour me dire qu'elle comprenait et acceptait mon refus comme une réponse définitive. Non. Elle l'a fait pour m'envoyer un message. Pour me glisser entre les lignes qu'elle m'aime, mais qu'elle se doit d'aller au bout de son rêve et qu'elle espère que je vais le lui pardonner.

Pourquoi ne m'en suis-je pas aperçue plus tôt ? J'ai vu ce que je voulais bien voir et, sans Lucie et Marie-Anne, j'aurais continué à me réfugier derrière mes œillères !

Je dépose mon coude sur la table, appuie mon front contre la paume de ma main et soupire :

– Qu'est-ce que je vais faire maintenant ?

– Parler à Maxim. Tu n'as pas le choix.

– Ramener sa mère sur le tapis n'est pas vraiment ce dont notre couple a besoin.

– Je ne comprends pas pourquoi il s'acharne à entretenir son ressentiment. Elle ne l'a pas battu, que je sache, elle ne l'a même pas abandonné. C'est lui qui a refusé de la voir après son départ. Sans compter qu'il avait quinze ans quand elle est partie, pas deux ou trois. Il faudrait qu'il passe à autre chose. Excuse-moi si je suis trop directe, mais je trouve dommage qu'il reste à ruminer le passé.

— Je suis d'accord, mais je ne peux pas décider pour lui.

— Tu peux peut-être essayer de l'aider à enfin laisser son passé derrière lui. Tu sais, il y a un texte de Maya Angelou que j'aime beaucoup. Je le relis souvent pour... Me remettre les idées en place, disons. Ça s'adresse aux femmes, mais il y a un passage qui pourrait s'appliquer à Maxim.

Intriguée, je lui demande :

— Lequel ?

— C'est quelque chose comme ça : « Toute femme devrait savoir que son enfance n'a peut-être pas été parfaite, mais qu'elle est terminée. »

Touchée par la justesse de ces mots, je confirme :

— Effectivement, on dirait que ça a été écrit pour Maxim.

Marie-Anne sourit.

— C'est la beauté de ce texte. Toutes celles qui le lisent ont l'impression qu'il a été écrit pour elles. Je me rends compte seulement maintenant que certains passages peuvent également s'appliquer aux hommes. Si tu as envie de le lire sur Internet, le titre, c'est « Une femme devrait avoir ».

— Merci. En attendant, il va bien falloir que je parle à Maxim du projet d'Ophélie.

— Et le plus tôt sera le mieux, ajoute Marie-Anne. C'est comme pour un pansement ; mieux vaut tirer d'un coup sec, ça fait moins mal.

— Mouais. Tu ne voudrais pas le faire pour moi ?

— Si je pouvais, je le ferais.

— Je sais.

Marie-Anne se lève.

— On y va ? Alexandre doit passer me voir vers vingt-deux heures.

Je rassemble mes affaires et remets mon sac à main sur mon épaule.

— Est-ce que je peux te poser une question, Marie ?

— Sur Alexandre ?

— Oui.

— Je ne préfère pas.

La sécheresse du ton de Marie-Anne me souffle de ne pas m'aventurer davantage sur ce terrain et je n'insiste pas. Il est vrai que ce qu'elle fait ou ne fait pas avec Alexandre ne me regarde pas. Ils sont tous deux adultes et en âge de prendre leurs propres décisions, bonnes ou mauvaises. Ce que j'en pense ne changera rien à ce qui se passe entre eux. Ce qui me peine, c'est l'impression que ce que vit Marie-Anne avec Alexandre commence à devenir tabou entre nous, comme si elle me fermait une porte sur sa vie. Je déteste sentir les gens que j'aime s'éloigner de moi.

Avant de partir, Marie-Anne me souhaite bon courage avec Maxim et je la remercie et m'installe derrière le volant de ma voiture, en tentant d'annihiler ma colère contre Ophélie. Colère qui ne cesse de croître depuis que j'ai pris conscience de ce qu'elle a sans doute fait. Je pourrais l'étriper, là, tout de suite ! Je ne peux pas croire qu'à cause d'elle je vais devoir parler à Maxim de sa mère !

Et si Marie-Anne et Lucie avaient tort ? Peut-être devrais-je laisser le bénéfice du doute à Ophélie ? Peut-être devrais-je l'interroger pour la forcer à me dire si elle a pris contact avec Louise ? Mais me dira-t-elle seulement la vérité ? Pourrai-je la croire sur parole ?

Je ne peux pas vivre dans l'incertitude. J'en suis incapable. C'est presque physique ! Le mieux est de tout raconter à Maxim et advienne que pourra.

Il n'y a pas de hasard...
il n'y a que des rendez-vous qu'on ne sait pas lire.

Jérôme Touzalin

Chapitre dix

O.K., je suis prête. Je respire un bon coup et je me lance. Tout va bien se passer.

Cela doit faire dix bonnes minutes que je fais les cent pas devant la maison. J'ai imaginé le scénario complet de ma future soirée avec Maxim et il n'y aucune raison pour que ça ne se déroule pas comme je l'ai prévu. Je connais Maxim. Je sais comment il va réagir quand je vais lui parler d'Ophélie et de son idée d'exposer dans la galerie de sa mère. Il va crier, me reprocher de vouloir interférer dans sa relation avec Louise par l'entremise de ma sœur, puis il ira prendre l'air sans me laisser le temps de tout lui raconter. Je n'essaierai pas de le retenir parce que je saurai qu'il a besoin de se retrouver seul pour démêler ce qu'il ressent. Je l'attendrai le temps qu'il faut et, en revenant, il sera plus apte à discuter calmement.

Je pourrai alors tout lui expliquer : mon choix de ne pas lui parler de ce qu'Ophélie projetait, pensant qu'elle s'en tiendrait à mon refus ; l'avis de Lucie et Marie-Anne sur la question ; et finalement, ma résolution de tout lui dire. Je lui proposerai ensuite mon aide pour faire face à ce qu'il ressent. Nous confronterons Ophélie puis Maxim décidera de la suite. S'il le désire, il appellera sa mère pour en savoir plus sur ce que ma sœur lui a demandé. Notre couple ressortira plus fort de cette histoire, car nous aurons réussi à gérer ça ensemble. Quant à ma relation avec Ophélie, c'est le gros point d'interrogation de mon plan. Je ne sais pas si j'arriverai à lui pardonner ça. Me mentir, non, manœuvrer derrière mon dos alors que je l'ai accueillie chez moi, dans ma vie, à bras ouverts, alors que nous ne sommes vraiment sœurs que depuis deux ans ! Ça me déçoit tellement !

Je monte les marches me séparant de la porte d'entrée de l'appartement et prie pour m'être trompée au sujet d'Ophélie. Je prie pour qu'elle ait réellement renoncé à son projet. Ça ne m'évitera pas une franche discussion avec Maxim sur sa mère mais, au moins, ça dédramatiserait la situation.

Je tourne la poignée, quand soudain les voix d'Antoine et de Maxim me parviennent. Mue par une intuition, je reste là sans bouger, captant des bribes de leur conversation. Je ne peux pas voir où ils sont, mais je devine qu'ils se trouvent dans le salon. J'étais tellement absorbée par l'élaboration de mon plan que je n'ai même pas aperçu la voiture d'Antoine qui doit être garée dans la rue. C'est sa voix que je distingue en premier alors qu'il demande à Maxim :

– Pourquoi tu ne racontes pas tout à Isa ?

Maxim ne répond pas et je me fige. Je suis littéralement tétanisée. Des scénarios apocalyptiques me viennent déjà en tête. Qu'est-ce que Maxim me cache ? Il ne m'aime plus ? Il m'a trompée ? Il a rencontré une autre fille ? Il est gay ? Malade ? Condamné ? Mon cœur cogne si fort dans ma poitrine que je peine à entendre ce qu'il finit par répondre :

– Je ne sais pas. Je ne sais même pas si j'en ai envie.

– Pourquoi ?

Je retiens mon souffle.

– Parce que ce n'est plus vraiment pareil entre nous. Je me sens moins proche d'elle qu'avant.

Maintenant, mon cœur saigne. Celui qui a dit qu'on ne devait pas écouter aux portes sous peine d'apprendre des choses pénibles savait de quoi il parlait. Je ne suis pas vraiment surprise par ce que Maxim ressent, mais le savoir abstraitement n'est pas la même chose que de devoir l'intégrer et le gérer concrètement.

– Tu ne pourras pas lui cacher ça bien longtemps, de toute façon, reprend Antoine. Et je pense que ce serait mieux si elle l'apprenait par toi.

Ma lèvre inférieure se met à trembler, ma gorge devient sèche. La vérité me frappe en plein visage. Tout est clair maintenant, limpide même : Maxim a rencontré quelqu'un d'autre. C'est pour ça que notre relation ressemble à des dents de scie depuis plusieurs mois. C'est pour ça qu'il reste là, immobile, à regarder notre amour s'éteindre. Il hésite entre elle et moi.

J'ai soudain envie de vomir. Je porte la main à ma bouche et ferme les yeux. J'inspire et expire lentement par le nez. D'accord, si Maxim hésite, je vais lui faciliter les choses ! Jamais, au grand jamais, je ne lui laisserai la possibilité de choisir entre cette autre fille et moi !

Devant le silence de son frère, Antoine poursuit :

– Qu'est-ce que tu vas faire si tu ne veux pas le dire à Isa ?

– Excellente question.

– Est-ce que tu vas en parler à Ophélie ?

Ophélie ?! Qu'est-ce que ma sœur vient faire là-dedans ? Pitié, dites-moi que ce n'est pas avec elle qu'il me trompe ! Ma nausée s'amplifie et menace de m'emporter. O.K., on se calme et on rationalise : Maxim ne ferait jamais ça. Si Antoine parle d'Ophélie, c'est sans doute parce que... parce que Maxim... Eh, merde ! Désolée pour mon écart de langage, mais la situation l'exige. Je n'arrive pas à y croire. Si Antoine parle d'Ophélie, c'est parce que Maxim sait qu'elle veut appeler leur mère !

Retenez-moi, sinon je vais la tuer ! (Pas la mère de Maxim, hein ! Non ! Ophélie !) Sérieusement, je vais la tuer. Encore que cette punition me paraît bien trop douce au regard de l'affront !

Et si Ophélie avait parlé à Maxim ? Merde, merde, merde ! Non, impossible ! Calme-toi, Isa, tu frises l'apoplexie ! Ça ne se peut pas. Antoine vient justement de demander à Maxim s'il comptait aborder le sujet avec elle. O.K., je peux recommencer à respirer. Peut-être Maxim a-t-il surpris Ophélie en train de discuter de ses projets avec quelqu'un ? Peut-être sommes-nous tous les deux des *écouteux* de portes.

Allez, les gars, dites-m'en plus ! Il me manque des bouts pour comprendre et, puisque visiblement Maxim préfère tout garder pour lui, je n'ai guère le choix que de continuer à épier votre conversation !

Je tends l'oreille jusqu'à la limite des capacités physiques.

– Écoute, je ne veux pas qu'on se dispute, reprend Antoine, mais tu ne penses pas que c'est l'occasion idéale pour revoir maman ? Qu'est-ce que ça t'a fait de lui parler au téléphone ?

– C'était bizarre. J'avais l'impression de m'adresser à une étrangère.

Quoi ??? Maxim a appelé sa mère ??? Pour quelle raison ? Quand ? Et surtout, pourquoi me l'a-t-il caché ? J'aurais tellement voulu qu'il partage ça avec moi.

– N'empêche qu'inconsciemment, poursuit Antoine, tu devais désirer lui parler, sinon tu te serais contenté de lui écrire un courriel.

Maxim ne répond pas. Au lieu de ça, il s'interroge :

– Penses-tu qu'Isa sait qu'Ophélie a appelé Louise ?

– Aucune idée. Voilà pourquoi tu devrais avoir une discussion franche avec elle.

Ah ! Antoine. Cher Antoine. Il a toujours été la voix de la raison. La sagesse incarnée. S'il pouvait passer un peu de cette sagesse à son frère.

– Tu changes de sujet, Maxim, remarque-t-il. Pourquoi as-tu appelé maman ?

– Je n'ai pas réfléchi. Son numéro apparaissait dans la signature de son message, j'ai pris le téléphone et je l'ai appelée.

– Moi, je crois que tu avais envie de l'entendre.

– Peut-être.

– Pourquoi n'irais-tu pas la voir à New York ? Vas-y avec Isa cet été. Mieux encore, si maman accepte d'organiser un vernissage pour Ophélie, allons-y tous ensemble. Cécile adorerait aller à New York.

O.K., je retire ce que j'ai dit sur Antoine. La sagesse incarnée, mon œil ! Il est en train de suggérer que, pour remercier ma sœur d'avoir foutu un bordel monstre derrière notre dos, nous aillions tous la féliciter et l'encourager à mentir à nouveau ? Et quoi encore ? Je n'arrive toujours pas à croire qu'Ophélie ait pu entrer en contact avec Louise derrière mon dos. Certes, je la savais irréfléchie parfois, mais pas égoïste. Elle n'a pensé qu'à elle dans cette histoire. Heureusement que Louise a eu la présence d'esprit de tout raconter à Maxim. Du moins, j'imagine que c'est ce qui s'est passé. Ma sœur l'a appelée et lui a fait part de son projet. Louise a alors dû juger qu'il valait mieux, pour éviter d'empirer sa relation déjà catastrophique avec son fils, qu'elle lui parle. Cela a sans aucun doute permis d'empêcher que tout nous explose à la figure. Au moins, Maxim est au courant de tout. La question est : Louise va-t-elle accepter d'exposer les peintures de ma sœur, mais surtout *quand* Maxim va-t-il aborder la question avec moi ? Naturellement, il ne sait pas que je sais qu'il sait, mais c'est à lui d'aborder le sujet, pas à moi.

Qu'est-ce que je vais faire avec ce que je viens d'apprendre ? Comment vais-je pouvoir vivre avec tout ça en travers de la gorge, sans risquer l'asphyxie ou la crise d'hystérie ?!

— Je devrais peut-être arrêter d'en vouloir à Louise pour quelque chose qui s'est passé il y a presque quinze ans, concède Maxim. Mais de là à aller à New York, je ne sais pas trop.

— Commencez par discuter au téléphone alors. Ça vous permettrait de briser la glace.

— Je vais y penser.

— Non, arrête d'y penser. Agis. Et parle à Isa.

– Isa, elle… Elle est dans sa bulle avec son roman, en ce moment. Je ne veux pas lui gâcher ça.

Pff !… Qu'est-ce qu'il ne faut pas entendre ! Il ne veut pas ternir ce que je vis et pourtant il refuse de le partager pleinement avec moi ! Il souffle le chaud et le froid et je me tracasse sur notre relation au lieu de savourer le succès de mon roman à cent pour cent. Je ne sais toujours pas s'il va pouvoir venir en France avec moi, d'ailleurs. Ce n'est sans doute pas de sa faute si la réponse à sa demande de congé sans solde tarde à arriver, mais il pourrait relancer les associés de son cabinet et non attendre patiemment un signe de leur part. Sa passivité m'irrite au plus haut point. Et voilà que, maintenant, il préfère me cacher ce que ma sœur trame alors que j'étais prête, moi, à tout lui raconter. Quand je pense à tous les efforts que j'ai faits ! Au temps et à l'espace que je lui ai donnés pour qu'il réussisse à gérer au mieux le stress issu de son travail ! Qu'est-ce que j'ai eu en retour ? Rien. Pire que rien : la dissimulation d'informations capitales.

Mais où est passée notre complicité d'antan ? Quand nous étions amis, nous pouvions tout nous dire. Lorsque nous sommes devenus un couple, il a fallu nous ajuster, seulement je pensais que nous étions parvenus à un bel équilibre. Je me trompais. Cet équilibre s'est rompu.

Antoine insiste :

– Isa t'aime, Maxim, elle serait heureuse de te soutenir. Et puis, si maman décide d'exposer les peintures d'Ophélie, elle finira par tout savoir, alors mieux vaut que tu lui parles. Tu l'aimes encore, non ?

– Bien sûr, je ferais n'importe quoi pour elle.

Moi aussi, je ferais n'importe quoi pour toi, Maxim ! Si seulement on arrivait à se le dire en face. J'ai l'impression qu'un malaise s'est glissé entre nous et qu'il nous paralyse chacun de notre côté.

– Eh bien, ce « n'importe quoi » que tu te dis prêt à faire pour elle consiste à lui parler de maman et de sa sœur et, ensuite, à te rapprocher d'elle…, conclut Antoine. Écoute, je dois me sauver, Cécile m'attend. Mais appelle-moi pour me tenir au courant, O.K. ?

Je ferme la porte et redescends précipitamment. Je retourne jusqu'à ma voiture puis me dirige à nouveau vers l'appartement. Antoine doit me croiser dans les escaliers et croire que je viens juste d'arriver. Je remonte donc tranquillement les marches mais ne rencontre personne. J'ouvre la porte sans attendre et découvre Antoine et Maxim dans l'entrée. Ils me regardent tous les deux bizarrement. Se douteraient-ils de mon intrusion dans leur conversation, par hasard ? Je me sens rougir, mais Antoine me salue avec son enthousiasme habituel puis me demande comment était ma journée. Ma tension disparaît. Ils ne savent pas que j'étais là sinon Antoine n'aurait pas agi avec autant de spontanéité. J'imagine que Maxim et lui ont l'air gêné de me voir parce qu'ils parlaient de moi.

– Je m'en allais justement, m'informe précipitamment Antoine. À bientôt.

Il ouvre puis referme la porte d'entrée en silence. Je me tourne alors vers Maxim et constate qu'il a encore son air soucieux. Je décide de lui tendre une perche.

– Ça va, toi ? Tu sembles préoccupé.

Il secoue la tête avant de me sourire.

– Ne t'inquiète pas, ça va. Je suis juste crevé. On va se coucher ?

Bon. Ce n'est apparemment pas ce soir que nous allons avoir cette discussion qui nous guette. Si Maxim ne veut pas amorcer une conversation, tant pis, je devrai prendre mon mal en patience. Les vacances ne sont plus très loin maintenant. La détente, les voyages, les découvertes sont sans doute plus propices aux échanges et aux dialogues que le quotidien, non ? Cela étant, je maintiens mon point de vue : c'est à Maxim d'aborder le sujet parce qu'il en sait – officiellement – bien plus que moi. Pour ma part, si je n'avais pas bénéficié de ce petit coup de pouce du hasard, et si Lucie et Marie-Anne ne m'avaient pas ouvert les yeux quant au désir viscéral d'Ophélie d'exposer à New York, je serais toujours convaincue d'avoir réussi à désamorcer une bombe. Je serais toujours convaincue que cette histoire avait été tuée dans l'œuf et appartenait au passé. Un passé qui risque aujourd'hui de redevenir bien présent et, peut-être même, d'avoir un impact majeur sur l'avenir.

On ne peut pas résoudre les difficultés
en jouant à cache-cache avec elles.

Taslima Nasreen

Dans la tête de Maxim
(suite)

Est-ce vraiment trop demander que d'espérer vivre six mois sans devoir gérer des mini-drames ? Sommes-nous toujours obligés de régler problème après problème ? Parce que, sérieusement, la coupe est pleine. Je commence à en avoir marre. Les associés du cabinet exigent de moi une énergie monstre que je ne suis pas certain de pouvoir fournir à long terme. Mon couple sombre et je le regarde couler. Et comme si ça ne suffisait pas, je dois maintenant affronter ma relation avec Louise parce qu'Ophélie a eu la brillante idée d'entrer en contact avec elle ! Vraiment, la situation ne pourrait pas être pire !

J'ai essayé cent fois de parler de tout ça à Isa. J'ai essayé, mais les mots restent coincés dans ma gorge. Nous nous sommes tellement éloignés l'un de l'autre – quoique si je veux être honnête, je dois admettre que c'est plutôt moi qui me suis éloigné d'elle – que je ne sais plus comment faire pour lui parler. Il y a tant de choses, pourtant, que je voudrais qu'elle sache. Pas seulement à propos de sa sœur et de ses projets, mais aussi de ce que je ressens vis-à-vis de notre couple. De ce que je ressens vis-à-vis de Louise.

C'était vraiment étrange de discuter avec elle. J'ai mesuré toute la distance qui s'est installée entre nous au fil des années. Et je ne parle pas de distance physique. C'est ma mère, pourtant j'ignore tout ou presque de la femme qu'elle est aujourd'hui. C'est dur d'avaler ça. Encore plus quand on sait qu'on est responsable de la situation. Je l'ai tellement repoussée. Je lui en voulais d'être partie, d'avoir brisé notre famille et bouleversé ma vie. Je lui en voulais de m'avoir déçu et je suis resté accroché à ça. Aujourd'hui, je suis fatigué d'être en colère et de ne plus avoir de mère.

Le passé est le passé ; quoi que je fasse, il ne changera pas. La question est : qu'est-ce que je souhaite pour l'avenir ? Continuer à ruminer mon ressentiment, mon amertume ? Non. Est-ce à dire, pour autant, que je souhaite renouer avec Louise ? En suis-je seulement capable ?

J'ai l'impression de vivre chaque seconde de ma vie avec une bombe à retardement entre les mains et je suis tétanisé. Je ne bouge pas. J'attends. Le problème, c'est que si je continue de rester immobile, la bombe va finir par m'exploser à la figure. Si je n'arrive pas à sortir de mon silence pour parler à Isa, j'ignore si notre relation pourra dépasser ça.

Et si c'était déjà trop tard ?

Et si notre couple avait atteint un point de non-retour ?

Chapitre onze

Dix-neuf ans. Ma sœur a dix-neuf ans aujourd'hui.
Pourquoi est-ce que je ne me souviens pas de ce que j'ai fait
le jour de mes dix-neuf ans ? Je creuse ma mémoire depuis
quinze bonnes minutes, mais rien ne me revient en tête.
Une soirée dans un bar ? Dans une discothèque ? Un souper
entre amis au restaurant, à la maison ? Je crois que je souffre
d'Alzheimer précoce. De mieux en mieux. Ma sœur me joue
dans le dos, mon chum me ment par omission et la sénilité
me guette !

Je pousse un soupir en ouvrant un paquet de chips au
fromage. J'en verse le contenu dans un grand bol et patiente
quelques instants, le temps de me façonner un visage de cir-
constance. Un visage heureux, détendu, débarrassé de toute
cette colère qui bouillonne en moi. Je pourrais tuer Maxim
et Ophélie de mes mains si je m'écoutais. Dire qu'ils osent
me mentir depuis des semaines sans sourciller !

J'ai passé dix jours de vacances en tête-à-tête avec Maxim,
dix jours durant lesquels il ne m'a jamais parlé de ma sœur
et de ses projets. En rentrant à Québec, je me suis rabattue vers
Ophélie. J'ai tenté de l'amener à admettre qu'elle était entrée
en contact avec Louise mais, chaque fois, elle a habilement

changé de sujet. J'ai dû me retenir de ne pas lui balancer à la figure que je savais tout et qu'elle pouvait arrêter sa petite comédie. Maxim ne m'en a toujours pas parlé, je ne suis donc pas censée le savoir ! Moi aussi, je suis prise avec mes mensonges par omission.

Je me réveille le matin en me demandant s'ils vont enfin – l'un ou l'autre – m'avouer la vérité et je me couche le soir en me posant des milliers de questions. Pourquoi est-ce qu'ils ne se confient pas à moi ? Est-ce qu'Ophélie et Maxim se seraient parlé ? Est-ce qu'Ophélie sait que Louise a tout raconté à son fils ? Est-ce que Louise a accepté d'exposer les œuvres de ma sœur ? Est-ce que Maxim a rappelé sa mère ? Est-ce qu'il a enfin décidé de lui pardonner ? Ça me ronge. Mes questions n'en finissent plus ; elles me font mal parce qu'elles me font prendre conscience de toute cette distance qui s'est faufilée entre Maxim et moi. Entre ma sœur et moi aussi. Ils vivent chacun des choses dont ils préfèrent ne pas me parler et c'est difficile à avaler. Je ne sais pas quoi faire, alors je me force à agir comme si tout allait bien. Je profite du mieux que je peux de mes congés étant donné les circonstances et j'accepte qu'Ophélie invite quelques amis chez nous pour son anniversaire. Si j'avais refusé, j'aurais dû lui dire pourquoi et c'est hors de question. Je tiens à ce que ce soit elle qui vienne me parler. Je tiens également à ce que ce soit Maxim qui fasse le premier pas. C'est peut-être puéril, mais c'est ainsi. Donc, j'attends. Seulement plus les jours passent et plus je me dis que j'attends pour rien. Plus les jours passent et plus je me dis que les dommages seront irréparables.

– *Pourquoi tu n'avoues pas à Maxim et Ophélie que tu es au courant de tout ? C'est la meilleure chose à faire !*

– *Faux ! Archi-faux ! Ce n'est pas à moi de faire le premier pas ! Ce sont eux qui me cachent des choses ! Pas moi !*

— Tu arrives à te convaincre en te répétant ce laïus ? Bravo ! Tu sais très bien que tu joues à l'autruche. Si tu ne veux pas parler à Maxim et Ophélie, c'est uniquement pour protéger tes arrières !

— Protéger mes arrières ?!

— Évidemment ! Tu fais tout pour ne pas avoir à admettre que tu as écouté une conversation privée entre Maxim et Antoine ! Ce n'est pourtant pas la fin du monde, Isa, même si ce n'est pas joli-joli ! Tu as fait des choses pires que ça dans ta vie.

— Je peux savoir lesquelles ?

— Tu tiens vraiment à ce je m'aventure sur ce terrain ?

Je pousse un profond soupir. Est-ce que quelqu'un connaît une manière de faire disparaître les petites voix envahissantes, agaçantes et très chiantes ? Je ne pourrai jamais gagner avec elle, je suis toujours fautive !

Devant mon silence, elle enchaîne, satisfaite :

— On est d'accord. Maintenant, revenons à nos moutons. Tu as fait quelque chose de répréhensible en écoutant une discussion privée, seulement Ophélie, Maxim et toi avez tous les trois quelque chose à vous reprocher ! Vous êtes dans le même bateau et il serait grand temps que quelqu'un fasse quelque chose parce que votre bateau est en train de couler et vous allez tous finir par vous retrouver au fond de l'eau !

— Depuis quand a-t-il été décrété que c'était moi le capitaine du navire ? Et par qui ? Peut-être que j'ai envie de nous regarder couler !

— Ou peut-être que tu as envie d'être la plus mature des trois en avouant tout.

Elle m'énerve ! Elle m'énerve ! Elle m'énerve ! Effectivement, j'ai bien envie de remporter le prix Gémeaux de l'artiste la plus adulte ! Allez, c'est dit, ce soir, j'organise une réunion « vérité ou conséquences » avec Maxim et Ophélie et ensuite, je reçois mon trophée.

Je retourne dans le salon, animée d'une nouvelle détermination. Des dizaines de personnes s'entassent sur la terrasse ainsi qu'à l'intérieur. Les invités se sont naturellement scindés en deux après une demi-heure de présentations et de conversations sommaires. Olivier et les amis d'Ophélie, pour la plupart des collègues de travail, ont envahi la galerie tandis que nous, c'est-à-dire Antoine, Cécile, Marie-Anne, Maxim et moi, nous sommes sacrifiés et avons différé notre bain de soleil à plus tard en nous installant dans le salon. Il fait très beau et très chaud pour la mi-août. Comme si l'été s'était paré de ses plus beaux atours pour les dix-neuf ans de ma sœur.

Je m'assois sur un fauteuil et l'observe avec attention. Son sourire respire la joie de vivre. Elle discute avec tout le monde, avale une gorgée de jus de fruits, cligne des yeux quand la lumière devient trop rayonnante, remet ses cheveux en place, caresse négligemment le cou d'Olivier. Qu'elle en profite parce que ce soir, tous ses mensonges vont voler en éclat !

Je devrais peut-être attendre demain. C'est son anniversaire après tout et je ne suis pas à un jour près. Je ne voudrais pas qu'elle garde notre dispute comme seul souvenir de la journée de ses dix-neuf ans. Car nous allons nous disputer, c'est certain. Je vais essayer de rester le plus calme possible, mais je me connais ; je sais très bien que je vais crier parce que je lui en veux terriblement de ne pas avoir respecté ce que je lui avais demandé. Avec Maxim aussi ça risque d'être difficile. Cela étant, il m'a tout de même fait une jolie surprise pendant nos vacances : son congé sans solde a été accepté et il viendra me rejoindre en France. Je pars la première dans dix jours et Maxim prendra l'avion début septembre. Il restera trois semaines avec moi sur les six que je vais passer en France. Un beau séjour en perspective. J'espère que cette fois, nous allons vraiment pouvoir nous retrouver. Sans cachotteries, sans stress, sans distance invisible mais bien réelle, sans rien. Juste nous. Des instants à nous. Des souvenirs à créer.

Marie-Anne s'exclame, une mine faussement réprobatrice sur le visage :

– Je n'arrive pas à croire que tu oses nous laisser seuls pendant six semaines !

– Je sais que je vais vous manquer, mais vous allez survivre !

– C'est plutôt pour toi que je me fais du souci. Six semaines sans nous, c'est certain que tu vas redevenir une vraie Française chiante.

J'éclate de rire. Marie-Anne adore répéter à la blague que, pour des Françaises, Cécile et moi ne sommes pas si mal. Je ne peux qu'abonder dans son sens. Nous sommes même la meilleure représentation des Français vivant au Québec parce que certains sont une espèce à fuir à tout prix. Cécile et moi les reconnaissons au premier coup d'œil. Toujours en train de se plaindre ou de comparer. « Ah ! mais en France, on a ça ; ah ! mais en France, on fait comme ça ; et puis, en France, on peut... » Oui, sauf que tu n'y es plus en France. Si tu voulais retrouver ton pays ici, tu n'avais qu'à ne pas le quitter !

La sonnerie du téléphone tente soudainement de se faire entendre par-dessus le brouhaha ambiant. Je me lève, décroche le combiné et préfère m'isoler dans ma chambre. C'est mon père. Je m'assois sur mon lit et nous commençons à discuter de choses convenues. Mes vacances, mon roman, son prochain départ à la retraite et ses projets avec sa femme, la mère d'Ophélie. Au bout d'une dizaine de minutes, il me demande comment cela se passe entre ma sœur et moi. J'hésite un instant, ne sachant pas trop pour quelle réponse opter. Ça servirait à quoi de lui dire ce qui se trame ? À le rallier à ma cause ? Je n'en ai pas vraiment besoin et, de toute façon, je ne suis pas sûre qu'il prenne mon parti. Ophélie est sa princesse et moi... Moi, je suis la fille qui a refusé de le voir pendant une dizaine d'années. Il m'aime, je le sais, mais ce n'est pas pareil. Nous avons encore beaucoup de choses à reconstruire et ça ne se fait pas du jour au lendemain.

Je choisis donc la discrétion et dis :

— Globalement, tout va très bien.

— Globalement ? répète-t-il, avec un soupçon d'inquiétude dans la voix.

— Oui, entre sœurs, on se chamaille toujours pour des broutilles.

— Je comprends, mais est-ce que tu sais si elle compte rentrer en France en septembre ? La rentrée universitaire approche et j'ignore si elle s'est inscrite quelque part.

Sans vraiment m'en rendre compte, je réponds, un brin amère :

— Je ne pense pas que l'université soit dans ses projets immédiats.

— Quels sont ses projets immédiats alors ?

– Je te laisse voir ça avec elle.

Bravo, Isa ! J'aurais voulu lui mettre la puce à l'oreille que je n'aurais pas fait mieux. J'ai l'impression qu'une partie de moi désire qu'Ophélie porte la responsabilité de ses actes devant notre père.

Intrigué, celui-ci me demande :

– Pourrais-tu préciser ?

– Disons qu'Ophélie a la folie des grandeurs et qu'elle est prête à tout pour réussir.

– Isa, tu parles par énigme et je n'ai jamais aimé les devinettes. Qu'est-ce qui se passe ?

Je reste silencieuse et mon père change de tactique :

– Bon, passe-moi ta sœur.

Voilà ce qui arrive quand on garde trop de choses sur le coeur pendant trop longtemps. Tout finit par sortir au moment le plus inopportun. Je n'ai pas envie de gâcher l'anniversaire d'Ophélie, seulement mon père insiste pour avoir une conversation avec elle et je me résous à la lui passer.

Mon corps entier se tend alors que je sors de ma chambre et je choisis de m'enfermer dans la salle de bains. Je m'asperge le visage d'eau, relève la tête et observe mon reflet dans la glace. La machine est lancée maintenant. Plus rien ne pourra l'arrêter. Le moment de vérité approche et j'ignore si je suis prête à y faire face, comme ça, sans préparation, sans filet. Je me sens brûlante malgré les gouttelettes d'eau qui ruissellent le long de mes joues. Je m'éponge avec une serviette et ferme les yeux. Je déteste les scènes, surtout devant témoins. J'espère qu'Ophélie aura la sagesse d'attendre que nous soyons seules pour me parler. Ensuite, j'aurai une longue discussion avec Maxim. La vie est vraiment remplie de nœuds parfois.

En sortant de la salle de bains, je me retrouve nez à nez avec ma sœur. Debout devant moi, les bras croisés, le menton pointé vers l'avant, elle me toise avec exaspération. La sagesse ne fait pas partie de ses qualités. L'impétuosité, en revanche, oui.

— Qu'est-ce que t'as été raconter à papa ? lance-t-elle sans préambule. Il m'a cuisinée pendant un quart d'heure pour savoir ce que j'avais prévu de faire à la rentrée. Je sais que tu as de bonnes intentions, Isa, mais je refuse que vous commenciez à discuter de moi derrière mon dos.

— T'es vraiment mal placée pour parler !

— Ce qui veut dire ?

Je laisse échapper un soupir incrédule. Elle a un culot monstre, c'est incroyable ! À moins qu'elle ne me prenne pour une imbécile ! Oui, c'est ça, Maxim et elle me prennent pour l'idiote du village, incapable de voir ce qui se manigance sous son nez !

Je prends une profonde inspiration, compte mentalement jusqu'à dix, le temps de me calmer, puis dis :

— On en parlera ce soir, d'accord ?

Je tente de passer devant elle, mais elle me retient par le bras.

— Non, on en parle maintenant, proteste-t-elle avec fermeté.

– Tu es sûre que c'est ce que tu veux ?

– Visiblement, tu as quelque chose à me dire.

– Je doute que tu aies envie de l'entendre et surtout pas maintenant.

Je lui lance un regard d'avertissement, mais elle refuse de prêter attention à mon signal d'alarme. Avec une pointe de défi dans la voix, elle continue :

– Dis-le pour voir.

– Je sais tout, Ophélie.

– Tu sais tout quoi ? répète-t-elle sans comprendre.

– Je sais que tu es entrée en contact avec Louise, O.K. ? Je t'avais dit non et tu l'as fait quand même ! Tu l'as fait et tu ne m'en as même pas parlé après ! Je t'ai tendu des perches, plusieurs fois, mais tu as préféré garder ton petit secret !

Le visage d'Ophélie se décompose. Je la vois intégrer tout ce que je viens de lui balancer. Je la vois batailler pour trouver une manière de s'en sortir, pour élaborer une esquive de dernière minute. Au bout de quelques secondes, elle finit par s'avouer vaincue et murmure, livide :

– Je suis désolée.

Nullement touchée par ses excuses, je riposte :

– Oui, moi aussi. Je n'aurais jamais pensé que tu puisses être aussi égoïste.

Ophélie ouvre la bouche, accusant le coup, mais ne répond rien. Je la fixe tandis qu'elle cherche ses mots.

— Je suis désolée, se borne-t-elle à répéter.

Oui, tout le monde est désolé. Être désolé est devenu un laissez-passer pour faire des bêtises !

Je poursuis :

— Il y a une chose que je ne comprends pas : pourquoi m'as-tu demandé la permission d'appeler Louise si tu avais décidé de n'en faire qu'à ta tête ?

— Je voulais ton approbation, murmure-t-elle avec une certaine tristesse.

— Mais tu as finalement choisi de t'en passer !

Je m'interromps un instant tandis qu'une idée que j'espère saugrenue germe dans mon esprit.

— Attends une minute. Est-ce que tu étais déjà entrée en contact avec Louise quand tu m'en as parlé ?

Ma sœur secoue vigoureusement la tête.

— Je n'aurais jamais fait ça !

— Évidemment, lorsque tu affirmes quelque chose, je peux te croire sur parole parce que c'est toujours la vérité ? Qu'est-ce que t'a répondu Louise ?

Ophélie ferme les yeux et murmure :

— Mon vernissage a lieu dans une semaine.

Et vlan ! Un direct au cœur ! Vraiment. Elle est en contact avec Louise depuis des semaines pour organiser l'événement et elle a tout gardé pour elle. Dire que je me targuais d'avoir la même relation avec elle que deux sœurs qui auraient grandi ensemble. Dire que je nous pensais si proches. La chute est rude. Et j'ai envie de pleurer.

Un lourd silence retombe entre Ophélie et moi. Je sens soudain une main se poser sur mon épaule. Je me retourne et je réalise alors que tous les invités présents écoutent notre dispute depuis le début. Le visage de Maxim est aussi blême que celui d'Ophélie. Je retire lentement sa main de mon épaule et murmure :

– Vous vous valez bien, Ophélie et toi. Je sais que tu sais depuis des semaines ce qui trame entre ta mère et ma sœur. Et je sais aussi que tu as préféré tout garder pour toi.

La surprise puis l'incompréhension traversent aussi les yeux de Maxim. Pour lui éviter d'avoir à me poser la question qui le taraude, j'avoue tout :

– Je vous ai entendus en discuter, un soir, Antoine et toi.

L'expérience est le nom que chacun donne à ses erreurs.

Oscar Wilde

Chapitre douze

– Tu nous as entendus ? répète Maxim, comme pour être certain d'avoir bien compris.

Je hoche lentement la tête mais ne peux croiser son regard. En désespoir de cause, je me tourne vers Marie-Anne. Celle-ci comprend ma prière muette et demande aux invités d'Ophélie de nous laisser seuls. Ils obtempèrent en silence. Olivier et ma sœur se réfugient dans la cuisine tandis qu'Antoine entraîne Maxim vers le balcon pour lui glisser quelques mots. J'ai l'impression que ma sœur et Maxim sont tous deux en train de recevoir des suggestions pour mener au mieux cette bataille qui décidera de l'issue de notre guerre. Cécile et Marie-Anne me prodiguent, elles aussi, leurs conseils. Elles me suggèrent de me montrer le plus rationnelle possible pour éviter de dire des choses que je pourrais regretter et, surtout, de ne pas prendre de décision hâtive. Marie-Anne me recommande aussi de ne pas trop blâmer Maxim, ce qui me prend au dépourvu. C'est bien la première fois qu'elle manifeste de la bienveillance envers lui. Selon elle, il serait plus à mon avantage de l'écouter me parler de sa mère et de ce qu'il éprouve que de l'accabler de reproches. Oui, certes. Dans un monde idéal, j'y arriverais. Mais dans la réalité ?

Antoine rejoint Cécile tandis qu'Olivier et Ophélie apparaissent dans le salon. Olivier embrasse ma sœur une dernière fois et celle-ci s'installe à côté de Maxim, déjà assis sur le canapé. Je raccompagne tout le monde vers la porte d'entrée. Marie-Anne est la dernière à sortir. Elle jette un œil à Maxim et Ophélie – semblant attendre la prononciation de leur sentence –, et dit :

– Appelle-moi si tu as besoin de parler et... bon courage.

– Merci.

Je referme la porte derrière elle et reste un moment sans bouger, cherchant le cran d'affronter ce qui se prépare. Je n'ai pas envie de me disputer, je n'ai pas envie de crier, je n'ai pas envie de pleurer. Et pourtant, je ne me sens pas prête à pardonner si facilement à Maxim et à Ophélie. Je puise donc tout le courage dont je dispose et retourne dans le salon. Ils lèvent tous les deux les yeux dans ma direction et j'éprouve la désagréable sensation qu'ils se sont ligués contre moi. J'aurais préféré avoir une conversation privée avec ma sœur et ensuite avec Maxim, mais je me vois mal demander à l'un ou à l'autre de partir le temps que le premier acte de notre vaudeville soit terminé. Tant pis. Je vais composer avec la nouvelle mise en scène.

Ophélie est la première à se lever et à prendre la parole. Sa voix est calme, ferme, précise. Elle semble avoir préparé son plaidoyer.

– Isa, je sais que je n'aurais pas dû faire ce que j'ai fait. Ta colère et ta déception sont légitimes, mais essaie de comprendre : j'ai agi ainsi pour lancer ma carrière d'artiste-peintre et réaliser un rêve. Tu sais ce que c'est d'avoir un rêve, non ?

J'en étais sûre. J'étais certaine qu'elle allait utiliser ce chemin : se comparer à moi pour me faire fléchir, me parler de ses rêves pour tenter de rejoindre les miens. Oui, je sais ce que c'est d'avoir des rêves, mais non, je n'aurais jamais, pour les réaliser, trahi une personne qui avait placé toute sa confiance en moi.

Je rétorque donc :

— Tu t'es comportée de manière égoïste, Ophélie, égoïste et honteuse. Tu n'as pas pensé à qui tu pouvais blesser avant de prendre ton téléphone et d'appeler la mère de Maxim. Et comme si ça ne suffisait pas, tu ne m'as rien dit ensuite de ce qui se préparait. C'était quoi, ton plan ? Tu comptais partir à New York dans le plus grand secret et ne jamais me parler de ton vernissage ?

— Non, j'avais l'intention de tout t'avouer, murmure-t-elle piteusement.

— Ah ! oui ? Et quand ?

— Aujourd'hui.

— Mais oui, bien sûr ! C'est l'évidence même ! Pourquoi n'y ai-je pas pensé plus tôt !

— C'est la vérité ! s'écrie Ophélie avec force.

— Explique-moi pourquoi tu as semblé si en colère quand tu as su que j'avais parlé de tes projets à papa, alors ? Tu aurais dû, au contraire, saisir l'occasion de tout m'avouer, non ?

— Je croyais que tu t'étais mis dans la tête que j'avais des projets avec Olivier. Et puis, ça ne m'a pas plu quand j'ai su que tu avais discuté de moi avec papa et je n'ai pas réfléchi avant de venir te trouver.

Je laisse échapper un léger ricanement moqueur.

— Oui, on dirait bien que c'est une de tes caractéristiques : tu ne réfléchis pas avant d'agir et tu ne réfléchis pas non plus avant d'ouvrir la bouche ! Est-ce que tu t'es entendue, au moins ? Tu n'as pas aimé apprendre que papa et moi avions parlé de toi ? Mais imagines-tu, moi, ce que j'ai ressenti lorsque j'ai découvert tout ce que tu avais fait derrière *mon* dos ?

Maxim se lève soudain, empêchant ma sœur de répliquer :

— Je crois que je vais vous laisser discuter de ça entre vous, d'accord ? Je ne veux pas m'en mêler, ça ne me concerne pas.

Je me tourne vers lui et m'exclame :

— Tu plaisantes, j'espère ? Je te signale que tu es en partie responsable de ce qui se passe maintenant ! Si tu m'avais dit que ta mère t'avait écrit pour t'expliquer ce qu'Ophélie avait fait, on n'en serait peut-être pas là aujourd'hui !

— Ce n'est quand même pas moi qui ai déclenché tout ça ! Il ne faudrait pas m'accuser de tous les torts ! Et puis, je peux te retourner le reproche, Isa. Pourquoi tu ne m'as pas avoué que tu nous avais entendus discuter, Antoine et moi ? Parce que tu aurais dû admettre que tu nous avais épiés ?

— Tu as raison, Maxim. J'avais honte et je ne voulais pas que tu le saches. Je ne suis pas fière de mes agissements, mais si je ne t'ai rien dit, c'est parce que j'espérais que tu fasses le premier pas. On a passé dix jours ensemble pendant les vacances, seuls, et jamais le sujet n'est arrivé sur le tapis.

– Toi non plus, répond Maxim avec agacement.

La colère que j'essayais de contenir me submerge tout entière. Mes joues rougissent violemment tandis que je crie :

– Arrête de me renvoyer la balle et assume un peu ! J'en ai vraiment assez de ton comportement !

Maxim s'apprête à riposter, mais c'est au tour d'Ophélie de murmurer :

– Isa, je vais passer la nuit chez Olivier, je crois que ça vaut mieux. On se parlera demain.

– Non ! Tu restes là ! Tu ne vas nulle part !

Surprise par le ton impérieux de ma voix, ma sœur stoppe son élan qui la poussait déjà vers la porte et se tourne vers moi. Je la fixe un moment puis pose mon regard sur Maxim, tentant de refouler les larmes qui menacent de jaillir. Des larmes d'impuissance, de rage et de déception. Surtout de déception. Ils m'ont tellement déçue tous les deux et pas un ne semble éprouver une once de remords. Une boule douloureuse se forme dans ma gorge. Je déglutis péniblement avant de murmurer :

– Restez ici tous les deux, c'est moi qui m'en vais. Je n'ai plus envie de vous parler ni de vous voir.

* *

*

Je ne peux pas croire que je passe ma dernière semaine de vacances chez Marie-Anne à ruminer ma colère et ma déception. Je rumine et j'attends que le téléphone sonne.

J'attends qu'Ophélie et Maxim me supplient de rentrer à la maison. Mais cela fait maintenant deux jours que j'ai claqué la porte sans que l'un ou l'autre tente de me retenir. Ou si peu.

Maxim a murmuré mon prénom deux ou trois fois sans rien ajouter d'autre. Isa, Isa, Isa. Ça voulait dire quoi, au juste ? Reste, ne pars pas ? Arrête tes bêtises et reviens ? Tu m'énerves, c'est ça, va-t'en ? Ophélie, elle, m'a, à nouveau, présenté ses excuses. Vaine tentative, j'imagine, pour m'empêcher de partir, seulement elle est ensuite restée debout sans rien faire alors que je désertais ma propre demeure ! Depuis, plus rien. Silence radio de part et d'autre.

J'ai été vraiment ébranlée samedi, lors de notre dispute, quand Maxim m'a lancé que ce qu'Ophélie avait fait ne le concernait pas, que c'était à moi de régler ça. Oui, bien sûr, nous devions discuter, ma sœur et moi, mais Maxim avait son mot à dire, tout de même. Ophélie lui a caché à lui aussi qu'elle avait appelé Louise. Qu'a-t-il ressenti quand il l'a appris ? De la surprise, de la colère, de l'indifférence ?

Depuis le jour où il a découvert que ma sœur était entrée en contact avec sa mère, il a tout le temps agi comme si rien ne s'était passé. Comme si ce qu'elle avait fait ne le touchait pas. Il aurait dû me soutenir. Il aurait dû m'aider à gérer ça au lieu de me laisser toute seule. Je sais que c'est moi qui ai quitté l'appartement, mais il aurait pu appeler. Dans quel monde vivons-nous si c'est la victime d'une histoire qui doit décrocher son téléphone et demander si elle peut rentrer chez elle ?

– La victime ???

Génial ! Il ne manquait plus que ma petite voix ! C'est la totale !

– Oui, j'ai bien dit victime ! Je suis victime des mensonges de ma sœur et de mon chum ! Et je t'arrête tout de suite, pas la peine de t'époumoner : j'ai également une part de responsabilité dans ce qui se passe actuellement, je le sais ! J'ai choisi de partir de mon propre gré, je dois l'assumer !

– Tu m'enlèves les mots de la bouche, mademoiselle-je-pleure-sur-mon-sort, j'en reste coite ! Un conseil, quand même : téléphone à Maxim, parce que jouer au jeu de qui appellera l'autre le premier est non seulement puéril, mais dangereux. Plus le temps passe, plus un fossé se creuse entre vous et plus difficile sera la réconciliation.

– D'accord, merci, je note. Un conseil concernant Ophélie aussi, histoire de rentabiliser ton déplacement ?

– Elle s'est excusée plusieurs fois. Elle sait qu'elle a fait une erreur.

– Je n'en suis pas sûre. J'ai plutôt l'impression que si c'était à refaire, elle recommencerait.

– Parle avec elle, alors, et tire les choses au clair.

– Encore une fois, c'est moi qui dois faire le premier pas !

– Qu'est-ce tu gagnes à rester toute seule dans ton coin ? Qu'est-ce que tu vas gagner si tu obtiens de Maxim et Ophélie qu'ils viennent ici te demander de rentrer ?

Bonne question ! Pourquoi est-ce que je tiens tellement à ne pas faire le premier pas ? Pour m'éviter une blessure d'orgueil ? Pour retirer une satisfaction futile d'un semblant de victoire ? Je ne sais pas. Ce que je sais, c'est qu'il est hors de question que je rampe devant Maxim et Ophélie.

– Ramper ? T'as le sens du drame, ça, c'est sûr !

– *Cause toujours ! Fin de la communication !*

Histoire de sortir de ma léthargie, je décide de préparer le souper. Cuisiner m'apaise et Marie-Anne ne devrait pas tarder à rentrer de son travail. Elle m'a accueillie les bras ouverts le soir de ma dispute avec Maxim et Ophélie. Le lendemain, elle est même allée chercher certaines de mes affaires chez moi, à ma demande. Des vêtements, des sous-vêtements, ma brosse à dents et mon portable. Maxim était là, Ophélie, non. Maxim a expliqué à Marie-Anne que ma sœur était partie chez Olivier, peu après mon départ samedi, et qu'ils comptaient prendre un bus de nuit pour New York dans les prochains jours pour le vernissage d'Ophélie. Maxim a ensuite interrogé Marie-Anne à mon sujet. Il voulait savoir quand je reviendrais. Il a été surpris de ne pas me voir revenir samedi. Il pensait que j'étais seulement sortie pour me calmer. Ça ne lui a pas plu que Marie-Anne vienne récupérer des choses pour moi. Celle-ci lui a conseillé de m'appeler s'il tenait à ce que je rentre. On dirait bien qu'il a choisi de ne pas écouter ses recommandations, ce qui n'a pas étonné Marie-Anne outre mesure. D'après elle, Maxim semblait plutôt énervé quand elle a quitté l'appartement.

Énervé par quoi ? Parce que je me suis sentie tellement incomprise samedi que j'ai préféré m'exiler ailleurs ? Il est bien parti, lui, il y a deux ans, quand nous avons eu cette horrible dispute à cause de sa mère et je lui ai pardonné, moi ! Il est quand même sacrément culotté de me reprocher mon comportement ! Mais ça ne me surprend pas. Maxim a toujours eu du mal à reconnaître ses torts. Qu'est-ce qu'on va faire si ni l'un ni l'autre ne se résout à faire le premier pas ? Je m'envole pour la France dans une semaine ! Nous n'avons vraiment pas le temps de bouder chacun dans notre coin !

J'ouvre le frigo et saisis deux filets de porc, ainsi que des carottes. Je sors ensuite un oignon et quelques patates douces du garde-manger et me voilà prête à tester une nouvelle recette. Marie-Anne arrive alors que les demi-rondelles d'oignon et le porc rôtissent dans le wok.

– Mmm, je sens que notre ligne va en prendre un coup, ce soir ! s'exclame-t-elle en entrant de la cuisine. Ça se sent bon le beurre !

– Ouaip ! J'ai décidé qu'on allait manger nos émotions.

– Toujours pas de nouvelles de Maxim ?

– Non.

– Et d'Ophélie ?

– Non plus.

Marie-Anne pince les lèvres et murmure :

– Isa, il faut que je te parle.

Mon cœur effectue un triple salto arrière dans ma poitrine.

– Qu'est-ce qui se passe encore ?

– Pose d'abord ce couteau ! me lance Marie-Anne en riant.

– J'ai l'impression que ce que tu as à me dire ne va pas me plaire...

– Disons que ça risque de t'énerver, oui.

– Bon. Je pense que je vais m'asseoir.

Je m'approche d'une chaise mais change d'avis à la dernière minute.

– Finalement, non. Je préfère rester debout. Qu'est-ce qu'il y a ?

– Tu sais qu'Ophélie part ce soir avec Olivier pour New York ?

– Oui.

– Tu sais aussi que son vernissage a lieu samedi soir ?

– Marie-Anne, va droit au but s'il te plaît.

– O.K., Ophélie nous a invitées, Cécile et moi, à venir y assister.

Non, mais quel aplomb ! Quelle insolence ! Inviter *mes* amies à *son* vernissage ? Je vais la remettre illico dans un avion pour la France, moi ! Scandalisée, je m'écrie :

– Vous ne comptez pas y aller quand même ?

– Elle t'a invitée aussi, tu sais.

– Ah ! bon ? Je n'ai pas eu connaissance de son appel !

– Elle m'a demandé de te transmettre l'invitation.

Je dévisage Marie-Anne en fronçant les sourcils.

– Je rêve ou tu essaies de plaider sa cause ?

– Isa, écoute, je n'approuve pas du tout ce qu'elle a fait, c'est certain, mais il faudra bien que tu fasses avec. Tu ne peux pas rester cachée ici indéfiniment.

Je proteste :

– Je ne me cache pas. Ophélie et Maxim savent très bien où je me trouve.

– Tu comprends ce que je veux dire.

– Non, pas vraiment. Es-tu en train de me dire que tu comptes aller au vernissage d'Ophélie ?

Si elle répond par l'affirmative, je hurle !

– Voyons, Isa, bien sûr que non. Mais il faut que tu saches que Cécile et Antoine y vont.

– Pardon ?

J'ai dû mal entendre ! Ce n'est pas possible ! J'avais toujours considéré Antoine comme un précieux allié. Quel revirement ! Quant à Cécile, je ne la savais pas si proche de ma sœur !

– Où est mon cellulaire, que je leur dise le fond de ma pensée !

– Arrête, me retient Marie-Anne. Ce n'est pas à cause de ta sœur qu'ils vont à New York, mais à cause de Maxim.

– O.K., pourrais-tu arrêter de me balancer les informations au compte-gouttes et me dire enfin de quoi il retourne ?

Nullement impressionnée par mon ton sec et par mon expression revêche, Marie-Anne se lance :

– Très bien. Ophélie a invité tout le monde à son vernissage, tout le monde étant Maxim, Antoine, Cécile, toi et moi. Maxim a décidé de profiter de l'expo de ta sœur pour aller régler tout ce qu'il a à régler avec sa mère. Antoine a jugé préférable qu'il n'y aille pas seul. Cécile a tout d'abord refusé de l'accompagner, mais Antoine a insisté. Il voulait qu'elle soit avec lui. Ils m'ont alors appelée pour que j'essaie de te convaincre de partir à New York avec eux. Ils l'auraient bien fait eux-mêmes, mais ils ont estimé que tu refuserais de les écouter quand tu apprendrais qu'ils avaient déjà réservé leurs billets d'autocar.

— C'est bien. Il leur reste encore une once de jugeote, à Antoine et Cécile, parce qu'effectivement, je les aurais envoyé balader ! Il est hors de question que j'aille à New York !

— Tu n'es pas obligée d'aller au vernissage de ta sœur, mais je crois que Maxim apprécierait que tu sois avec lui, dit doucement Marie-Anne.

Je secoue la tête avec tristesse.

— J'en doute. Il me l'aurait demandé lui-même, sinon.

— Tu sais bien qu'il a parfois du mal à exprimer ce qu'il ressent.

— Depuis quand es-tu devenue son avocate, toi ?

— Isa, je comprends ta colère et ton stress, mais il faut que tu te calmes maintenant.

J'attrape une cuillère en bois et remue les poitrines de porc. Je dépose le couvercle sur le wok et fais de nouveau face à Marie-Anne.

— Excuse-moi, je suis injuste avec toi. Tu m'accueilles à bras ouverts et moi, je...

Marie-Anne m'interrompt d'une voix douce :

– Arrête, tu n'as pas besoin de t'excuser. Si tu ne veux pas aller à New York, c'est ton choix, on n'en parle plus.

– Est-ce que tu sais quand Maxim, Antoine et Cécile partent ?

– Jeudi soir

– Comptes-tu y aller, toi ? je lui demande avec une certaine appréhension.

– Pas si tu n'y vas pas.

– Merci.

Vingt minutes plus tard, le repas est prêt et nous passons à table. J'écoute distraitement Marie-Anne me raconter une anecdote sur son travail. Toute mon attention est tournée vers Maxim et Ophélie. Vers Maxim qui va voir sa mère, sans moi. Vers ma sœur qui réalise un rêve complètement fou, sans moi. Comment osent-ils me laisser en bordure de chemin, comme ça ? D'accord, je me suis mise à l'écart moi-même en quittant l'appartement, mais ils auraient pu faire un pas dans ma direction. Et non, l'invitation d'Ophélie ne compte pas parce qu'elle n'a même pas daigné me la transmettre elle-même !

De toute façon, c'est de Maxim que j'attendais un signe. Ophélie sera toujours ma sœur. Mais Maxim, lui, sera-t-il toujours mon amour ? Notre couple nous échappe et ça me fait peur. On s'aime pourtant, seulement pour certains, l'amour ne suffit pas. Il faut plus. Je ne peux pas laisser Maxim s'éloigner encore davantage de moi. Il faut que j'aille à New York. Je m'en voudrais toute ma vie d'avoir manqué sa possible réconciliation avec sa mère, sinon. Quant à ma sœur, il est hors de question qu'elle s'en tire à si bon compte ! Il est hors de question qu'elle jouisse de son vernissage en compagnie de *mon* chum et de *mes* amis comme si tout allait bien ! Oh ! que non, ça ne se passera pas comme ça ! Je vais me rendre à son exposition, non pas pour faire un esclandre comme à son anniversaire, mais bien pour qu'elle ait à supporter mes regards désapprobateurs toute la soirée ! Ophélie aurait dû y réfléchir à deux fois avant de m'inviter ! Oui. C'est décidé. Je vais à New York !

– *Euh !... Tu n'as pas l'impression de changer d'avis comme de chemise ? Il y a dix minutes, tu étais prête à étriper Antoine, Cécile parce qu'ils accompagnent Maxim à New York et maintenant, tu comptes te joindre à eux ? Est-ce que tu sais ce que tu veux, toi, dans la vie ?*

Pitié ! un bouton off pour ne plus l'entendre, celle-là !

– *Au risque de te décevoir, je sais parfaitement ce que je veux ! Je veux que Maxim vienne me dire qu'il m'aime et qu'il fera tout pour que notre relation redevienne ce qu'elle était. Je veux qu'il me demande de partir à New York avec lui parce qu'il ne sent pas le courage de revoir sa mère sans moi. Voilà ce que je veux, mais comme personne n'y prête attention, je suis bien obligée de m'adapter !*

– *Ce séjour s'annonce idéal si tu gardes cet état d'esprit !*

– *Tu aimerais que j'oublie tout ce qui s'est passé et que je colle un beau sourire sur mon visage ?*

– *Non. Je crains juste que tu aies décidé d'aller à New York pour de mauvaises raisons. Comme essayer de te venger, par exemple.*

– *J'y vais parce que Maxim a besoin de moi. J'y vais parce que, même si je suis en colère comme jamais contre ma sœur, je n'ai pas envie de rater un événement important de sa vie. Est-ce que ces raisons te satisfont ?*

– *Ce serait le cas si tu n'avais pas omis d'ajouter que tu ne peux pas supporter l'idée d'être mise de côté et que c'est aussi pour ça que tu tiens à accompagner Maxim à New York !*

– *Pff !*

– *Impressionnante, comme réponse ! Vraiment !*

Est-ce possible d'abandonner les petites voix à la DPJ ? Existe-t-il un numéro spécial ?

– *Peu importe les raisons – bonnes ou mauvaises – qui me poussent à accompagner à Maxim et à rejoindre Ophélie ! Ce qui compte, c'est que je sois sûre de moi ! Point final !*

Décidée, je repose mes couverts sur la table et coupe Marie-Anne dans son anecdote :

– Marie, prépare-toi, on part pour New York !

Si tout est incertain,
pourquoi craindre quelque chose ?

Solon

189

Chapitre treize

Start spreading the news, I'm leaving today. I want to be a part of it – New York, New York. These vagabond shoes, are longing to stray. Right through the very heart of it – New York, New York. I wanna wake up in a city, that doesn't sleep. And find I'm king of the hill – top of the heap.

Je sais, c'est cliché. Incontestablement cliché. Mais je tenais absolument à entendre Frank Sinatra chanter *New York, New York* en découvrant pour la première fois les gratte-ciel de Manhattan surplombant l'Hudson River et faisant face au New Jersey. Un vieux rêve de jeune Française fascinée par les États-Unis depuis *Tom Sawyer*, *Les quatre filles du docteur March* et les séries américaines du style de *Beverly Hills*. Des murmures d'excitation s'élèvent dans l'autocar au fur et à mesure que nous pénétrons dans New York. Après plus de douze heures de voyage incluant l'arrêt aux douanes à Lacolle, nous n'avons qu'une hâte, nous laisser aspirer par la frénésie de Manhattan.

Antoine, Cécile, Marie-Anne, Maxim et moi avons quitté Québec hier en fin d'après-midi. Après un voyage avec Orléans Express jusqu'à Montréal, nous avons changé d'autocar pour filer jusqu'à New York qui a fini par jaillir devant nous à la sortie d'un tunnel. Des gratte-ciel, des gratte-ciel et des gratte-ciel à perte de vue. Comme sur les cartes postales.

Maxim n'a pas paru surpris quand il nous a vues arriver à la gare de Sainte-Foy, Marie-Anne et moi. Je l'avais annoncé à Cécile et j'imagine que la nouvelle avait fait son chemin jusqu'à lui *via* Antoine. J'ai salué Antoine et Cécile, mais je n'ai pas adressé la parole à Maxim. J'ai attendu qu'il le fasse, seulement il a continué à se murer dans son silence. Il voulait jouer ? Très bien ! J'allais lui donner du fil à retordre !

Je me suis installée près de Marie-Anne dans le bus et Maxim a pris place derrière Cécile et Antoine. À Montréal, nous avons changé d'autocar et Maxim s'est retrouvé à côté d'une dame d'un certain âge. Celle-ci l'a obligé à écouter toutes ses anecdotes en rapport avec ses petits-enfants pendant plus de deux heures, photos à l'appui. Chaque fois que je jetais un œil dans sa direction, je devais refouler un fou rire tonitruant. Maxim avait l'air au bord du suicide. Le karma, mon amour, le karma !

Antoine, Cécile, Marie-Anne et moi avons un peu discuté d'Ophélie durant le trajet. Antoine était le plus enclin à pardonner à ma sœur. Selon lui, puisque la situation allait sans doute amener son frère à renouer avec leur mère, ce n'était pas bien grave. Cécile, elle, excusait Ophélie à cause de sa jeunesse. « Elle est jeune, enflammée, impulsive et puisque tout finit bien... » Marie-Anne était la seule à vraiment désapprouver le comportement d'Ophélie, mais j'ai tout de même senti qu'elle était prête à passer l'éponge.

Après avoir franchi la frontière américaine, je me suis endormie, épuisée physiquement et émotionnellement. Quand j'ai rouvert les yeux, New York n'était plus qu'à une centaine de kilomètres. Les écouteurs de mon iPod vissés jusqu'aux oreilles, je me suis alors abandonnée à la musique jusqu'à ce que la Grosse Pomme soit en vue.

Le bus ralentit et pénètre dans le stationnement de la gare routière de Port Authority Bus Terminal. Après quelques minutes, Antoine, Cécile, Marie-Anne, Maxim et moi nous retrouvons plongés dans Time Square. Des odeurs de hot-dogs, de ketchup, de moutarde flottent dans l'air. La foule est dense, les touristes se promènent la tête penchée en arrière, les yeux illuminés, dans lesquels se reflètent des dizaines d'écrans publicitaires. Les habitués des lieux, eux, pressent le pas. La circulation ne s'arrête pas, les klaxons retentissent, les crissements de pneus devant les piétons téméraires aussi, et tout est jaune. Des milliers de taxis jaunes à perte de vue. Je sautille au lieu de marcher. Je ne veux rien oublier. Je veux que cette avalanche de publicité, de couleurs, de bruits, d'odeurs se grave dans ma mémoire. Je suis New York. Effervescente.

Maxim a l'air dans son monde. J'imagine que la perspective de voir sa mère dans quelques heures l'empêche de s'extasier devant le mythe new-yorkais qui s'anime sous nos yeux. Je sais, grâce à Antoine, que Maxim et Louise ont prévu de se retrouver dans un restaurant pour dîner.

Je ferme les yeux et tente de faire comprendre à Maxim que je suis avec lui. Peut-être que la télépathie marche dans certains cas. La conversation directe serait sans doute plus appropriée, mais pour l'instant, ce n'est pas envisageable. Faites que la transmission de pensée réussisse !

– Il faut qu'on aille à l'hôtel, dit Antoine.

– On prend le métro ? demande Cécile.

Un sourire amusé se met à flotter sur les lèvres d'Antoine.

– Je viens ici une ou deux fois l'an depuis plus de cinq ans et je ne sais toujours pas comment fonctionne le métro new-yorkais.

– Comment ça ?

– Je ne sais pas qui l'a conçu, mais je suis certain qu'il l'a fait pour donner des envies de suicide aux touristes. Les lignes marchent par lettres, par chiffres, par couleurs. Un vrai casse-tête. Prenons un taxi, je vous assure que c'est plus rapide.

Antoine se prépare à en arrêter un quand je me mets à hurler comme une hystérique :

– Non ! Tu l'as fait des centaines de fois, toi ! C'est à mon tour de me prendre pour une vraie New-Yorkaise !

Il se retourne vers moi dans un éclat de rire.

– Je t'en prie. Je ne voudrais pas gâcher ton plaisir. Assure-toi seulement que la lumière sur le toit est allumée, ça signifie qu'ils sont libres.

– Je sais !

Je balaie la rue des yeux et lève mon bras alors qu'une des milliers de voitures jaunes s'avance vers nous. Je suis Carrie Bradshaw !

– Taxi !

Le chauffeur freine brusquement et je bondis comme une gamine. J'ai réussi. J'ai arrêté un taxi new-yorkais, et du premier coup ! Maxim en hèle un deuxième – pff ! Pâle imitation !

Antoine et lui s'installent dans celui-ci tandis que Cécile, Marie-Anne et moi prenons place dans le taxi que j'ai arrêté. Je lance au chauffeur :

– *To the New York Marriott Downtown, please !*

Ma voix atteint des octaves que j'ignorais même avoir. Je viens d'avoir un orgasme !

Dix minutes plus tard, nous arrivons à notre hôtel. Situé au cœur du secteur financier de Manhattan, le New York Marriott Downtown se dresse devant l'Hudson et le New Jersey. À quelques centaines de mètres, *Ground Zero* veille, telle une mémoire sans faille. À l'opposé, la Statue de la Liberté s'élève fièrement sur Ellis Island. Nous ne la voyons pas de là où nous sommes, trop de gratte-ciel, mais le site Internet de l'hôtel disait que nous n'en étions pas loin, de même que de Soho, le quartier où aura lieu l'exposition de ma sœur.

Ophélie et Olivier sont également descendus dans cet hôtel. Nous sommes censés les retrouver en fin de journée pour souper. Maxim et Antoine arrivent quelques minutes après nous et nous nous rendons à la réception. J'avais espéré que Maxim et moi nous réconcilierions durant le trajet jusqu'à New York et que nous pourrions partager une chambre, mais la situation étant ce qu'elle est, c'est plutôt avec Marie-Anne que je m'installe.

La décoration de la chambre est sobre, l'agencement, classique : quelques tableaux, un bureau à côté de la fenêtre, deux lits queen et une télévision au milieu de la pièce. Marie-Anne et moi déposons nos affaires et envahissons, chacune à notre tour, la salle de bains pour nous rafraîchir. Lorsque nous redescendons à l'accueil, Antoine et Cécile s'y trouvent déjà. Ensemble, nous attendons Maxim. Quand il apparaît, mon cœur s'accélère. Il est pâle. Sa rencontre imminente avec sa mère a l'air de le chambouler autant émotionnellement que physiquement. Je ne peux pas le laisser partir sans lui faire savoir que je suis là, que je penserai fort à lui durant son dîner avec Louise et que je l'aime.

Je tapote l'épaule d'Antoine et l'entraîne à l'écart :

– S'il te plaît, peux-tu dire à Maxim que je l'aime et que j'espère que tout va bien se passer avec Louise ?

– Pourquoi tu ne le lui dis pas toi-même ? Ça vous permettrait d'amorcer la discussion, non ?

Je secoue vigoureusement la tête.

– Je ne peux pas.

– Isa...

– Antoine, fais-le. S'il te plaît.

Je plonge mes yeux droit dans les siens pour qu'il puisse juger de ma détermination et je le vois capituler. Il retourne près de Maxim et lui glisse quelques mots à l'oreille. Maxim se tourne alors dans ma direction, me sourit et c'est le plus beau sourire du monde. Il y a tout dans ce sourire. Tout ce que nous n'arrivons pas à nous dire. Tout ce que nous n'arrivons plus à être.

*　　*
*

Après le départ de Maxim, nous décidons d'aller visiter cette ville mythique qui nous accueille. Nous commençons notre périple par ce qu'il reste de Little Italy, avalée par *Chinatown*. Des petites tables en bois recouvertes de nappes à carreaux rouges et blancs se dressent sur les trottoirs et une odeur de pizzas fumées s'échappe des restaurants. Nous nous mêlons aux centaines de touristes à la recherche de montres, de lunettes, de sacs et de portefeuilles d'imitation dans *Chinatown*. Dix dollars pour des lunettes Chanel, vingt pour un sac Dolce&Gabana, de quoi donner des sueurs froides aux créateurs ! Si Cécile et moi préférons faire l'impasse sur les fausses marques, nous ne résistons pas aux tee-shirts roses *I Love NY* que nous enfilons immédiatement, histoire de parader. Un pur délice.

Nous mettons ensuite le cap sur la Cinquième Avenue. Gucci, Prada, Louis Vuitton, Hermès, Dior nous tendent les bras. Des adolescentes de quinze ans à peine poussent les portes de ces boutiques pour en ressortir une dizaine de minutes plus tard avec des accessoires à cinq cents dollars. Juste comme ça, elles dépensent ce que je gagne en plusieurs jours. Même si j'ai été élevée dans un milieu relativement aisé, d'aussi loin que je me souvienne, ma mère ne m'a jamais donné mille euros d'argent de poche hebdomadaire. Pff ! J'aurais dû appeler une assistante sociale. J'ai vraiment été maltraitée !

Vers seize heures, nous pressons le pas jusqu'à l'Empire State Building. Nous avons rendez-vous avec Maxim. Nous nous fondons dans la file qui attend l'ascenseur pour monter au sommet du plus haut immeuble de New York. Je tourne la tête de gauche à droite, scrutant chaque homme, fin vingtaine, grand, châtain, yeux bleus, barbe de deux jours, vêtu d'un jean, de baskets et d'un polo sombre. Quand je l'aperçois enfin, je me mordille la lèvre, pleine d'espoir. Faites qu'il se soit réconcilié avec sa mère ! Faites qu'il soit de bonne humeur ! Faites que nous nous réconcilions, nous aussi et que New York devienne la ville de la réconciliation !

Antoine signale notre présence à Maxim et celui-ci nous sourit vaguement en guise de réponse. Son regard est perdu.

Hagard. Pas de bonne humeur à l'horizon. Sa rencontre avec sa mère a dû soulever le couvercle de cette cocotte-minute qui bouillait d'émotions depuis trop d'années.

Maxim s'arrête à notre hauteur et nous demande :

– Alors, comment était votre journée ?

– Très bien, répond Antoine. Et la tienne ? Comment ça s'est passé avec Louise ?

– Bien.

– C'est tout ?

– Oui.

Antoine et moi échangeons un coup d'œil rapide tandis que Maxim se joint à nous, dans la file, en silence. Il compte tout garder pour lui, comme d'habitude. Se confier, partager, il ne connaît pas. Je me mords l'intérieur des joues afin d'éviter de crier ou de pleurer – je n'ai pas encore décidé – et me force à me concentrer sur l'Empire State Building.

La vue depuis le quatre-vingt-sixième étage est impressionnante. Un panorama de trois cent soixante degrés. Des gratte-ciel à n'en plus finir. Central Park. Le Rockefeller Center. Et les ponts au-dessus des rivières. Oui. La vue est vraiment impressionnante. Époustouflante. Délirante. Ce spectacle vaut bien les deux heures d'attente pour arriver au sommet. Sans compter que le soleil se couche et que le ciel devient rose.

Notre descente se passe beaucoup plus vite. En à peine quinze minutes, nous nous retrouvons devant le restaurant asiatique où nous devons souper avec Ophélie et Olivier. Maxim préfère rentrer à l'hôtel. J'hésite à le suivre, mais son air froid et sombre m'incite à renoncer. Finis les sourires. Finis les espoirs. Maxim recommence à souffler le chaud et le froid et je ne sais plus sur quel pied danser. Je le regarde s'engouffrer dans un taxi puis entre dans le restaurant.

Ophélie est excitée comme une puce et monopolise la conversation. J'apprends ainsi qu'à partir du moment où Louise a décidé d'exposer ses peintures, elles ont communiqué durant des semaines à mon insu, réglant les détails logistiques et l'organisation du vernissage. Louise s'est pratiquement chargée de tout. Elle devait vraiment espérer que cela la rapprocherait de Maxim. Elle a réussi à caser dans un planning plus que serré l'exposition d'Ophélie qui durera un mois. Elle a fixé le prix de ses toiles et les a acheminées jusqu'à New York. Elle s'est ensuite attaquée à la partie communication avec le public, invitant critiques et journalistes au vernissage, en plus de personnes baignant dans le domaine artistique. Elle s'est occupée de ma sœur comme si celle-ci était une artiste de renom. Ophélie a eu beaucoup de chance.

Nous terminons notre repas et planifions notre journée du lendemain – la Statue de la Liberté, Central Park, le pont de Brooklyn, Greenwich village. Alors que nous quittons le restaurant, Ophélie et Olivier décident d'explorer New York de nuit afin de vérifier s'il est vrai que cette ville ne dort jamais. Ophélie a l'air totalement dans son élément. Elle respire le bonheur et semble avoir oublié que je lui en veux encore pour ce qu'elle a fait. J'espère qu'elle ne s'imagine pas que parce que je suis ici et que je compte aller à son vernissage demain soir, tout est réglé entre nous. J'espère qu'elle ne s'imagine pas que la vie est toujours aussi facile, qu'on peut mentir, tricher et s'en sortir haut la main. Si c'est le cas, elle risque de tomber de haut.

Antoine, Cécile, Marie-Anne et moi sautons dans un taxi pour la quatrième fois de la journée et rentrons à l'hôtel. Je meurs d'envie d'aller retrouver Maxim dans sa chambre, mais quelque chose me retient. Je ne m'en sens pas le courage, je crois. Je ne sais même pas s'il a envie de me parler. Son sourire de ce midi me paraît déjà tellement loin. J'en viens à me demander si je ne l'ai pas rêvé. Son regard, lorsqu'il est monté dans son taxi ce soir, était tellement sombre.

Avec une certaine lâcheté, je préfère envoyer Antoine prendre des nouvelles de son frère. Il accepte et promet de me résumer leur discussion. Cécile nous invite, Marie-Anne et moi, à attendre le retour d'Antoine dans sa chambre. Celui-ci ne tarde pas. Apparemment, sa conversation avec Maxim a été expéditive.

– Il n'était pas d'humeur à discuter, confirme Antoine. Il m'a demandé de le laisser seul et j'ai préféré obtempérer. J'ai appelé notre mère en sortant de la chambre de Maxim et elle m'a tout raconté. C'est elle qui a le plus parlé. Maxim est resté distant. Cela dit, elle l'a tout de même senti beaucoup moins en colère. Ce n'était pas exactement des retrouvailles chaleureuses, mais c'est le début de quelque chose, selon elle. Une longue route vers la réconciliation ou quelque chose du genre.

Je hoche doucement la tête. C'est bien. Je suis contente. Si Maxim pouvait aussi se décider à emprunter la voie de la réconciliation avec moi, ce serait super. On pourrait enfin profiter de New York tous les deux, planifier notre voyage en France et s'aimer comme avant.

Comme si Antoine lisait dans mes pensées, il enchaîne :

– Tu sais, Isa, je suis certain que Maxim aurait préféré que ce soit toi qui viennes le voir. Je suis sûr qu'il t'attendait.

– Tu penses ?

– Oui. Je ne t'oblige à rien, mais je crois que Maxim a besoin de te parler.

J'inspire profondément, pèse le pour et le contre quelques secondes puis me lève de mon fauteuil. Si Maxim a besoin de moi, je ne lui tournerai pas le dos, quoi qu'il ait pu se passer entre nous dans les derniers mois. Et, si faire le premier pas veut dire perdre à un jeu stupide ou gérer une blessure d'amour-propre, d'accord, j'y suis prête. J'aurais peut-être même dû faire ce premier pas bien avant.

Je quitte la chambre d'Antoine et Cécile et me rends jusqu'à celle de Maxim. Mon cœur bat la chamade alors que je frappe deux petits coups contre la porte. Je patiente plusieurs secondes, mais Maxim ne répond pas.

Je frappe à nouveau.

– Maxim, tu es là ? C'est moi.

J'attends encore quelques instants puis frappe une dernière fois à la porte.

– Maxim ?

Aucune réponse.

– Maxim ?

Je me heurte au silence. Déçue, le ventre et la gorge noués, je tourne les talons et me réfugie dans ma chambre.

Parler est le plus moche moyen de communication.
L'homme ne s'exprime pleinement que par ses silences.

Frédéric Dard

Chapitre quatorze

— Sais-tu pourquoi ces soirées inaugurant une exposition s'appellent un vernissage ? me demande Ophélie, une coupe de vin blanc à la main.

Je lève les yeux de la toile que j'observe depuis quelques minutes – une femme tendant ses doigts devant elle, comme pour s'imprégner d'une chose invisible, imperceptible – puis pivote vers ma sœur.

— Non, pourquoi ?

— Parce qu'il était dans la tradition que les artistes étendent une ultime couche de vernis sur leurs toiles le jour précédant le début de leur exposition.

Je hoche la tête en mordant dans mon canapé à la terrine de saumon. Eh bien ! On en apprend tous les jours. Le vernissage d'Ophélie bat son plein. Une discrète musique instrumentale accompagne la cinquantaine d'invités qui naviguent entre les différentes créations d'Ophélie, des peintures pour la plupart. Quelques dessins au fusain et à la sanguine sont également encadrés et accrochés sur les murs d'un blanc immaculé. Louise s'est vraiment démenée pour faire de cette soirée une réussite. La presse est là et un certain nombre de ses connaissances ont répondu présent à son invitation. L'ambiance est raffinée tout en étant décontractée.

Louise a ouvert la soirée en présentant Ophélie. Elle a loué son talent et son potentiel pour les années à venir, puis ma sœur a pris la parole. Dans un anglais parfait, quoiqu'un peu hésitant au début, elle a remercié tout le monde de s'être déplacé et particulièrement Louise de lui avoir donné sa chance. Avoir dix-neuf ans et commencer sa carrière par une exposition à New York, c'est exceptionnel, a-t-elle déclaré. Elle a ensuite détaillé sa relation avec l'art, le dessin et la peinture puis a enchaîné sur le thème sous lequel ses toiles sont rassemblées : l'ailleurs. « Depuis que je vis au Québec, a-t-elle expliqué, tout ce que je n'ai pas vécu, goûté ou senti me saute aux yeux et c'est l'inconnu, l'ailleurs que j'ai tenté de transposer avec mes pinceaux. » Son discours a été parfait et je me suis revue lors du lancement de mon roman. Excitée, pleine d'espoir et fière.

– Est-ce qu'on pourrait se parler ? demande Ophélie. À l'extérieur ?

Elle tend sa coupe de vin vide à un serveur qui passait près d'elle et je la suis d'un pas régulier. L'air de la nuit est encore doux, l'animation est certes moins spectaculaire que celle de Times Square, mais les rues sont loin d'être désertes. New York est bel et bien une ville qui ne dort jamais.

Ophélie et moi nous postons un peu à l'écart, recherchant une précieuse tranquillité et ma sœur commence :

– Isa, je sais que je t'ai déçue. Je sais aussi que j'ai fait quelque chose de grave, mais je te prie de me croire quand je te dis que je suis sincèrement et profondément désolée. Je le suis vraiment, mais j'ai agi selon mes convictions, parce que je pensais que c'était la chose à faire pour moi.

– Oui et c'est ça qui me titille. Tu n'as pensé qu'à toi. Je te crois quand tu me dis que tu es désolée, mais tu l'es seulement parce que je t'en veux. Est-ce que tu regrettes ce que tu as fait ? Est-ce que tu te conduirais différemment si c'était à refaire ?

– Bien sûr ! Tu ne penses pas que j'ai retenu la leçon ? J'ai vu que mon comportement t'a blessée. Si je pouvais remonter le temps, je t'assure que j'essaierais de te convaincre de me laisser appeler Louise et je n'agirais certainement pas derrière ton dos.

Surprise par les propos d'Ophélie, je la dévisage un moment. Est-elle sincère ? A-t-elle réellement tiré une leçon de cette histoire ? Je décide de la tester pour en avoir le cœur net :

– Très bien. Tu dis que si c'était à refaire, tu essaierais de me convaincre. Mais, si malgré tes efforts, je restais imperméable et refusais que tu appelles Louise, que ferais-tu ?

Ophélie ne répond pas immédiatement. Elle réfléchit, cherche une réponse puis finit par soupirer :

– Je ne sais pas, Isa. J'avoue que ce serait dur de renoncer. Je crois que je tenterais une approche du côté de Maxim.

Au moins, elle est honnête. Elle n'a pas choisi la facilité en me disant ce que j'aurais aimé entendre. Elle poursuit :

– J'espère que tu pourras me pardonner. Tu es ma sœur et j'ai besoin de toi. Je ne veux pas redevenir fille unique. Je ne veux pas.

Sa voix chancelle et quelques larmes perlent à ses yeux. Son désarroi me chamboule intérieurement.

– Voyons, Ophélie, il n'a jamais été question de te sortir de ma vie.

– Mais quand tu es partie samedi, j'ai cru que c'était parce que tu ne voulais plus me voir.

Ses larmes coulent maintenant avec abondance sur ses joues et je la prends dans mes bras.

– Ma belle, ne pleure pas. Je suis partie parce que je ne voulais plus voir Maxim aussi. Et il n'a jamais été question que je ne revienne pas.

– Mais tu as été si froide avec moi depuis que tu es là. Je n'arrivais pas à trouver le courage de te parler et j'ai préféré me concentrer sur l'excitation que m'apportait mon vernissage pour oublier que tu m'en voulais autant.

Ophélie se redresse, essuie ses larmes et continue :

– J'avais peur de flancher si je me mettais à penser à toi et combien je t'ai déçue. J'ai essayé d'enfouir ma culpabilité sous un tapis, mais quand je t'ai vue ce soir, avec moi, malgré tout, j'ai décidé qu'il était temps de te faire face.

– Je suis heureuse que tu l'aies fait. Et je suis heureuse que tu aies attendu un peu. Il me fallait du temps pour digérer tout ça.

– Est-ce que tu m'as pardonné maintenant ?

– Disons que je suis prête à passer l'éponge sur une erreur de jugement. Mais pas sur deux. Est-ce que je suis claire ? Ne recommence jamais ça.

– C'est promis.

La joie et l'excitation réapparaissent sur son visage et je souris, le cœur léger. La rancœur, la colère, la déception, c'est lourd. Le pardon, c'est libérateur. Pourquoi continuer à lui en vouloir ? Ça ne changera rien à ce qui s'est passé. L'important, c'est qu'elle ait retenu la leçon et qu'elle ne mente plus jamais.

Ophélie s'exclame :

– Je suis tellement contente que tu sois là ! Tu sais, mon vernissage n'aurait pas été pareil sans toi.

Son regard s'assombrit à nouveau tandis qu'elle me demande :

– Est-ce que tu penses que Maxim va m'en vouloir long-temps ?

– Je ne crois pas que Maxim t'en veuille.

Elle fronce les sourcils.

– Ah ! bon ? Mais tu disais que Maxim allait être furieux si je contactais sa mère et je l'ai fait dans son dos.

Je soupire un peu tristement :

– Je t'avoue que je comprends de moins en moins ses réactions.

– Je suis vraiment désolée d'avoir causé des problèmes entre Maxim et toi.

– On en avait avant.

– Je sais, mais je n'ai pas aidé.

– Ne t'en fais pas... Qu'est-ce que tu vas faire après ton exposition ? Est-ce que tu vas rentrer en France ?

– Non, pas tout de suite. Je vais démarcher des galeries à Montréal et l'idée de l'école des Beaux-Arts pour l'année prochaine a fait son chemin. Olivier viendrait peut-être avec moi. Il rêve de découvrir la France.

– Je suis contente que tu aies des projets et des beaux, en plus, dis-je en souriant.

Ophélie et moi retournons à l'intérieur. L'affluence commence à baisser tranquillement. Un acheteur potentiel accapare Ophélie et je cherche alors Maxim des yeux. J'aperçois Marie-Anne et Cécile devant une des toiles de ma sœur avant d'arrêter mon regard sur Antoine et Maxim. Ils discutent avec leur mère et leur beau-père. Le mari de Louise, Philip, est un New-Yorkais de souche. Grand, presque impressionnant, les cheveux grisonnants, mais sexy, il a réussi à établir une solide complicité avec Antoine et semble vouloir en faire autant avec Maxim. Celui-ci, bien que poli, reste distant.

Je me glisse sans bruit près de Maxim.

– Un beau succès, ce vernissage, assure Philip dans un français parfait, souvenir de ses années passées à travailler en France. Les médias sont peut-être partis un peu tôt, mais je suis sûr que l'exposition à venir sera une réussite.

– Oui, ta sœur a beaucoup de talent, confirme Louise en souriant.

J'opine de la tête et lui rend son sourire. Je n'arrive pas à savoir si Louise aime sincèrement le travail d'Ophélie ou si elle feint l'admiration afin de gagner des points auprès de Maxim. A-t-elle fait tout cela uniquement pour son fils ?

– Est-ce qu'elle a vendu quelques peintures ?

– Oui, c'est de bon augure pour la suite.

Son entrain me paraît réel même s'il doit sans doute être amplifié par l'espoir de se rapprocher de Maxim. Après tout, rien n'empêche la mère de côtoyer la femme d'affaires. Et puis, je ne pense pas que Philip, propriétaire de la moitié de la galerie, l'aurait laissée organiser une exposition avec des toiles immatures ou quelconques.

Louise pivote soudain vers Maxim, une lueur d'excitation dans les yeux.

– On pourrait faire une exposition avec tes photos si tu voulais ! Je suis certaine que cela marcherait !

Maxim hausse les épaules et décline poliment son offre.

– Merci, mais ça ne m'intéresse pas.

– Pourquoi ? Ça me ferait plaisir, tu sais.

Maxim réprime un mouvement d'agacement.

– As-tu seulement déjà vu une de mes photos ?

– Non, mais...

– Laisse tomber, d'accord ? coupe-t-il brusquement.

Un silence gêné retombe. La situation entre Maxim et sa mère est encore périlleuse. Je devine Maxim désireux de pardonner et d'oublier, mais une partie de lui continue de souffrir. Je voudrais lui dire que je le comprends, que je sais parfaitement ce que cela fait de se retrouver en face de celui ou celle qui nous a donné la vie et de se sentir comme face à un étranger. Mon père et moi avons encore du mal à nous parler. Il ne suffit pas de dire « je mets le passé derrière moi » pour que tout, comme par magie, redevienne comme avant. Rien ne sera jamais comme avant et il faut l'accepter. Il faut faire son deuil de ce qui a été et de ce qui ne sera plus.

Louise hoche la tête avec résignation :

– D'accord. N'en parlons plus.

– J'ai un peu chaud, dit Maxim. Je vais aller prendre l'air.

Il disparaît et je décide de le suivre. Le moment est venu d'avoir cette franche discussion qui nous guette depuis plusieurs jours, voire plusieurs semaines. Notre couple s'en portera beaucoup mieux après. Nous rentrerons alors à l'hôtel et toutes ces tensions, tous ces non-dits, tous ces silences entre nous se seront volatilisés.

J'aperçois Maxim, assis sur le bord du trottoir. Je m'installe près de lui, baisse les yeux sur le sol et fais rouler une petite pierre avec mon doigt avant de lui demander :

– Est-ce que ça va ?

Il reste silencieux un moment, hésitant, puis finit par murmurer :

– Isa, je crois que je n'irai pas te rejoindre en France en septembre.

Ses mots me font l'effet d'un coup au ventre. Non. D'un direct au cœur. Je ne m'attendais vraiment pas à ça. Je venais lui apporter mon soutien, enterrer la hache de guerre, et c'est moi qu'il attaque ?

– Je crois que j'ai besoin de me retrouver seul quelque temps, poursuit-il.

– C'est à cause de tes retrouvailles avec ta mère ?

– En partie.

– En partie ? L'autre partie, c'est moi, c'est ça ? Tu en as marre de nous ?

– Non.

Je bondis et crie :

– Alors, c'est quoi ?

– Calme-toi.

Je le regarde de haut.

– Ne me dis pas de me calmer ! Je crierai si j'en ai envie !

Il soupire et se redresse à son tour.

– Écoute, j'avais espéré faire ça de manière civilisée.

– Faire quoi ? Rompre avec moi ?

– Mais non.

– Dans ce cas, dis-moi franchement ce que tu as sur le cœur parce que je ne supporte plus tes silences ! Qu'est-ce que je t'ai fait, Maxim ? C'est parce qu'Ophélie a ramené ta mère dans ta vie ? Mais c'est toi qui as voulu venir ici ! Toi ! Et cette décision, tu l'as prise sans moi !

– Parce qu'elle ne te regardait pas. C'était entre Louise et moi. Tout comme ce qu'a fait ta sœur est entre elle et toi.

– Très bien. Si tu ne m'en veux pas à cause d'Ophélie, c'est à cause de quoi ?

Maxim reste muet et je dois me retenir pour ne pas le secouer violemment.

– Tu refuses de me le dire ? Pourquoi est-ce que ça ne me surprend pas ? Tu ne me dis plus rien depuis des mois. Tu as oublié ce qu'être un couple signifie, Maxim. Tu as oublié que si on est ensemble, c'est pour s'aider, se soutenir et partager. Je ne suis pas d'accord quand tu dis que le comportement d'Ophélie ne te concerne pas. Il t'a touché bien plus que moi.

– Oui, c'est vrai, mais qu'est-ce que tu aurais souhaité que je fasse ? Que je l'engueule, moi aussi, le jour de sa fête ?

– Oui, Maxim ! C'est ce que j'aurais souhaité que tu fasses ! J'aurais souhaité que tu lui fasses comprendre son geste ! Mais ce que j'aurais d'abord souhaité, c'est que tu viennes vers moi quand tu as su ce qui se tramait.

– Toi aussi, tu aurais pu...

Je le coupe et secoue la tête avec lassitude.

– Non. Ne me dis pas que, moi aussi, j'aurais pu t'avouer que je savais tout. Tu me renvoies constamment la balle et j'en ai assez. Oui, j'ai mes torts, je l'admets, mais toi aussi. Tu te comportes avec moi de la pire des façons et je ne sais pas pourquoi. Qu'est-ce que je t'ai fait, Maxim ? Il faut que tu me le dises parce que je n'arrive plus à supporter tout ça.

– O.K., tu veux savoir ? Ce qui m'énerve, c'est que toute notre vie tourne autour de toi, Isa, et je ne suis plus capable d'endurer ça. *Ton* roman, *tes* entrevues, *ton* succès, *tes* amis, *ta* sœur, *ton* voyage en France ! Toi, toi, toi ! Et moi, que sais-tu de ce que je veux ? Est-ce que tu sais ce que je ressens, là, maintenant ?

La lassitude que je ressentais il y a à peine deux minutes fait place à une colère étourdissante et je hurle :

– Comment est-ce que je pourrais savoir ce que tu éprouves ? Tu gardes tout pour toi depuis des mois !

– Et tu n'essaies jamais d'en savoir plus, pas vrai ?

– Je rêve ! Non, mais je rêve, ce n'est pas possible ! Quoi que je fasse, j'ai toujours tort avec toi ! Est-ce que tu t'es rendu compte, au moins, de tous les efforts que j'ai faits ces derniers mois ? Ou est-ce que c'était normal pour toi ? Je ne sais plus quoi faire, Maxim ! Si j'essaie de forcer les barrières derrière lesquelles tu te caches, tu me le reproches. Si je respecte tes silences, tu me le reproches aussi. Je te signale que c'est toi qui m'as demandé de ne plus te parler de ta mère. Et, aujourd'hui, tu me blâmes de ne pas t'avoir obligé à me raconter ta rencontre avec elle ? C'est ridicule ! D'autant plus que je suis venue frapper à ta porte hier soir ! Tu m'as entendue, non ?

Maxim pâlit et murmure :

– Oui.

– Et tu as refusé d'ouvrir.

– J'avais besoin de réfléchir.

J'inspire et expire lentement afin d'éviter de perdre ce qui reste de mon sang-froid. Au bout de quelques secondes, je dis :

– Reprenons. Tu m'en veux parce que tout tourne autour de moi, mais tu passes ton temps à travailler. Tu m'en veux parce que je n'essaie pas de savoir ce que toi tu ressens, mais quand j'essaie, tu ne daignes même pas me répondre et m'expliquer que tu préfères rester seul. Vraiment, j'aimerais que tu m'expliques ce que je dois faire pour que tu sois heureux parce que je suis perdue, là.

Maxim reste silencieux et je continue :

– Il y a quelque chose que tu ne me dis pas. Quelque chose de plus profond que les cachotteries d'Ophélie, tes heures passées au bureau et ta rencontre avec ta mère.

Je dévisage Maxim qui devient de plus en plus blême. Il soutient mon regard quelques instants, mais finit par baisser les yeux. Un éclair de lucidité me frappe alors, telle une météorite en pleine course.

D'une voix blanche, je murmure :

– Tu me reproches d'avoir publié mon roman et, par le fait même, d'avoir réalisé mon rêve, n'est-ce pas ? Pire encore, tu me reproches mon succès.

Maxim ferme les yeux un instant. Il se frotte les tempes avec les doigts puis me regarde à nouveau :

— Tu me renvoies mes propres échecs, Isa. Je sais que ce n'est pas de ta faute, mais c'est comme ça.

— Ta mère t'a proposé d'exposer tes photos.

— Je ne suis pas comme ta sœur. Quand j'exposerai, ce sera parce que quelqu'un aura trouvé que j'ai du talent. Pas parce que ma mère possède une galerie.

Je secoue la tête et soupire. Ma voix est redevenue lasse lorsque je reprends la parole.

— Est-ce que tu te rends compte que tu repousses tout le monde ? Un jour, tu vas finir par te retrouver seul... Je n'arrive pas à croire que tu me reproches le succès de mon roman. Tu aurais voulu que j'échoue pour que tu puisses me consoler et jeter mes rêves au vent comme tu as jeté les tiens ? C'est ça, ta conception de l'amour ? Tu as fait tes propres choix vis-à-vis de ta carrière, de ce voyage à New York et de tes retrouvailles avec Louise, alors assume-les. Je ne serai plus ton bouc émissaire.

— Tu n'es pas mon bouc émissaire. Je te dis juste que j'étouffe dans notre couple. Je ne devrais peut-être pas être jaloux de toi et t'en vouloir, mais c'est ce que je ressens. C'est comme ça et je n'arrive pas à l'effacer. Je suis désolé.

— Et qu'est-ce que tu comptes faire ?

— J'ai besoin de me retrouver seul. J'ai besoin qu'on fasse une pause parce que je ne sais plus comment t'aimer.

Je réprime un éclat de rire hystérique.

– Tu cites Isabelle Boulay, maintenant ?

Maxim fronce les sourcils.

– Quoi ?

– C'est un extrait d'une de ses chansons.

– Ah ! bon... Si tu le dis...

Avec lassitude, je demande :

– Ça nous laisse où, toute cette histoire, Maxim ?

– Je te l'ai dit, j'ai besoin d'avoir du temps pour moi, pour réfléchir. Six semaines, ce n'est pas si long, et tu pars de toute façon. Tu seras très occupée.

Avec impuissance et tristesse, je murmure :

– Je partais avec l'idée que tu me rejoindrais et que notre couple était toujours en vie. Maintenant, tu veux profiter de mon départ pour faire le point. Mais après ? Qu'est-ce qui va se passer après ? Je reviens et on recommence ? Tu auras vaincu tes démons et on se donnera une nouvelle chance ?

Il secoue la tête en signe d'impuissance.

– Je ne sais pas.

Le « clac » que fait le contact de mes doigts sur sa joue résonne au plus profond de moi. Cette gifle est partie toute seule. Je n'ai pas pu la retenir. Sa force était telle que Maxim a reculé d'un pas. Il me dévisage, aussi ébranlé que moi. Non, je ne m'excuserai pas. J'aurais dû faire ça bien avant.

J'ai trop enduré. Son travail jusqu'à pas d'heure, ses sautes d'humeur, son mutisme. Trop, c'est trop ! Dire que cette discussion était censée nous rapprocher ! Depuis samedi, j'essaie de trouver les mots pour ressouder notre couple et lui, pendant ce temps, il essayait de trouver les mots pour s'en éloigner. Mon cœur va s'arrêter, emprisonné par la douleur. Je ne sens déjà même plus ses battements.

Dans un dernier sursaut de colère, je hurle :

– Tu sais quoi, Maxim ? Va te faire foutre !

Je tourne les talons, mais Maxim me retient par le bras.

– Ne gâche pas tout.

– C'est moi qui gâche tout ? C'est moi ?!

Ma voix n'est plus qu'un mélange de notes trop aiguës et de sanglots refoulés.

– C'est terminé, Maxim ! Terminé ! Prends tout le temps qu'il faut pour réfléchir, ça ne me concerne plus.

– Isa, j'ai juste besoin de six semaines. Je n'ai pas envie qu'on se sépare.

– Laisse-moi ! Je ne veux plus te voir !

Je tente de dégager mon bras. Maxim m'en empêche. Il m'attire contre lui et me serre dans ses bras. J'essaie de le repousser, mais succombe à sa chaleur, à sa présence. Il me caresse les cheveux, il tremble un peu ou peut-être que c'est moi. Peut-être que mes sanglots nous font trembler tous les deux.

Nous restons ainsi un long moment. Lorsque je relève la tête, les yeux de Maxim sont aussi rouges que doivent l'être les miens. Comment trouver la force de lui accorder ce qu'il demande ? Comment trouver la force de partir si loin en sachant qu'il doute si fort de notre couple ? En sachant ce qu'il ressent vis-à-vis de moi, de lui, de nous ?

J'essuie mes larmes du revers de la main et déglutis péniblement.

– D'accord. Prends le temps qu'il te faut pour réfléchir. Mais tu dois savoir que ce que tu es en train de faire à notre relation, je ne suis pas certaine de réussir à te le pardonner.

– Qu'est-ce que tu veux dire ?

– Que cette pause sera peut-être la fin pour nous. Et ce n'est pas une menace, du chantage ou un ultimatum, c'est ce que je ressens. Il y a quelque chose qui se brise entre nous, là, en ce moment même, et j'ignore si j'arriverai à dépasser tout ça.

Maxim reste silencieux. Son torse se soulève au rythme de sa respiration. Nous nous regardons longuement, comme pour plonger l'un dans l'autre. Comme pour nous souvenir de ce que nous étions et de ce que nous sommes devenus.

Au bout de quelques minutes, Maxim murmure :

– Je n'aurais jamais cru que je te ferais autant souffrir un jour.

Je rectifie :

– Je n'aurais jamais cru qu'*on* se ferait autant souffrir un jour.

– Je suis désolé.

Je hoche tristement la tête.

– Oui. Moi aussi.

Se révolter ou s'adapter,
il n'y a guère d'autre choix dans la vie.

Gustave Le Bon

TROISIÈME PARTIE
ENTRE-DEUX

Chapitre quinze
Quelques jours plus tard

Pourquoi est-ce que je vérifie *encore* ma boîte de courriels ? Je sais pourtant qu'elle sera vide. Ou, à tout le moins, qu'elle ne contiendra pas le message que j'espère. Je suis arrivée en France il y a deux jours et la première chose que j'ai faite, c'est d'écrire à Maxim un courriel aussi long que *Guerre et Paix*. Certains maux passent mieux par écrit parfois. Je me suis donc installée devant mon portable et j'ai laissé mes doigts filer sur mon clavier. J'ai avoué à Maxim à quel point il me manquait, à quel point j'avais du mal à être ici sans lui. Je lui ai dit que je l'aimais, que je pensais à lui tout le temps et que j'espérais très fort qu'on réussisse à dépasser tout ce que nous avons vécu ces derniers mois. Je lui ai également dit que la seule chose que je voulais, c'était qu'on puisse vivre encore d'autres belles années ensemble. Des années à l'infini.

J'avais besoin de lui écrire tout ça, besoin qu'il sache que malgré tout, malgré ce que je lui ai jeté à la figure à New York, je crois encore en nous. J'ai guetté sa réponse toute la journée en me rongeant les ongles. Quand je me suis couchée, j'étais persuadée qu'un courriel de Maxim m'attendrait le lendemain, mais je me trompais. Son silence dure maintenant depuis deux jours et je navigue dans le brouillard le plus total. Pourquoi est-ce qu'il ne me répond pas ? A-t-il déjà décidé qu'il ne m'aimait plus et que tout était réellement fini entre nous ? Ou bien préfère-t-il couper les ponts quelque temps ? L'ignorance est pire que tout ce qu'on peut apprendre.

Après ma conversation avec Maxim au vernissage d'Ophélie, je suis rentrée directement à l'hôtel. Marie-Anne et Cécile m'ont rejointe peu après, mais nous n'avons pas discuté longtemps. J'avais besoin d'être seule. J'ai loué une chambre pour la nuit et j'ai pleuré. Je n'ai fait que ça, pleurer, sangloter, gémir, jusqu'à ce que je m'endorme, épuisée.

Le lendemain, Ophélie, Olivier, Marie-Anne, Cécile, Antoine, Maxim et moi sommes rentrés à Québec. Maxim et moi ne nous sommes pratiquement pas parlé durant le trajet. Il semblait réfléchir, la tête appuyée contre la vitre, pendant que je faisais la même chose dans mon coin. En arrivant à Québec, je suis allée chercher la valise que j'avais préparée pour mon séjour en France et je suis retournée chez Marie-Anne. Ophélie, elle, s'est installée chez Olivier. Elle n'avait pas vraiment envie de se retrouver seule avec Maxim.

Je suis restée chez Marie-Anne jusqu'à mon départ. Durant les deux jours qui l'ont précédé, j'ai attendu, malgré moi, un signe de la part de Maxim. Jusqu'au dernier moment, j'ai espéré le voir apparaître à l'aéroport pour me dire que notre séparation était une erreur et qu'il ne voulait qu'une chose : que tout redevienne comme avant. Comme je ne vis pas dans une comédie romantique, rien de tout cela ne s'est produit et j'ai pris mon avion, le cœur lourd. À l'arrivée, je n'étais déjà plus que l'ombre de moi-même.

Je ne sais pas comment je vais réussir à tenir six semaines sans voir Maxim ni lui parler. Je devrais être excitée par la sortie imminente – mercredi prochain – de *Vodka-canneberge sans glace* en France. Je devrais être excitée par la tenue de mon lancement deux jours plus tard. Je devrais être heureuse de pouvoir passer du temps avec Lucie et de revoir ma mère. Mais non. Je ne suis qu'un fantôme qui erre sans but précis. Je ressemble à une albinos : blanche et les yeux rouges.

J'éteins mon portable et retourne dans mon lit. Je me glisse sous ma couette et ferme les yeux, tentant d'oublier où je suis et ce que je ressens. Alors que j'essaie de me transporter jusqu'à Maxim, ma mère surgit dans ma chambre :

— Isabelle, ça suffit, maintenant ! Tu te lèves !

Je rabats ma couverture sur mon visage et crie :

— Je n'ai pas envie de me lever !

Sans prêter attention à mes paroles, ma mère s'assoit sur mon lit, la mine rébarbative, et tire fermement la couette de manière à dégager le haut de mon corps.

— Tu sais que, depuis que tu es arrivée, tu passes ton temps à ruminer dans ta chambre ? Tu sais que tu ne manges pratiquement rien et que c'est à peine si tu as vu Lucie ?

Je dépose mon bras sur les yeux en soupirant. Ma mère a raison. J'ai vu Lucie la journée de mon arrivée et, depuis, je me terre dans ma chambre. Elle m'a invitée à manger chez elle hier soir, mais j'ai refusé. Rien que l'idée de m'habiller, sortir, prendre le métro et essayer de ne pas trop ressembler à la fille qui vient plus ou moins de rompre avec l'amour de sa vie m'épuisait d'avance. Je me suis donc excusée auprès de Lucie et je lui ai dit que j'étais encore un peu fatiguée par le décalage horaire. Elle ne m'a pas crue, mais elle n'a pas insisté. J'ai ainsi pu passer la soirée à pleurer toute la misère du monde.

Je rouvre les yeux et murmure :

— Je n'ai le goût de rien.

– Ce n'est pas en végétant dans ton lit que tu vas retrouver ta joie de vivre. Je sais ce que c'est de vivre une rupture et...

Je me redresse brusquement.

– Maxim et moi n'avons pas rompu ! Nous faisons une pause !

Ma mère hausse les sourcils comme si ce détail n'était que secondaire, mais concède :

– Soit, vous faites une pause, c'est très bien, seulement il faut que tu te secoues ! Ta vie ne tourne pas autour de Maxim ! Aurais-tu oublié que le lancement de ton livre a lieu samedi prochain à Paris et qu'ensuite, une belle campagne de promotion t'attend ? Il est hors de question que ma fille se ridiculise devant les journalistes ! Te rends-tu compte à quel point tu as de la chance que tout ce monde s'intéresse à toi ?

Je serre les dents et secoue plusieurs fois la tête. Ma mère trouve *très bien* que Maxim et moi faisions une pause ? Elle pense que si je suis entourée d'une équipe enthousiaste, prête à défendre mon roman en France, c'est dû à un heureux hasard ? Le fait que mon livre puisse être drôle, intéressant, captivant, même, ne lui traverse pas l'esprit ? Je ne nie pas l'effet « chance » dans tout ce qui m'arrive, mais j'ai travaillé dur pour écrire quelque chose qui donnerait envie aux professionnels de l'édition d'investir temps et argent sur moi. Quant à sa crainte que je l'humilie, elle, si j'éclate en sanglots à mon lancement ou lors d'une entrevue, c'est du « Madame Lise Sirel » tout craché.

D'aussi loin que je me souvienne, ma mère a toujours eu peur que je l'embarrasse. Quand j'étais petite, elle n'arrêtait pas de me répéter : « Conduis-toi correctement, veux-tu ? Ne me fais pas honte ! » À l'adolescence, je me suis vengée en adoptant un *look* de fausse gothique. Cela n'a pas duré très longtemps, mais pendant toute cette période, ma mère a refusé d'inviter qui que soit, collègues ou amis, à la maison. Qu'est-ce que j'ai pu rire ! J'ai bien envie de m'habiller tout en noir avec des chaînes autour du cou et des poignets pour mon lancement juste pour voir sa tête ! Avec mon teint blafard, cela irait à merveille !

– Isabelle, tu entends ce que je te dis ? Je veux que tu te reprennes en main !

D'un geste leste, ma mère repousse ma couverture, indifférente à mes protestations. Je me redresse, prête à laisser tomber sur elle les foudres de l'enfer quand elle s'exclame :

– Il est presque quatorze heures ! Va prendre une douche et habille-toi !

– Maman, je n'ai pas besoin que tu...

Elle brandit un index menaçant dans ma direction et m'interrompt :

– Isabelle, tu ne gagneras pas. Obéis-moi. Lucie a appelé, elle veut que tu la rejoignes chez elle vers dix-sept heures. Je lui ai dit que c'était d'accord.

Ulcérée, je m'indigne :

– Tu n'as pas à décider pour moi ! Si je veux voir ma meilleure amie, je suis assez grande pour lui téléphoner !

– Nous allons sortir prendre l'air, enchaîne ma mère comme si elle n'avait pas entendu ma dernière réplique, et je te déposerai ensuite chez Lucie.

– Et si je refuse ?

Je lance un regard de défi à ma mère. Celle-ci me fixe sans sourciller et je capitule. C'est un fait, je ne gagnerai jamais contre elle. Je quitte ma chambre en râlant. Il ne manquerait plus maintenant qu'elle pense que je me conforme à ses volontés sans broncher. Je m'enferme dans la salle de bains en claquant la porte, me débarrasse de mon pyjama et pénètre dans la douche. Je ferme les yeux et laisse l'eau ruisseler sur mon corps. Je me sens tellement amorphe depuis mon arrivée. D'ailleurs, je n'ai qu'une envie : retourner dans mon lit. Pourquoi le clonage humain n'est-il pas encore au point ? Je pourrais continuer de pleurer ma douleur et mon clone irait profiter de la vie à ma place.

Pff ! Je raconte vraiment n'importe quoi ! Avoir un clone pour lui laisser les belles choses ? Ridicule ! Ce serait lui qui resterait à souffrir et moi, je pourrais sourire à nouveau. Ma mère est dans le vrai – oui, je l'ai dit, mais elle ne le saura jamais ! –, il faut que je me ressaisisse et que je me botte les fesses. O.K., Maxim et moi sommes séparés, mais ce n'est que temporaire. O.K., il ne répond pas à mon courriel, mais c'est peut-être parce qu'il désire prendre le temps de réfléchir avant de m'envoyer une réponse. La fin du monde n'est pas encore arrivée. Je dois arrêter d'agir comme une condamnée à mort.

Je sors de la douche. J'essuie de la main la buée sur le miroir du lavabo et grimace. Je suis d'une pâleur à faire peur. Prendre l'air me redonnera sûrement des couleurs. Je retourne dans ma chambre, enfile un jean et un tee-shirt et attache mes cheveux. Je rejoins ma mère dans la cuisine.

– Tu as encore une mine affreuse, mais au moins, tu es habillée ! s'exclame-t-elle en m'apercevant.

Ironique, je souris de toutes mes dents :

– Merci, maman, tu as toujours su trouver les mots.

— Ne compte pas sur moi pour donner dans la complaisance. Tiens, je t'ai fait réchauffer des pâtes au saumon.

Elle ouvre le micro-ondes et me tend une assiette.

— Je ne suis plus un bébé ! Si j'ai envie de manger, je sais quoi faire.

— Tu comptes devenir anorexique ?

Déjà épuisée par cet affrontement ridicule, je baisse les armes et m'exécute. À peine la première bouchée de tagliatelles avalée, je sens mon appétit revenir au galop. Mon estomac se met à gronder, prenant soudain conscience du traitement cruel que je lui ai fait subir ces derniers jours. En dix minutes, mon assiette est vide. Ma mère m'adresse un sourire triomphant et je ne résiste pas au désir de la provoquer :

— Je crois que je vais aller me recoucher pour faciliter ma digestion maintenant.

— Tu plaisantes, j'espère ? s'exclame ma mère, déjà prête à sortir de ses gonds. Je te jure que je vais te sortir de ta léthargie, moi !

— Maman, calme-toi, c'était une blague. Tu devrais être contente, si je fais de l'humour, c'est que je retrouve mon énergie.

— Parfait. Enfile ta veste, nous allons faire les boutiques en ville.

— Tu n'es pas de garde, aujourd'hui ?

— Pour ta gouverne, sache qu'il m'arrive de ne pas travailler.

J'opte pour un silence prudent pour toute réponse. Dans mes souvenirs, ma mère ne passait pas une journée sans aller à l'hôpital. Quand j'étais ado, je me disais que sa drogue, c'était de sauver le père, la mère, la sœur ou l'enfant de quelqu'un. J'essayais d'imaginer l'adrénaline qu'elle pouvait ressentir. J'aurais aimé, moi aussi, être capable de mémoriser tous les os, tous les organes, tous les muscles du corps humain. J'aurais aimé avoir envie d'apprendre à manier un scalpel et sentir la vie entre mes mains. Cela nous aurait certainement rapprochées, ma mère et moi, à cette époque où nous ne pouvions pas nous dire un mot sans hurler. Malheureusement, j'étais à mille lieues de vouloir embrasser une carrière de médecin. Aujourd'hui, quand je regarde *Grey's Anatomy*, je me dis que ça aurait pu être sympa de devenir chirurgien et de batifoler avec des titulaires dans les placards ou les salles d'examen.

— Ne te sens pas obligée de faire du *babysitting*. J'ai vingt-huit ans, je peux m'occuper de moi toute seule.

— Enfile ta veste et arrête de dire des bêtises.

Je continue d'observer ma mère, indécise. Elle est comme Maxim ; elle aime souffler le chaud et le froid en même temps. Je sens qu'elle veut sincèrement me remonter le moral et me redonner un peu d'énergie, mais elle ne peut s'empêcher d'être autoritaire en le faisant. Il faut que tout soit fait comme elle le décide.

Pourtant, il y a un an à peine, j'ai bien cru qu'elle avait changé et qu'elle était enfin prête à me laisser respirer, à me laisser gérer ma vie sans désapprouver tous mes choix. En réalité, elle faisait seulement une pause. Elle rechargeait ses batteries. Il faut dire aussi qu'elle était très occupée par son récent mariage avec Bertrand. Elle vivait sa lune de miel, et critiquer sa fille était alors passé au second plan. Aujourd'hui, tout est plus ou moins revenu à la normale. Elle me traite comme une enfant et j'aime la faire enrager en me conduisant parfois comme telle. La seule différence, c'est que ses piques m'atteignent moins et que j'ai de moins en moins besoin de son approbation.

Nous quittons l'appartement de Bertrand dix minutes plus tard. Le soleil, masqué par une épaisse couche de nuages, tente tant bien que mal de rayonner. Je souris. C'est un peu comme moi. J'essaie de me battre contre ma morosité.

Ma mère a emménagé chez Bertrand juste après leur mariage. Elle y a installé quelques-uns de ses meubles, en a vendu d'autres avant de louer la maison de mon enfance à un couple avec deux enfants en bas âge. Elle ne pouvait pas se résoudre à s'en séparer et je lui en suis reconnaissante. J'ai vécu tellement de choses entre ces murs que j'aurais été vraiment triste de ne plus jamais pouvoir y retourner. Je serais quand même curieuse de voir ce que les locataires ont fait de ma chambre. Ma mère m'a aménagé un espace pratiquement identique chez Bertrand. Mon bureau, mon lit, ma bibliothèque, mes livres, mes CD de Patrick Bruel, mes DVD de *Sissi*, presque tout y est. Il manque quelque chose, pourtant. Certainement des souvenirs...

Ma mère et moi passons l'après-midi à magasiner dans le centre-ville de Lyon. Vers dix-sept heures, elle me dépose chez Lucie. Je me sens mieux. Déprimée toujours, mais moins léthargique. Je remercie ma mère pour ces quelques heures et file vers l'ascenseur.

– Eh bien ! Tu as meilleure mine que lors de ton arrivée ! s'exclame Lucie en m'apercevant.

– J'ai fait les boutiques avec ma mère ; ça m'a fait du bien de prendre un peu l'air. Ma mère tenait absolument à m'acheter une robe pour mon lancement.

Nous passons au salon.

— Pas trop nerveuse pour la sortie de ton livre ? s'enquiert-elle.

— Non, au contraire, je suis excitée et impatiente !

J'ai tellement adoré mon lancement au Québec que j'ai hâte d'en revivre un autre. Celui-là sera sans doute un peu plus formel, puisque plusieurs professionnels de l'édition ainsi que des journalistes seront présents, mais je ne stresse pas plus que nécessaire. Je suis sereine et prête à affronter les critiques négatives. Je ne dis pas que je vais les lire avec le sourire, mais je me sens capable de les digérer plus facilement qu'avant.

Je poursuis :

— Tu ne connais pas la dernière ? Ma mère m'a *briefée* pour que je ne fasse pas de bêtises !

— Comment ça ?

— Elle a passé l'après-midi à me poser des questions prises çà et là dans des entrevues d'auteurs et elle a corrigé toutes mes réponses.

— T'es sérieuse ?

— Oh ! que oui ! Et elle m'a même proposé d'écrire mon discours pour le lancement !

Lucie éclate de rire.

— Ta mère est vraiment spéciale !

— C'est le moins que l'on puisse dire ! Je crois que si elle le pouvait, elle répondrait aux journalistes à ma place.

– Et pourtant, je suis sûre que tu vas t'en sortir haut la main.

Je souris.

– Merci, ma belle... Alors, soirée entre filles ?

– Exactement. Justin est chez son frère ; nous avons l'appartement pour nous. On peut se commander des sushis et aller louer un ou deux films de filles. Qu'est-ce que t'en dis ?

– J'adhère !

Je regarde avec tendresse Lucie.

– Tu m'as manqué, tu sais. Je suis désolée de ne pas être venue hier.

– Ne t'excuse pas, je comprends. Toujours pas de nouvelles de Maxim ?

Je secoue la tête tristement, sentant déjà la douleur m'enserrer le cœur.

– Ne t'inquiète pas, je suis sûre que tu ne vas pas tarder à recevoir de ses nouvelles, assure ma meilleure amie.

Je soupire et me mords la lèvre inférieure. Puisse Lucie avoir raison !

La vie nous donne ce qu'on en attend,
mais ailleurs, autrement, et à contretemps.

Alfred Fabre-Luce

Chapitre seize

Je déteste ma vie. Non, mais vraiment. Je l'échangerais contre n'importe quelle existence dans la minute. O.K., peut-être pas *n'importe* laquelle, mais si celle d'Angelina Jolie est disponible, je suis preneuse ! Remarquez comme j'ai le sens du sacrifice : elle a quand même six ans de plus que moi ! Je lui offre donc ma jeunesse. De mon côté, je veux bien m'occuper de Brad Pitt. Équitable, non ? Je suis certaine qu'elle va adorer devenir la cible privilégiée d'un ange sadique. Oui, j'en suis arrivée à cette conclusion. Il y a un ange là-haut qui s'amuse à me torturer ! La preuve, ça fait bien dix bonnes minutes que je suis enfermée dans les toilettes d'un restaurant.

Vous avez comme un petit air de déjà-vu ? Vrai ! Sauf que cette fois-ci, je me cloître volontairement entre ces quatre murs ! Pire, je pourrais sortir de là sans problème si je le désirais. Le hic, vous l'aurez compris, c'est que je ne le désire pas. Pourquoi ? Parce que, dans la salle du restaurant, se trouve une personne que je n'ai pas, mais alors vraiment pas envie de voir. Mes jambes tremblent encore de ce face-à-face inattendu et j'ai la chair de poule. Je n'aurais jamais pensé que mon passage à Paris aujourd'hui se déroulerait ainsi.

Quand Valérie, mon éditrice française, m'a demandé si j'étais libre pour déjeuner avec elle un midi à ma convenance, je ne me suis pas fait prier. Elle souhaitait que l'on fasse le point sur la publication de *Vodka-canneberge sans glace* en France. Passer une journée dans la capitale pour discuter de mon livre ? Que réclamer de plus ? J'adore Paris et j'adore tout autant parler de mon roman, sans compter que Valérie et moi nous entendons à merveille. Nous avons sensiblement le même âge et en plus elle adore le Québec.

Nous nous sommes rencontrées pour la première fois le jour de la sortie officielle de mon roman. Elle m'a présentée à Ludivine, l'attachée de presse de la maison d'édition. Une fois encore, je me suis sentie privilégiée d'être entourée ainsi. Non seulement je publie mon roman en France, mais en plus je le fais au sein d'une équipe prête à redoubler d'efforts pour le faire connaître au grand public.

Après mon rendez-vous avec Valérie, je n'ai pas pu résister à l'envie d'arpenter les librairies de Paris. Tant qu'à être ici, me suis-je dit, autant en profiter pour zieuter les rayons et les présentoirs à la recherche de mon livre. Je n'ai pas été déçue. Une fois sur deux, mon roman était bien visible. Quand je le trouvais, je devais me retenir de ne pas exploser de joie en improvisant une danse du ventre.

Mon lancement a eu lieu trois jours plus tard. La soirée s'est merveilleusement déroulée mais, même si je n'ai pas fait le moindre faux pas – discours d'une élocution parfaite et échanges avec toutes les personnes présentes, y compris celles que je ne connaissais ni d'Ève ni d'Adam –, j'ai tout de même préféré mon lancement au Québec. Bien sûr, j'ai apprécié la présence de Lucie, Nathalie, Christelle et Marjorie, mes amies depuis toujours aussi. J'ai même été contente que ma mère et Bertrand soient là. Le problème, c'est que je n'ai pas réussi à me détendre et à apprécier ce moment comme on apprécie un anniversaire ou un mariage. Cette soirée n'était pas personnelle, elle était professionnelle, et c'est ce qui m'a gênée.

Je ne me plains pas cependant. Je sais que beaucoup d'auteurs auraient aimé avoir ma chance. Je suis rentrée à Lyon le lendemain flottant sur un nuage et... j'ai réécrit à Maxim.

J'avais espéré qu'il me donnerait signe de vie de lui-même. Un petit mot pour me faire savoir que, même s'il n'était pas présent physiquement avec moi pour fêter la sortie de mon roman en France, il l'était en pensée. J'ai espéré en vain. Maxim n'est pas sorti de son mutisme. J'ai hésité entre crier et pleurer, et puis j'ai ravalé mon orgueil pour lui écrire une nouvelle fois. Je ne lui ai rien reproché. Je lui ai répété qu'il me manquait, que je l'aimais et que j'espérais avoir de ses nouvelles bientôt. L'espoir, c'est fatal. Le pire, c'est qu'on ne peut pas l'empêcher de s'infiltrer partout.

Maxim ne m'a pas répondu. J'ai essayé de comprendre pourquoi et j'en ai conclu que j'étais victime d'un complot virtuel ! La technologie devait certainement s'être liguée contre moi. Et si mes courriels n'étaient jamais parvenus à Maxim ? J'ai désespérément voulu y croire. Mais si un message peut se perdre dans les méandres informatiques, il est impossible que deux puissent disparaître sans laisser de trace, surtout qu'ils ont été envoyés à plusieurs jours d'intervalle. Et que penser de mes autres courriels qui, eux, se sont rendus à destination ? Sans compter tous ceux que j'ai reçus.

Je n'ai plus eu le choix. J'ai dû me résoudre à regarder la vérité en face : Maxim ne désire pas me répondre et j'ignore pourquoi. Je préfère d'ailleurs ne pas trop fouiller de ce côté-là, par peur de ce que je pourrais y trouver.

Je m'assois sur le couvercle de la toilette et cache mon visage dans mes mains. Je suis tellement fatiguée. Je fais de gros efforts pour ne pas me laisser abattre par ma situation avec Maxim, mais ça ne suffit pas. Dès que je me relève, la vie me frappe à nouveau par-derrière.

Valérie et moi nous sommes retrouvées dans un restaurant du sixième arrondissement vers midi et demi aujourd'hui. Nous avons tout d'abord discuté de mon lancement et des retombées médiatiques attendues. Plusieurs journalistes, amis et connaissances de Valérie et de Ludivine étaient présents et ont promis d'écrire quelques mots sur mon roman. Nous avons ensuite commencé à parler du Québec et de la littérature québécoise quand j'ai failli m'étouffer en avisant l'homme qui s'avançait vers nous à contre-jour. La lumière m'aveuglant, j'ai cligné plusieurs fois des yeux avant de pouvoir distinguer clairement celui qui se trouvait debout devant moi. Lorsque le doute n'a plus été permis, le sang s'est retiré de mon visage. Moi qui avais bataillé si fort pour perdre mon teint blême, je l'ai retrouvé en aussi peu de temps qu'il n'en faut pour le dire.

Valérie s'est levée pour accueillir son invité surprise. Ils se sont ensuite tournés vers moi et je suis restée sans réaction. Après quelques instants, j'ai finalement retrouvé l'usage de mes jambes. J'ai bredouillé de vagues excuses et je me suis enfuie aux toilettes. Toilettes dans lesquelles je me trouve toujours. Valérie doit me prendre pour une folle ! Qui s'enfuit comme ça quand on lui présente quelqu'un ? Je suis sûre que Daniel a gardé pour lui notre passé commun. Mais pourquoi Valérie l'a-t-elle invité ? Et pourquoi est-ce qu'elle ne m'en a pas parlé avant ? Quelque chose m'échappe.

J'inspire et expire plusieurs fois avant de me relever d'un bond. Ça suffit, maintenant ! Je ne peux pas rester cachée ici tout l'après-midi comme une gamine. Si je ne veux pas voir celui que je ne veux pas voir, rien ne m'y force. Terminée la passivité, place aux actes ! Quant à Maxim, s'il entend continuer à jouer les morts, il risque de ne pas aimer les actions que je compte entreprendre en réponse à son silence radio !

Je sors de la cabine des toilettes et m'approche du lavabo. Tandis que je replace mes cheveux, Valérie pénètre dans la pièce. Inquiète, elle me demande si je vais bien.

– Oui, oui, ça va. C'est juste que j'aurais préféré savoir que Daniel allait se joindre à nous afin de m'y préparer.

Valérie hoche la tête.

– Je suis désolée. J'aurais dû te le dire.

– Comment se fait-il que tu connaisses Daniel ?

– Nous avons travaillé ensemble dans la même maison d'édition il y a quelques années. Quand j'ai été embauchée ailleurs, nous sommes tout de même restés en contact.

– Attends. Daniel est éditeur ?

– Oui. Nous discutons souvent des auteurs que nous allons publier. C'est lorsque je lui ai parlé de toi qu'il m'a dit qu'il t'avait connue quand vous étiez plus jeunes.

Tout s'explique. Je comprends mieux comment Daniel a pu avoir vent de mon roman en France alors qu'il venait seulement de sortir au Québec et pourquoi il supposait que j'allais bientôt me rendre à Lyon. Valérie devait le lui avoir dit. Mais quelle mouche l'a piqué pour qu'il m'écrive et souhaite me revoir ? Pourquoi remuer le passé ainsi ? Éprouve-t-il encore un soupçon de culpabilité pour ce qu'il m'a fait ? Désire-t-il que j'efface sa faute pour qu'il puisse reprendre sa vie les épaules plus légères ? Il peut toujours courir !

Je secoue la tête et murmure :

– Mais je ne comprends pas : pourquoi as-tu invité Daniel aujourd'hui ?

– Il me l'a demandé. Dan s'intéresse beaucoup à la littérature québécoise. Il aimerait créer une collection dans la maison d'édition pour laquelle il travaille et il voulait s'entretenir avec toi des romans québécois. Je l'ai invité à notre déjeuner parce que je pensais que ça te ferait plaisir de revoir un ancien ami.

Plaisir ?! Évidemment, Valérie ignore que Daniel et moi sommes sortis ensemble et qu'il m'a laissé tomber pour une autre fille sans plus d'égards. Je précise donc :

– Daniel et moi ne sommes pas amis.

– J'aurais dû te dire qu'il allait se joindre à nous, mais il voulait te faire la surprise.

Wow, quelle surprise ! Sortez tambours et trompettes, qu'on célèbre ! En a-t-il d'autres en réserve ? Parce que je suis vraiment impatiente !

Face à mon expression, Valérie enchaîne :

– Écoute, je vais demander à Dan de partir. Je me rends compte que je ne sais pas tout concernant votre passé, et je n'aurais jamais dû l'inviter ici sans t'en parler. Si ça peut te consoler, sache qu'il ne va pas s'en tirer si facilement !

– Merci.

– Attends-moi ici, je vais parler à Dan.

– Non. Si ça ne te dérange pas, je préfère le faire moi-même.

J'ai vingt-huit ans, je suis adulte et je suis capable de me débarrasser d'un ex un peu trop encombrant. Une fois dans la salle du restaurant, je pose mes yeux sur Daniel, assis sur une chaise à notre table. Il ne m'a pas encore vue et j'en profite pour l'observer à la dérobée. Il a changé. J'avais gardé de lui l'image d'un adolescent cherchant encore ses marques. J'ai maintenant en face de moi un homme confiant, au regard franc et déterminé. Se sentant observé, il jette un œil dans ma direction et m'adresse un sourire charmeur. Il a toujours eu le don d'amadouer ses interlocuteurs. Il pourrait décimer une ville entière en laissant ses empreintes partout que personne ne songerait à l'accuser. La seule fois où il n'a pas réussi à désamorcer la bombe qu'il venait de poser, c'est lorsqu'il m'a quittée. Je m'approche de lui d'un pas que je souhaite assuré. Il se lève et je m'immobilise devant lui. Il a grandi et il est également plus carré que dans mon souvenir. Vêtu simplement – jean, chemise bordeaux et veston noir –, il dégage une impression d'élégance étudiée. Quelques courtes mèches de cheveux lui retombent sur le front. Son regard est le même, d'un bleu tirant sur le gris.

– Est-ce que ça va ? demande-t-il. Je ne pensais pas te faire un tel choc.

– Ah oui ? Vraiment ? Tu pensais que j'allais te sauter au cou, peut-être ?

– Non, évidemment pas, mais j'avais espéré qu'on puisse discuter.

Mes lèvres s'étirent en un sourire ironique.

– De quoi ? De littérature québécoise ? Parce que c'est bien pour cette raison que tu t'es invité à mon déjeuner avec Valérie, non ?

Pris en faute, Daniel hoche la tête d'un air contrit.

– Ce n'était pas totalement faux. Bien sûr, je suis venu pour te voir, mais je m'intéresse vraiment à la littérature québécoise.

– Eh bien, je regrette de te l'annoncer, mais tu vas devoir trouver quelqu'un d'autre avec qui en discuter. Maintenant, je voudrais que tu quittes ce restaurant, s'il te plaît.

– Écoute, je comprends que tu m'en veuilles pour la façon dont notre relation s'est terminée mais, justement, est-ce qu'on pourrait se parler ?

– Non. Je n'en vois pas l'intérêt. Et je suis sérieuse.

Je pointe le menton vers l'avant, l'air déterminé. Daniel me fixe quelques instants, tentant d'établir si ma volonté qu'il déguerpisse est réelle et sans faille. Je ne bouge pas d'un centimètre, bien droite sur mes talons, et je soutiens son regard sans sourciller. Je le vois hésiter puis rendre les armes. Une pointe de déception brille dans ses yeux alors qu'il murmure :

– Je suis désolé de t'avoir importunée, Sab. Je m'en vais.

Il semble si dépité de ne pas pouvoir me parler que je m'en veux presque de le forcer à partir. De quoi souhaite-t-il tant discuter ? Que pourrait-il bien ajouter à ce qui s'est passé entre nous il y a dix ans ? J'ai trop souffert pour le laisser revenir dans ma vie. Je veux juste qu'il s'en aille. Comme s'il lisait sur mon visage, Daniel salue Valérie debout derrière moi et quitte le restaurant. Je me rassois et pousse un soupir de soulagement.

– Est-ce que ça va ? s'enquiert Valérie.

– Ça va, mais ne parlons plus de Daniel, d'accord ?

Ne plus parler de lui, ce n'est pas si difficile. Ne pas penser à lui, en revanche, c'est une autre histoire. Lorsque je quitte Valérie après notre déjeuner, je décide de flâner, seule, à travers le jardin du Luxembourg. Il fait beau et les prémisses de l'automne commencent à colorer quelques feuilles d'orangers. Au hasard des allées, je tombe sur des joueurs d'échecs près de l'Orangerie et je secoue la tête. Impossible d'échapper à Daniel. On jouait souvent aux échecs quand on sortait ensemble. C'est lui qui m'y a initiée. On a partagé tant de choses tous les deux, mais ce que je préférais, c'était quand je lui lisais à voix haute une nouvelle que j'avais écrite. C'est drôle, nous étions déjà une auteure et un éditeur en devenir.

Souvent je m'asseyais sur le divan du salon chez moi, le dos contre l'accoudoir et les jambes tendues. Daniel s'installait à l'autre bout et me massait les pieds. J'adorais ça. Je lui lisais ce que je venais d'écrire et il fermait les yeux pour m'écouter. Ensuite, il me conseillait. Je prenais des notes. On s'obstinait sur certains points avant de se réconcilier en tombant dans les bras l'un de l'autre.

Daniel ne passait que très rarement la nuit avec moi. Ma mère ne voulait pas. Elle savait que Daniel venait à la maison, elle se doutait également que nos relations n'étaient plus platoniques, mais entre l'imaginer et tomber nez à nez avec l'amant de sa fille au petit matin, il y avait un pas qu'elle ne tenait pas à franchir. Daniel et moi n'avons dormi qu'une dizaine de fois ensemble, lorsque ma mère s'absentait deux ou trois jours à l'occasion de divers séminaires. La mère de Daniel non plus n'était pas d'accord pour que je reste dormir chez elle. Ah ! les parents qui préfèrent se mettre des œillères ! Comme si cela nous empêchait de faire l'amour !

J'adorais quand on s'endormait ensemble. Je m'allongeais sur le côté et Daniel se lovait dans mon dos, en posant une main sur mon ventre. Quand on se réveillait un peu plus tard, je préparais le souper et on mangeait tout en discutant de nos projets d'avenir.

Je n'ai jamais compris pourquoi Daniel s'est détourné de moi pour se laisser séduire par une autre fille. Bien sûr, nous nous disputions de temps en temps, mais rien de très sérieux. Nous étions peut-être moins proches vers la fin de notre relation. Nous avions davantage de difficulté à communiquer, seulement je croyais que c'était un mauvais moment à passer. Je ne me serais jamais doutée qu'il me trompait. Pour moi, il n'était pas ce genre de gars. L'honnêteté était une de ses qualités que j'appréciais le plus. Apparemment, je n'excellais pas dans l'art de juger les gens à l'époque. J'ai tellement pleuré quand il m'a quittée. Pleuré de douleur mais aussi d'incompréhension. Je n'arrêtais pas de me demander pourquoi il avait cessé de m'aimer alors que notre relation était idéale pour moi. J'aurais peut-être dû laisser Daniel s'expliquer ce midi. J'avoue que, maintenant, j'aimerais bien savoir ce qu'il voulait tant me dire.

— *Tu n'aurais pas pu arriver à cette conclusion avant d'ordonner à Daniel de quitter le restaurant ?*

— *J'ai été choquée de le voir, tu peux comprendre ça, non ?*

— *Bof ! Il t'avait déjà écrit une fois, tu aurais pu te douter qu'il n'en resterait pas là !*

Je rêve ! Voilà que cette enquiquineuse me reproche de ne pas être voyante et de ne pas prédire l'avenir !

— *Désolée, mais ma rupture avec Maxim me préoccupait déjà bien assez ! Je n'avais ni le temps ni l'énergie pour essayer de deviner les prochains faits et gestes d'un ex que je n'avais pas revu depuis dix ans !*

— *Et regarde où ça t'a menée ! À t'enfermer dans les toilettes comme une gamine quand Daniel est arrivé au restaurant ! Vraiment mature comme comportement !*

O.K., ce soir, je passe une annonce sur eBay : petite voix adorable, facile à vivre et toujours de bons conseils à vendre. Non, non. À donner. À qui la chance ? Tout se vend et tout s'achète sur eBay, alors sait-on jamais !

— Bon, Isa, bouge-toi et appelle Daniel ! Tu as des questions à lui poser et moi, je veux savoir pourquoi il a fait des pieds et des mains pour te revoir ! Je suis sûre qu'il y a une raison !

Je dois bien avouer que je suis, moi aussi, intriguée. Si Daniel m'a écrit puis a manœuvré auprès de Valérie pour me revoir, c'est qu'il a quelque chose de précis à me dire. Qu'est-ce que ça peut être ?

— Tu as perdu ta langue ?

— Je réfléchis !

— C'est tout réfléchi : appelle Daniel !

Grr ! Autant je meurs d'envie d'étrangler ma petite voix – si tant est que ce soit possible –, autant j'ai de plus en plus envie de revoir Daniel. Il y a des choses que je n'ai jamais comprises dans notre rupture. Peut-être est-ce le moment de revenir dessus ? Le passé est déjà en train de remonter à la surface de toute façon. Pourquoi l'en empêcher ?

Je prends une profonde inspiration et quitte le jardin du Luxembourg d'un pas vif. C'est décidé. Cette discussion que Daniel tient si fort à avoir aura lieu.

La vie, c'est comme une bicyclette,
il faut avancer pour ne pas perdre l'équilibre.

Albert Einstein

Chapitre dix-sept

J'arrive à Lyon la tête remplie de souvenirs. Durant tout le trajet qui m'en séparait, je n'ai pas arrêté de revivre ma relation avec Daniel. Ce retour dans le passé a réveillé en moi un tas de questions auxquelles il me faut des réponses maintenant. Je veux comprendre ce qui s'est passé dans sa tête pour qu'il me blesse comme il l'a fait. On était amoureux, heureux, et puis tout s'est cassé la figure sans que je sache pourquoi. Je me suis repassé le film de notre histoire du début à la fin dans le TGV. De A jusqu'à Z. Notre rencontre. Notre premier baiser. Notre premier « je t'aime ». La première fois que nous avons fait l'amour.

On n'oublie rien d'un premier amour. Aucun détail, aucune parole, aucune caresse. J'étais si jeune et j'ai aimé Daniel avec tellement de fougue. Il n'y a que le premier amour qu'on peut aimer avec autant d'innocence, parce qu'il n'est pas entaché de nos souffrances passées. J'aime Maxim, c'est indéniable, mais pas du même amour que j'ai aimé Daniel. Je crois qu'il n'existe pas assez de mots pour qualifier le sentiment amoureux.

Je m'installe pour écrire un courriel à Daniel, mais constate que celui-ci m'a devancée. Un message de sa part m'attend bien sagement dans ma boîte.

De Daniel à moi :

« *Objet : un dernier mot, après je t'embête plus.*

Oui, je te promets. Je ne t'écrirai plus, ni n'essaierai d'entrer en contact avec toi de quelque manière que ce soit après ce mail. Mais s'il te plaît, lis-moi jusqu'au bout.

Tout d'abord, je tiens à te redire que je suis désolé de t'avoir choquée comme ça ce midi. Je ne me doutais pas que tu réagirais ainsi. Évidemment, le fait que tu n'aies pas répondu à mon premier message aurait dû me mettre la puce à l'oreille.

Je sais que je t'ai fait beaucoup de peine il y a dix ans et je sais aujourd'hui que tu ne m'as pas pardonné, ce que je comprends. D'ailleurs, si je t'écris maintenant, si j'ai essayé de te revoir, c'est parce que j'aimerais qu'on reparle de ce qui s'est passé. J'aimerais t'expliquer certaines choses que tu ignores et, crois-moi, ce n'est pas pour essayer d'effacer ma culpabilité. Enfin, si, un peu, soyons honnête, mais c'est surtout parce que j'ai énormément pensé à toi ces temps-ci et que je voudrais que tu connaisses enfin la vérité. Mais, comme je te l'ai dit, si tu préfères ne pas me répondre et ne pas savoir ce que j'ai à te dire, je respecterai ta décision et ne chercherai plus à te joindre.

Sab, la dernière chose que je désirais, autant maintenant qu'il y a dix ans, c'était de te faire de la peine. Lorsque Valérie m'a parlé de toi, je ne suis plus arrivé à te sortir de ma tête. Je ne sais même pas pourquoi. J'ai lu ton roman et, quand je suis tombé sur ton site, je n'ai pas pu me retenir de t'écrire. Je me suis mis à lire ton blog tous les jours malgré ton silence et, lorsque tu as annoncé que tu venais en France, je n'ai pas pu m'empêcher de tenter ma chance pour pouvoir te revoir.

Écoute, ce que je ressens pour toi depuis ces derniers temps ne te concerne pas vraiment, mais sache que si tu as envie de me revoir le temps d'un café, je répondrai présent. La balle est dans ton camp.

D.

PS : Une dernière chose : Félicitations. Tu comprendras en ouvrant la pièce jointe qui, je te rassure, ne contient aucun virus ni aucune photo de moi en tenue d'Adam !

J'achève ma lecture, le souffle court. Daniel suit mon blogue depuis des mois ? Il m'avoue à demi-mots qu'il a encore des sentiments pour moi ? Je n'y comprends plus rien. C'est pourtant lui qui a mis un terme à notre histoire il y a dix ans. Que peut-il bien me cacher par rapport à notre rupture ? Je décide de mettre mes interrogations de côté pour un instant et ouvre la pièce jointe attachée au message de Daniel. Je ne m'étais même pas aperçue qu'il y en avait une.

Mon cœur sursaute en découvrant ce qu'elle contient. C'est un article paru aujourd'hui dans un quotidien. Un article qui parle de mon roman. Ma première critique. Dans un quotidien national. Pas régional. Na-tio-nal. L'estomac noué, je la parcours avidement puis souris, soulagée. Elle est certes moins éclatante que celles que j'ai pu avoir au Québec, mais la journaliste s'attarde quand même sur toutes les forces de mon roman : ma plume saisissante et précise, mon style direct, sans fioriture, et tous ces détails foisonnants sur la vie quotidienne québécoise en tant qu'expatriée française. La journaliste regrette néanmoins le côté « roman de filles » de *Vodka-canneberge sans glace* mais conclut en conseillant aux lectrices de plonger tête la première dans « cette histoire rafraîchissante aux accents lointains ».

Je relis l'article deux fois, toujours avec le même sourire. Valérie m'a informée ce midi que Ludivine attendait la confirmation de publication de plusieurs critiques de *Vodka-canneberge sans glace*, mais je ne pensais pas que la première paraîtrait si vite. Et quelle critique ! Même si je déplore que la légèreté d'un roman soit aujourd'hui considérée comme négative, je trouve que l'article donne vraiment envie de lire mon livre !

Ma première critique de ce côté-ci de l'Atlantique. Un soleil dans mon chagrin. J'ignore comment Daniel en a eu vent, mais je suis contente qu'il me l'ait envoyée. Je prends une profonde inspiration et clique sur le bouton « répondre » de ma boîte de courriel. L'heure de notre long « questions-réponses » a sonné. Je veux que Daniel me dise en me regardant droit dans les yeux ce qui s'est passé pour qu'il me trompe et me quitte pour une autre fille. Je n'ai jamais su qui c'était. Ce n'est pourtant pas faute d'avoir essayé, mais Daniel ne s'est jamais affiché avec elle. J'ai supposé qu'elle allait dans un lycée différent du nôtre, ou pire, qu'elle était déjà à l'université. Et puis la fin de l'année est arrivée. Nous étions en terminale[*] et nous sommes chacun partis étudier de notre côté à la rentrée suivante. Je n'ai plus jamais revu Daniel et, avec les semaines, les mois, ma colère s'est estompée. Ma blessure, elle aussi, a fini par se cicatriser et j'ai réussi à tourner la page. Peut-être est-il temps, maintenant, de la retourner dans l'autre sens afin d'y déceler ce qui a été mal écrit et éviter de refaire les mêmes erreurs. Je ne peux toutefois m'empêcher de penser qu'il y a des risques à remuer les cendres du passé...

*   *

*

---

[*] Dernière année du lycée avant l'université.

250

– On dirait que tu te prépares pour un rendez-vous galant, remarque Lucie.

– Franchement ! J'ai juste envie d'être jolie.

Je fouille dans l'armoire de ma chambre, déplace un cintre ou deux, et en ressors un pantalon noir à fines rayures.

– Ce n'est pas un rendez-vous galant ! La preuve : je ne serai même pas en jupe.

Assise sur mon lit, ma meilleure amie me lance un regard railleur.

– Parce qu'on ne peut pas être sexy en pantalon, peut-être ? Tes fesses ressemblent à celles de Madonna là-dedans.

– Madonna ? Elle a des fesses, elle ? Tant qu'à choisir, je préférerais avoir celles de Jennifer Lopez !

– Isa, je peux savoir à quoi tu joues ?

Je hausse négligemment les épaules et enfile un chemisier brun dont les trois premiers boutons dévoilent ma camisole de couleur claire.

– Isa...

Je fixe Lucie à travers le miroir.

– Quoi ?

– Penses-tu vraiment que ce soit une bonne idée de revoir Daniel maintenant ? demande-t-elle sur un ton légèrement désapprobateur.

– Je t'ai déjà expliqué qu'il a quelque chose à m'avouer sur notre passé et je veux savoir ce que c'est.

« Le matin suivant la réception de son courriel, je lui ai envoyé un court message. Je l'ai tout d'abord remercié de m'avoir fait découvrir l'article sur mon roman avant de lui dire qu'après mûre réflexion, j'acceptais de le rencontrer pour discuter de notre rupture passée. Quelques heures plus tard, je recevais un autre e-mail de sa part. Il me redonnait son numéro de téléphone et m'invitait à choisir la date et le lieu de notre rendez-vous. J'ai donc fixé notre rencontre au samedi après-midi. Nous allons nous balader dans le Vieux-Lyon et nous arrêterons à la terrasse d'un café si le temps le permet. »

– Promets-moi de ne pas faire de bêtises, souffle Lucie.

Je passe une main dans mes cheveux et dégage mon visage.

– Comme ? fais-je innocemment.

Ma meilleure amie lève les yeux au ciel.

– Tu sais très bien de quoi je parle. Tu veux vraiment gâcher définitivement ta relation avec Maxim ?

Je m'insurge :

– Tu penses que je pourrais coucher avec Daniel, juste pour me venger de Maxim ?

– Je ne sais pas. À toi de me le dire.

Je secoue la tête, légèrement agacée, et pivote vers Lucie.

– Tu crois vraiment que je pourrais être aussi stupide ? J'ai quand même plus de jugeote que ça, malgré ce que tu sembles en penser ! Oui, j'en veux à Maxim de me maintenir dans un silence incompréhensible que je qualifierais de cruel. Mais ce qui se passe entre Maxim et moi n'a rien à voir avec ce qui se passe entre Daniel et moi.

Cela fait presque trois semaines que je suis en France maintenant et je n'ai toujours aucune nouvelle de Maxim. J'oscille entre la rage et le désespoir. Mes émotions m'étouffent tellement que j'ai l'impression de suffoquer. J'ai de plus en plus de mal à le comprendre. J'ai même de plus de plus de mal à croire que nous allons réussir à surmonter tout ça parce que j'ignore si j'arriverai à lui pardonner ce qu'il me fait vivre. Ne pas répondre à mes courriels ? C'est tellement... je ne sais pas... du Maxim tout craché. Il ne dit rien, garde tout pour lui et un jour, ça explose. Le hic, c'est que j'en ai assez de tout me prendre en pleine face chaque fois.

Je conclus d'une voix plus calme :

– De toute façon, ma belle, je n'ai toujours pas digéré la façon dont Daniel s'est comporté avec moi il y a dix ans, alors tu peux dormir tranquille. Jamais je ne le laisserai tenter quoi que ce soit.

Lucie hoche la tête.

– Je m'inquiète seulement pour toi. Je suis désolée si je t'ai vexée... Je peux quand même te poser une dernière question ?

– Bien sûr.

– Pourquoi t'appliques-tu autant à choisir ta tenue ?

Je prends mon temps avant de répondre, cherchant la vérité.

– Je ne sais pas trop. Certainement par orgueil. J'ai envie de me montrer sous mon meilleur jour.

– O.K., je m'incline. Appelle-moi pour me dire comment ça s'est passé.

– Promis !

– Je te laisse finir de te préparer, mais avant... veux-tu que j'aille t'acheter des préservatifs ?

– Oh ! Vraiment !

– Je plaisante !

Lucie éclate de rire et je fais de même. J'ignore ce que je ferais sans elle. Elle est un peu mon ange gardien à veiller sur moi avec autant de diligence.

Dix minutes plus tard, je quitte l'appartement et m'engouffre dans le métro. Daniel et moi avons rendez-vous en face de la cathédrale Saint-Jean. Il est déjà là quand j'arrive. Nous restons un moment à nous regarder, debout, l'un en face de l'autre. Mon cœur sautille comme une grenouille dans ma poitrine. Je m'étais pourtant préparée à ces retrouvailles, mais j'ai l'impression d'avoir été parachutée dix ans en arrière. J'ai dix-huit ans, je suis amoureuse de Daniel et lui me regarde avec des yeux remplis d'amour. Je chasse cette image de ma tête sans ménagements et me force à revenir au présent. Daniel finit par rompre un silence qui devenait gênant et dit :

– Je n'étais pas certain que tu viendrais.

— Tu pensais que j'allais te poser un lapin ?

— Je l'ai craint, oui.

— Mais je suis là.

Il hoche la tête en souriant :

— Et j'en suis très content... Qu'est-ce que tu dirais de monter jusqu'à Fourvière ?

Je me tourne et lève les yeux vers la colline de Fourvière qui nous domine, surplombée par la basilique. Le chemin qui y mène comporte plusieurs escaliers ; ensuite, on se retrouve dans un bois jusqu'au sommet. Un funiculaire y dépose les moins courageux, un peu comme celui du Vieux-Québec qui relie le Petit-Champlain à la terrasse Dufferin. Du haut de la colline, la vue sur Lyon est imprenable. Je ne m'en lasserai jamais : le quartier de la Croix-Rousse, la place Bellecour, le Rhône, la Saône et, plus loin, le crayon de la Part-Dieu.

Je souris à Daniel :

— Va pour Fourvière.

Nous nous dirigeons en silence vers les premiers escaliers et mon cœur continue de battre la chamade. Il bat si fort que j'ai l'impression que Daniel l'entend. Une fois toutes les marches avalées, nous nous arrêtons un instant pour reprendre notre souffle, puis nous continuons tranquillement sur le chemin qui mène au sommet. Nous croisons plusieurs touristes anglais, allemands et même japonais. La journée est belle. Le soleil réchauffe généreusement l'atmosphère et une odeur d'automne flotte autour de nous. À la moitié du chemin, nous décidons de faire une courte pause et nous nous installons sur un banc. Une question me brûle les lèvres depuis quelques minutes et je finis par la poser à Daniel :

– Dis, tu pensais vraiment ce que tu m'as écrit dans ton premier courriel ? Que ma plume était digne de celle d'un grand écrivain ?

Il me lance un regard franc.

– Bien sûr, Sab. Et ce n'était ni de la flatterie ni pour te faire plaisir. Ton roman n'est sans doute pas parfait, ta mise en situation est un peu lente, par exemple, mais tu as un énorme potentiel. J'en vois passer, des manuscrits, sur mon bureau et je le sais tout de suite quand je tombe sur une perle. Le tien, je l'aurais remarqué, j'en suis sûr. J'aurais remarqué ta voix.

Plus chamboulée que je ne l'aurais cru, je le remercie dans un murmure. À force d'entendre ou de lire des choses si jolies sur mon roman et ma façon d'écrire, je vais peut-être finir par admettre que j'ai un brin de talent. C'est bizarre, mais chaque fois qu'on me félicite, peu importe le sujet, mon premier réflexe est de me dire qu'il y a certainement erreur sur la personne. Il va falloir que j'apprenne à accepter les compliments.

– Tu sais, Valérie m'a passé un énorme savon après votre déjeuner, reprend Daniel, mi-contrit, mi-amusé. Elle m'en voulait à mort de ne pas lui avoir dit toute la vérité sur nous.

Je hausse les sourcils et lance sur un ton moqueur :

– Tu n'espères pas que je vais te plaindre ? Tu n'aurais jamais dû te servir d'elle pour me revoir, surtout en utilisant une excuse bidon.

– Ce n'était pas une excuse bidon, Sab. Mais j'avoue que mon but premier n'était pas de discuter de littérature québécoise avec toi.

– À quoi as-tu pensé ? Tu croyais qu'on allait s'asseoir tranquillement autour d'une table, Valérie, toi et moi, et faire comme si tout était normal ? Tu croyais qu'on allait ensuite partir tous les deux se balader dans les rues de Paris, évoquant avec nostalgie le passé ?

– Non, bien sûr que non. Mais je croyais que tu serais moins en colère et qu'on aurait pu se parler.

– Je suis là maintenant, alors tu peux me dire ce que tu tiens tellement à ce que je sache sur notre rupture.

– Ce n'est pas si facile.

– Ah ! bon ? Tu as cependant réussi à me quitter sans problème, non ?

Daniel grimace, visiblement gêné.

– Ne crois pas ça.

– C'est pourtant toi qui as pris la décision de me quitter ! Moi, j'ai dû la subir.

– Je sais.

Les hésitations de Daniel commencent sérieusement à m'irriter. Je déteste quand on tourne autour du pot comme il le fait en ce moment. Qu'il me dise ce qu'il a à me dire et finissons-en ! J'arriverai peut-être enfin à comprendre ce qui s'est passé entre nous dix ans plus tôt et à arrêter d'avoir mal chaque fois que j'y repense. Si j'ai contribué à pousser Daniel dans les bras d'une autre, autant que je sache pourquoi pour ne pas recommencer. Il faut être deux pour danser le tango, comme on dit, et si je suis en partie responsable de notre rupture, je tiens à en connaître les raisons pour ne pas refaire les mêmes erreurs. Ma rupture avec Daniel a conditionné mon comportement amoureux de ces dernières années. Si j'ai enchaîné les échecs amoureux, si j'ai laissé des gars comme Samuel jouer avec moi, c'était en partie parce que j'avais peur qu'on m'abandonne comme Daniel l'avait fait. J'avais peur de ne pas être assez bien pour qu'un homme puisse m'aimer vraiment.

Daniel hésite toujours et je siffle entre mes dents :

— Pour ton information, je suis en train de perdre patience, alors lance-toi, parce que, sinon, je m'en vais !

Il relève la tête et me regarde dans les yeux :

— Tu as raison. Assez tergiversé. Ce que je tenais tant à ce que tu saches, c'est que... je ne t'ai pas quittée à cause d'une autre fille il y a dix ans.

Abasourdie, j'attends que chacun de ses mots fasse son chemin jusqu'à ma conscience et souffle :

— Qu'est-ce que tu as dit ?

— Tu as bien entendu. Je ne t'ai pas quittée à cause d'une autre fille.

On cesse toujours d'être le numéro un,
mais on ne cesse jamais d'avoir été le premier.

Frédéric Dard

Chapitre dix-huit

– Tu ne m'as pas quittée pour une autre fille ?

Daniel secoue la tête. Son regard est douloureux.

– Non. Je voulais mettre un terme à notre relation et être certain que tu n'essaierais pas de... enfin que tu ne...

– Que je ne m'accrocherais pas, c'est ça ? je m'écrie, incrédule et furieuse.

– Je voulais que notre rupture soit définitive, confirme Daniel.

– Alors tu as inventé *ça* ?

Ma voix atteint des notes normalement réservées aux castrats. Je me sens prendre feu. Comme si on m'arrosait d'essence.

– Je savais que c'était la seule chose qui t'éloignerait de moi définitivement, reprend Daniel, et c'était ce que je voulais. Je ne pouvais plus rester avec toi.

Je fixe Daniel avec incompréhension.

– Pourquoi ?

– Parce que tu étais trop dépendante. Tu attendais trop de l'amour, de moi, de nous. Tu mettais tout dans notre relation. Plus le temps passait, moins j'avais l'impression de répondre à tes besoins. J'étouffais, je me sentais pris au piège. Je t'aimais, mais je n'étais plus capable de rester avec toi. Je me sentais presque... aspiré par toi.

Je n'en crois pas mes oreilles ! Je ferme les yeux, comme pour chasser tout ce que Daniel me force à assimiler, mais il murmure :

– Sab, je sais que...

Je rouvre les yeux et lève une main pour l'interrompre :

– Stop ! Ne va pas plus loin. Je voudrais résumer la situation pour être certaine d'avoir tout bien saisi. Tu as mis fin à notre relation parce que tu estimais que j'étais dépendante de toi, c'est bien ça ? Tu as eu peur et tu as inventé le pire mensonge qui soit ? Tu n'as rien trouvé d'autre ? Me dire la vérité ne t'a pas effleuré l'esprit ?

– J'étais jeune ! Je n'étais pas...

Je bondis brusquement sur mes pieds et m'écrie, indifférente aux regards interrogatifs des passants :

– Ah ! Non ! Non ! Ne dis pas que tu n'es pas responsable parce que tu n'étais qu'un adolescent. Ne te cache pas derrière ta jeunesse ! Je m'en fiche que ce soit un « toi » plus jeune qui s'est comporté ainsi, c'était tout de même toi.

– Sab, écoute...

– Ne m'appelle plus comme ça !

– Je suis désolé, Isa. Vraiment. J'ignore comment t'expliquer ce que j'éprouvais à l'époque.

Je toise Daniel de toute ma hauteur et articule lentement :

– Je... *t'aspirais*. C'est ce que tu as dit.

– Ta façon d'aimer m'effrayait, je crois. Tu attendais tout de l'amour, tu ne t'en souviens pas ? Le reste n'avait pas d'importance. Tu m'en demandais trop ; c'est de cette manière-là que je me sentais comme aspiré, oui. Aspiré par notre relation.

– Je t'aimais, c'est tout, mais pas de la bonne façon, apparemment.

Daniel hoche la tête.

– Je ne pouvais pas assumer ta façon d'aimer, c'est vrai. Tu étais trop...

– Je sais, j'étais trop tout ! Mais au lieu de me parler de ce que tu ressentais, tu as pris la voie la plus facile et tu m'as fait souffrir pour rien. Tu m'as fait croire que tu me quittais pour une autre fille parce que tu as eu peur que je m'accroche à toi ! C'est tellement ridicule que j'ai envie d'en rire. Tu as détruit ma confiance en moi, tu as détruit l'innocence que je mettais dans l'amour. Je n'ai plus jamais été celle que j'étais après toi.

– Tu ne peux pas savoir combien j'ai regretté de t'avoir menti, affirme Daniel avec tristesse.

Je secoue la tête, complètement révoltée par tout ce que je viens d'apprendre.

– Tu imagines que ça change quelque chose ?

– Non, je sais bien.

Je récupère mon sac resté sur le banc.

– Ne m'écris plus, c'est clair ? Ne m'appelle plus, laisse-moi tranquille.

Daniel se lève et me retient par le bras.

– Isa, ne pars pas comme ça.

– Pourquoi ? Tu as autre chose à me dire ?

– Je... oui. Je n'ai pas fini. Ce n'est pas uniquement ta façon d'aimer qui m'a éloigné de toi.

Je le dévisage un long moment, me demandant si tout ce que nous avons vécu n'était pas qu'un vaste mensonge. Qu'est-ce qu'il me cache encore ? L'ai-je seulement vraiment connu ?

– Vas-y, dis-moi ce qu'il y a, qu'on en finisse !

Daniel grimace. Ses mâchoires se crispent.

– C'est à propos de ton père.

Je fronce les sourcils, déroutée. Qu'est-ce que mon père vient faire dans l'histoire ?

– Ton comportement vis-à-vis de ton père me faisait mal, continue-t-il. Il me faisait mal parce que moi, je n'avais plus le mien.

Estomaquée, je reste muette. Daniel a perdu son père quand il avait dix ans. Celui-ci s'est battu longtemps contre une tumeur au cerveau, en vain. Daniel et son frère ont ensuite été élevés par leur mère qui ne s'est jamais remariée. Lorsque Daniel et moi sortions ensemble, il me parlait peu de son père et je n'osais pas l'interroger. Je ne savais pas quoi lui dire. Je ne trouvais jamais les mots et Daniel ne semblait pas avoir besoin ou envie de se confier.

– Je ne comprenais pas que tu entretiennes cette colère, reprend-il, et je n'aimais pas ça. Je me disais que je n'aurais jamais droit à l'erreur avec toi, au risque de subir ce que tu imposais à ton père.

– Tu m'en voulais parce que je refusais de le voir ?

– J'aurais tout donné pour encore avoir le mien et toi, tu ne profitais pas de ce que tu avais. Ça me faisait mal.

Je n'arrive pas à le croire. Tant de choses m'ont échappé dans notre relation. Je n'ai jamais rien su de ses sentiments par rapport à mon refus catégorique de renouer avec mon père. Rien. Et Daniel ne m'a jamais reproché quoi que ce soit.

– Pourquoi ne m'en as-tu pas parlé à l'époque ?

– Je ne sais pas. J'espérais sans doute que tu te rendes compte par toi-même que ton comportement rendait les choses encore plus douloureuses entre ton père et toi. On peut se disputer avec nos parents, les détester même, mais couper les ponts, non je ne comprendrai jamais ça. Nos parents nous aiment sans concession et on devrait en faire autant.

– Est-ce que tu te rends compte que tu m'as quittée parce que tu me reprochais des tas de choses que tu n'as pas une seule fois évoquées devant moi ? J'étais censée faire quoi ? Deviner ce qui se passait dans ta tête ? Avoir la science infuse ?

– Si je t'avais demandé de changer ton attitude vis-à-vis de ton père, tu l'aurais fait ?

– Non. Mais on aurait pu en discuter. Tout comme on aurait pu discuter de ma façon de t'aimer qui te dérangeait tant. Si tu m'avais vraiment aimée, tu aurais essayé de sauver notre relation au lieu de t'enfuir en inventant le plus douloureux des mensonges.

Ma voix chancelle puis se brise. Ma gorge se noue et des larmes perlent à mes yeux. J'en ai marre que les hommes me fassent pleurer. J'en ai marre. C'est peut-être Marie-Anne qui a raison. Le célibat est sans doute la plus sécuritaire des options. À quoi bon aimer si on finit toujours par pleurer ?

Daniel aussi semble bouleversé, mais je ne peux m'attarder qu'à ma propre peine. Celle qu'il a causée.

– Je sais que je n'aurais pas dû prendre la fuite, admet-il. Ma seule excuse est que je n'avais pas encore la maturité nécessaire pour tenter d'arranger notre relation. Je ne savais pas comment faire. La seule solution envisageable, c'était de te quitter.

– Oui, je m'en rends compte... Bon, as-tu autre chose à m'apprendre ?

Daniel secoue la tête en signe de dénégation et je martèle, ironique :

– Eh bien, merci pour cette discussion-vérité très instructive. Ta conscience est maintenant soulagée, tous tes mensonges ont été révélés. Ne t'attends pas à ce que je te pardonne, cependant. J'ignore pourquoi tu tenais tant à tout m'avouer, mais si c'était pour que j'efface ta culpabilité, tu n'as pas joué les bonnes cartes. Je ne veux plus te voir, Daniel.

Plus jamais. Est-ce que c'est clair ? Oublie-moi. Ce qui s'est passé entre nous il y a dix ans est maintenant nul et non avenu.

* *
*

— Non, mais vous vous rendez compte ? Je n'arrive pas à croire que Daniel ait pu me faire ça. Il a choisi le pire mensonge pour me quitter.

Nathalie, Marjorie, Christelle et Lucie acquiescent. Nous sommes en pleine réunion au sommet chez moi, dans le salon. À l'ordre du jour : les mensonges de Daniel et le silence de Maxim. Durée : jusqu'à ce que ma colère s'apaise et que je retrouve le moral. J'aurais bien ajouté « et jusqu'à ce que ma peine disparaisse », mais là, les filles n'auraient pas pu rentrer chez elles avant Noël. Au moins.

Une semaine s'est écoulée depuis les révélations de Daniel et je suis toujours aussi furieuse contre lui. Je n'arrive pas à avaler ses mensonges et à tourner la page. Mon indignation est si forte que je n'ai pas encore réussi à la mettre de côté afin d'essayer d'analyser ce que Daniel m'a avoué sur ma façon de l'aimer. Y a-t-il une once de vérité là-dedans ? Étais-je vraiment ainsi ou était-ce lui qui avait un problème ? Les filles sont là pour m'aider à y voir plus clair. Quand le sujet « Daniel » sera épuisé, nous passerons au sujet « Maxim ». Là encore, je me pose des tas de questions. J'ai cessé d'espérer avoir de ses nouvelles depuis un moment déjà. À présent, j'essaie d'évaluer ce que son silence signifie pour notre relation. Est-elle finie ? Peut-elle être encore sauvée ? Et si oui, comment ?

La gravité des sujets à l'ordre du jour étant ce qu'elle est, j'ai prévu plusieurs bouteilles d'alcool pour arriver à passer au travers. Vodka, Malibu, Soho, jus de fruits en accompagnement, tout est là. Les filles pourront même dormir ici si leur sang se transforme en punch maison, l'appartement de ma mère et Bertrand comportant plusieurs chambres d'amis prêtes à les accueillir. Boire ou conduire, il faut choisir. Ma mère et Bertrand sont partis en Ardèche pour la fin de semaine. J'adore avoir l'appartement à moi. J'ai l'impression de retrouver un peu de mon indépendance.

Histoire d'accompagner notre soirée alcoolisée, Nathalie a apporté sa tarte Tatin aux figues fraîches et aux fruits secs* dont elle a le secret. Je m'en ressers une part, remplis mon verre de vodka et de jus de canneberges, puis répète :

— Je n'arrive pas à croire que Daniel ait pu me mentir comme ça.

Christelle, qui a toujours été la plus cartésienne d'entre nous, essaie de ramener le débat sur les aspects positifs :

— Isa, je sais que tu en veux à Daniel et c'est compréhensible, mais tu ne préfères pas savoir qu'en réalité, il ne t'a pas trompée ?

— Comment ça ?

— Ce n'est pas plus facile de vivre en sachant que Daniel n'est pas un mec égoïste qui trompe sa copine, avant de la laisser tomber pour une autre ?

Chère Christelle... Toujours à mettre le doigt sur les bons côtés d'une situation difficile. Évidemment que je suis heureuse que Daniel ne m'en ait pas préféré une autre. Il ne m'a

---

* Allez, dans ma grande bonté, je vous ferai part de la recette à la fin du livre, mais chut ! ne le dites pas à Nathalie, elle me tuerait de dévoiler ainsi le secret de sa tarte !

pas trahie, il ne s'est pas laissé séduire par le chant d'une jolie sirène et, mine de rien, ça me soulage. Cela dit, j'ai quand même souffert durant des mois à cause de ses mensonges.

– Bien sûr, la vérité est plus facile à encaisser que le mensonge de Daniel, mais il a choisi le pire pour me quitter.

– Je crois que selon lui, te mentir était la seule façon de mettre un terme à votre relation, intervient Marjorie.

– Oui, eh bien, il a eu tort !

Entendre mes amies prendre la défense de Daniel commence à m'agacer sérieusement. Lucie le sent et tente de m'apaiser :

– Isa, on sait que Daniel a eu tort et aucune de nous n'est de son côté, je t'assure.

– Voyons, c'est certain que nous sommes avec toi ! s'offusque Nathalie.

– On ne dirait pas, je lance, la mine boudeuse.

– Tu veux qu'on médise sur Daniel pendant des heures ? propose Marjorie en riant. Qu'on lui jette un sort et qu'on appelle ensuite tous ses amis pour leur dire du mal de lui ?

Je souris malgré moi.

– C'est exactement ce que je veux ! On pourrait lui jeter un sort pour que son pénis devienne tout rabougri et finisse par tomber !

– Je connais une fille qui s'est spécialisée dans ce genre de sort, elle fait fortune !

Tout le monde éclate de rire. Je ressers un verre à chacune et nous poursuivons notre conversation plus détendues.

— Sérieusement, ce que je ne comprends pas, c'est pourquoi Daniel n'a pas eu le courage de me confier ce qu'il ressentait. C'est lâche, quand même. Nous n'avions aucun problème de communication. Du moins, je le croyais.

— Ce n'est pas facile à aborder comme sujet, plaide Lucie. Tu sais, comme l'a dit Rimbaud, on n'est pas sérieux quand on a dix-sept ans. On n'a pas encore la maturité nécessaire pour bien évaluer une situation et élaborer la meilleure solution.

Je réprime un mouvement d'agacement.

— Pourquoi tout légitimer sur le dos de la jeunesse ? Antoine et Cécile ont excusé le comportement d'Ophélie parce qu'elle est jeune. Daniel a choisi la même défense et maintenant toi.

— On ne peut pas agir comme un adulte à dix-huit ans, on n'en sait pas assez sur la vie. Il faut faire des erreurs pour comprendre et évoluer, et il arrive malheureusement qu'on blesse nos proches au passage. Daniel a fait ce qu'il a fait parce qu'il estimait alors que c'était la meilleure solution, autant pour lui que pour toi. Comme il te l'a dit, il a pensé que tu l'oublierais plus facilement ainsi.

— Il me connaissait vraiment mal ! Il aurait dû se douter que ça me marquerait au fer rouge !

Je vide mon verre et soupire :

— Enfin, ce qui est fait est fait. Ma colère finira bien par se dissiper un jour. Bon, si on passait au sujet « Maxim » ?

J'en ai assez de parler de Daniel. Je pense qu'on a fait le tour et Christelle a mis le doigt sur quelque chose d'essentiel : je suis quand même heureuse de savoir qu'aucune autre fille ne s'est immiscée entre lui et moi. Pour le reste – la souffrance, les conséquences de son mensonge sur ma façon de me voir et d'envisager l'amour –, le temps fera son œuvre. Je n'arrive toujours pas à déterminer si j'aimais vraiment trop Daniel, ou mal, mais c'est une chose dont je préfère discuter en privé avec Lucie. C'est trop intime pour être débattu comme ça, alors que nous avons toutes un peu bu.

Nous passons donc au second point à l'ordre du jour : Maxim. Les filles me donnent des conseils plutôt contradictoires sur la conduite à suivre. Christelle et Lucie pensent que je devrais l'appeler pour comprendre son silence. Marjorie et Nathalie estiment, quant à elles, que cela ne sert à rien. Comme je rentre au Québec très bientôt, autant laisser Maxim réfléchir sans autre intervention de ma part. J'aurais tout le temps de lui dire ma façon de penser en pleine face. Le problème, c'est que je meurs de trouille et que je ne me sens pas capable de retourner au Québec sans savoir ce qui m'attend. Vais-je retrouver celui que j'aime ou, au contraire, vais-je devoir me chercher un nouvel appartement ? Et si je me retrouve célibataire, vais-je arriver à faire mon deuil sans l'aide de Lucie et de toutes mes amies ici ? Marie-Anne et Cécile sont adorables, et d'une grande aide dans ce genre de moments, mais Lucie est comme une sœur pour moi.

Il faut que je parle à Maxim. Il faut que je sache ce qui se passe. Je n'ai pas le choix. Je ne peux pas remonter dans cet avion qui me conduira chez nous sans savoir. Je ne peux pas continuer à angoisser. Quand je trouverai le courage de faire face à ce qui pourrait découler de cet appel téléphonique, je décrocherai le combiné. J'ignore si ce sera aujourd'hui, demain ou dans dix jours, mais je ne quitterai pas la France sans sonder le cœur de Maxim. Et le mien. Pourrai-je pardonner à

Maxim tout ce qu'il me fait vivre actuellement ? Pourrons-nous retrouver notre relation telle que nous l'avons connue à mon retour ? Je me pose ces questions tous les soirs. Malheureusement, je n'ai toujours pas de réponse...

Les mots sont des pistolets chargés.

Brice Parain

Chapitre dix-neuf

Ah ! Paris ! Ville extraordinaire et sublime dont les beautés, aujourd'hui, ne m'atteignent guère. Pas que je sois devenue subitement aveugle, mais je suis trop stressée par l'entrevue que je dois donner dans vingt minutes dans une radio nationale pour apprécier les charmes de la capitale. L'angoisse me serre le ventre depuis que j'ai sauté ce matin dans un TGV. Ludivine m'a prévenue que l'animateur de l'émission qui va me recevoir est plutôt du genre à aimer les débats. Traduction : je dois m'attendre à une entrevue musclée. J'ai bien pensé à refuser l'invitation, mais un sursaut d'orgueil m'en a empêchée. Je crois en mon roman, en ses forces, en sa qualité littéraire et je me sens capable de le défendre bec et ongles s'il le faut. Allez, un peu de cran, Isa !

Munie de mon nouvel aplomb, j'entre dans la station de radio le menton pointé en avant, l'air déterminé. Le monde m'appartient, rien n'arrêtera mon ascension vers la gloire ! Je me présente à la réceptionniste avec un sourire conquérant. Celle-ci me regarde à peine et m'annonce au recherchiste de l'émission. Un homme grand, mince, la vingtaine avancée, se présente dix minutes plus tard et me tend froidement la main.

– Isabelle Sirel ? dit-il du bout des lèvres. Vincent Parent. Vous avez trouvé facilement ?

– Oui, oui, sans problème.

Ledit Vincent me conduit jusqu'à une petite salle où je peux déposer mon sac et ma veste. La tension me gagne alors que nous ressortons de la pièce. Vincent est extrêmement silencieux, ce qui accentue mon stress. J'aurais bien aimé pouvoir me détendre un peu avant d'entrer dans l'arène. Ce n'est pas aussi son rôle ? Détendre les invités ? Afin de briser le silence, je lui demande s'il a lu mon livre. Il s'arrête un instant et me considère avec surprise.

– Non. Feuilleté seulement. Je n'ai pas le temps de me plonger dans tous les livres qu'on reçoit.

– Et l'animateur ?

– Encore moins.

Décontenancée, je m'exclame :

– Pourquoi m'avoir invitée, alors ?

– Parce que Ludivine est une vieille amie.

Eh bien, ça promet ! Comment l'animateur a-t-il pu préparer ses questions si ni lui ni son recherchiste n'ont lu mon roman ? Où notre débat va-t-il nous mener ?

– Ne vous en faites pas, me rassure Vincent comme s'il devinait mes pensées, Ludivine m'a beaucoup parlé de votre livre. J'ai parcouru votre blog ainsi que la revue de presse et j'ai préparé l'entrevue en conséquence.

Cela n'aurait pas été plus simple de lire mon roman ? Je ravale cette question *in extremis*. Vincent et moi poursuivons notre chemin dans le couloir qui, j'imagine, mène au studio. Je tremble de tout mon corps et je n'ai qu'une envie : courir dans l'autre sens. Qu'est-ce qui m'a pris d'accepter cette entrevue ?!

Je m'installe en face de Marc, l'animateur, et tente de me calmer. Celui-ci me sourit poliment avant de baisser les yeux vers une feuille intitulée : « La *chick-lit*, une sous-littérature ? » Super ! Non, vraiment, c'est super ! J'ai l'impression d'être le Petit Chaperon rouge sur le point de se faire dévorer par le grand méchant loup ! Allez, je me console : au pire, si je me ridiculise, ça ne sera *que* devant deux cent mille personnes ! Une broutille !

La pause publicitaire s'achève et Marc me présente à l'auditoire. Il prend soin de bien citer mon nom, le titre de mon roman ainsi que la maison d'édition qui le publie en France. Les auditeurs sauront au moins quel navet chercher en librairie, c'est déjà ça ! Oui, j'ironise, c'est le stress qui me fait cet effet-là. Je gigote sur ma chaise. Marc me fait signe d'arrêter et de me rapprocher du micro. Sa première question est plutôt engageante, il me demande simplement de présenter mon livre. Je m'exécute avec plaisir. Nous parlons ensuite de la vie au Québec, de l'expatriation, et je me détends. Mauvaise idée... Marc se lance alors dans le vif du sujet et me cloue sur place :

– Dites-moi, Isabelle, que pensez-vous de cette nouvelle vague communément appelée *chick-lit* ou, en français, littérature de poulettes, issue des pays anglo-saxons ? Ne trouvez-vous pas cette littérature vide, superficielle, et véhiculant une image négative des jeunes femmes d'aujourd'hui ?

Apparemment, la guerre est déclarée et, finalement, je me sens d'attaque pour me battre. D'une voix calme et posée, je réponds :

– Pas du tout. Je pense, au contraire, que si cette littérature est si populaire, c'est parce qu'elle rejoint un vaste lectorat féminin. Pour moi, cette littérature est drôle, vivante, à l'humour décapant. Nous avons tous besoin d'un bol d'air frais dans notre quotidien. Il n'y a rien de mal à ça.

– Je ne sais pas, répond Marc, dubitatif. Il me semble que ces livres ne sont rien de moins que des Harlequins aux couvertures et aux intrigues plus ou moins améliorées.

– Quand bien même ? Méprisez-vous les lectrices de ces romans ? Pourtant, il se vend des millions d'Harlequins dans le monde chaque année.

– Je ne mesure pas la qualité d'un roman au nombre de ventes. C'est un raccourci souvent trompeur.

Je rêve ou Marc me prend de haut ? S'il pense que je vais me laisser décourager par son ton hautain et condescendant, il se trompe ! Je réponds :

– Je suis d'accord. Cela étant, si les comédies romantiques – je n'aime pas le terme *chick-lit*, que je trouve péjoratif – ont tant de succès, c'est parce que la recherche de l'amour touche chacun d'entre nous. C'est un thème qui ne sera jamais éculé. Le problème, c'est que dès qu'une femme essaie d'en parler avec humour et autodérision, on refuse de classer son livre dans la littérature. Une jeune femme en manque d'amour, ce n'est pas ce qu'on appelle un sujet assez noble pour la *vraie* littérature, n'est-ce pas ?

– Cela dépend de la façon dont on le traite.

– Pourquoi ? Pourquoi les femmes devraient-elles être obligées d'évoquer l'amour avec gravité pour être considérées comme de vraies écrivains ? La légèreté est-elle devenue si laide ? Je ne prétends pas avoir la plume de Balzac ou de Stendhal, mais je déteste quand on oppose romans populaires ou romans de gare à « vrais » romans. Comme si, pour être écrivain, il fallait absolument traiter de sujets difficiles. Le sérieux est-il seulement gage de qualité ?

— Non, bien sûr, admet l'animateur, mais à mon avis, il est plus facile de scribouiller une histoire sous le couvert de l'humour.

Scribouiller une histoire ? Marc vient-il réellement de dire ça ? Je vais le tuer ! Retenez-moi !

— Avez-vous déjà essayé d'écrire ? De bâtir une intrigue ? De créer des personnages ? Ce n'est pas si évident ! D'autant plus que les auteurs de comédies romantiques font face à un défi énorme : réinventer un genre déjà très populaire pour arriver à sortir du lot.

— Soit. Mais pourquoi se lancer si c'est une voie déjà saturée ?

Je soupire et explique calmement :

— Parce que j'en avais envie. Et puis vous savez, j'ai aussi voulu faire réfléchir un peu en racontant l'histoire de Mathilde. Je crois que beaucoup d'auteures qui écrivent ce genre de romans ont également cette ambition. Oui, mon héroïne cherche l'âme-sœur, mais elle essaie aussi de construire sa propre identité, de se libérer de son passé tout en s'adaptant à son nouveau pays. Là où le bât blesse, c'est qu'on ne peut pratiquement plus écrire sur l'amour et avouer que oui, c'est dur d'être célibataire sans se faire taxer de sentimentaliste, voire de superficielle. C'est dommage. Pourtant, chacun s'accorde à dire que l'amour donne plus de saveur à la vie. Interrogez vos auditeurs. Lisez les études. Tomber amoureux est l'une des choses les plus intenses du monde. Dès lors, il est normal que les lecteurs aient envie de lire des histoires qui en parlent. On voit tellement de choses déprimantes à la télé que ça ne peut faire que du bien de s'évader un peu et de rêver en compagnie d'héroïnes de comédies romantiques. Et, rassurez-vous, cela n'empêche pas de lire aussi des romans plus « littéraires ».

Désarçonné par ma tirade, Marc prend quelques secondes avant de conclure :

– Vous semblez convaincue par vos propos, en tout cas.

– Absolument !

– Que diriez-vous de laisser la parole à ceux qui nous écoutent ? J'aimerais connaître leur avis.

– Excellente idée.

Nous passons la demi-heure suivante à discuter avec des auditeurs, plusieurs femmes et un homme. La majorité est curieuse de lire mon roman. Mon livre se déroule en grande partie au Québec et c'est ce qui leur plaît : le dépaysement.

L'entrevue s'achève et je ne peux retenir un bruyant soupir de soulagement. C'est terminé et j'ai réussi. Marc me félicite pour ma prestation. Il me promet même, non pas de lire mon roman, mais de le faire lire à sa femme. Pourquoi pas ? J'insiste cependant pour que si elle l'aime, il s'y plonge à son tour. L'entente est conclue et je quitte le studio un sourire aux lèvres.

Je m'arrête dans le premier café que je trouve. Ma gorge est sèche et j'ai un grand besoin de me désaltérer. Le serveur m'apporte un jus d'orange que je bois d'un trait. Je suis contente de moi. J'ai réussi à défendre mon roman et à exprimer mon point de vue avec cohérence. Ma venue à Paris aura somme toute été productive et je peux maintenant me laisser enivrer par les beautés de la Ville lumière.

Je me tourne du côté de la fenêtre, observe les passants. Le trottoir est rempli de sosies de Maxim. Que peut-il bien faire en ce moment ? Est-ce qu'il pense à moi comme je pense à lui ? Mon retour à Québec est prévu dans dix jours. Un affrontement est devenu inévitable. Je ne pourrai pas prendre cet avion sans savoir ce qui se passe dans sa tête. Sans savoir pourquoi il n'a pas répondu à mes courriels.

Oui. Il faut qu'on se parle. Aujourd'hui.

* *

*

Maxim n'est pas là. C'est la troisième fois en une demi-heure que j'appelle à la maison et il ne répond pas. J'ai attendu jusqu'à minuit pour être certaine qu'il soit là. Il est dix-huit heures au Québec et il n'est toujours pas rentré. Est-ce qu'il travaille ? Ou bien est-il en train de reprendre ses habitudes de Casanova ? Pourquoi est-ce qu'il n'est pas là ?

Le répondeur se déclenche à nouveau, mais je refuse de lui laisser un message. Je n'ai pas envie de me retrouver, encore, en position d'attente et je ne veux surtout pas que Maxim puisse décider de me rappeler ou non. Je raccroche et compose son numéro de cellulaire. J'hésitais à le joindre de cette manière, sans savoir s'il serait seul et donc en mesure de discuter, mais je n'ai plus le choix. J'ai vraiment besoin de lui parler maintenant. Au bout de six sonneries, je tombe sur sa messagerie. Excédée, je décide d'appeler Antoine qui, lui, au moins, me répond tout de suite.

– C'est Isa.

– Isa, ça va ? Est-ce que tu...

Je l'interromps promptement et entre dans le vif du sujet :

– Antoine, excuse-moi, mais j'ai vraiment besoin de savoir si Maxim t'a parlé de moi ou de notre relation. Il ne répond pas à mes messages. Je ne comprends pas. Je suis complètement perdue. Je ne supporte plus ce brouillard. S'il se passe quelque chose, tu dois m'en parler.

Antoine reste muet, ce qui me laisse présager le pire. J'insiste :

– S'il te plaît... J'ai toujours pensé qu'on était amis, tous les deux.

– On l'est, m'assure Antoine.

– Alors dis-moi ce qu'il y a.

– Je ne peux pas, je suis désolé. Ce n'est pas à moi de le faire.

Mon cœur s'arrête et ma lèvre inférieure se met à trembler. Il se passe vraiment quelque chose. Quelque chose d'important. J'ai froid tout à coup. Très froid. Mon corps se couvre de chair de poule.

– Isa, j'aimerais pouvoir t'aider, reprend Antoine, mais je ne peux pas. Appelle Maxim, parle avec lui.

Je m'emporte :

– Tu crois que je n'ai pas essayé, peut-être ? Mais ton frère ne répond pas, ni à mes courriels ni au téléphone maintenant. Qu'est-ce que je dois faire pour arriver à le joindre ?

L'inonder de messages jusqu'à ce qu'il daigne me contacter ?
Antoine, s'il ne m'aime plus, s'il a rencontré une autre fille,
tu dois me le dire !

– Isa...

– Bon, passe-moi Cécile !

– Elle ne sait rien, je t'assure.

– Antoine !

– Je ne mens pas. Tu peux lui téléphoner, ça ne changera rien. Tout ce que je peux te conseiller, c'est de continuer
d'appeler Maxim ou de lui écrire. Lui seul pourra répondre
à tes questions.

Antoine semble désolé pour moi, mais je refuse de me
laisser amadouer. Je m'écrie :

– Faux ! Toi, tu pourrais, mais tu ne veux pas. J'en ai assez
de courir après ton frère, alors tu vas lui dire que si je n'ai
pas de ses nouvelles d'ici demain soir, tout sera terminé entre
lui et moi, c'est clair ? Je lui donne vingt-quatre heures pour
communiquer avec moi, sinon ce sera fini !

Étant moi-même un peu déroutée par la tournure de notre
conversation, je sens Antoine paniquer à l'autre bout du fil.
Après plusieurs secondes, il balbutie :

– Euh !... d'accord... oui, je le ferai... sois-en sûre.

– Merci.

Je raccroche d'un coup sec et balance le téléphone sur
mon lit en retenant un cri de rage. Je le savais ! Je savais qu'il

se passait quelque chose ! Quelque chose de grave. Quelque chose qui conduit Maxim à m'imposer un silence radio douloureux.

Je m'assois sur mon lit, les yeux remplis de larmes. Je suis peut-être en train de vivre les vingt-quatre dernières heures d'une relation qui agonise depuis des mois. Je fixe le plafond et croise les bras sur mon ventre, comme pour me protéger de coups éventuels. La respiration saccadée, je me laisse entraîner dans une longue valse des souvenirs qui finissent par me ramener au début. Le jour où tout a commencé. Le jour où j'ai rencontré Maxim. Il cherchait un ou une colocataire et moi, un appartement. On a discuté pendant des heures tellement le courant passait entre nous. À la fin de l'après-midi, nous nous sommes rendu compte que nous avions tous les deux trouvé ce que nous cherchions.

Aujourd'hui, je me dis que si j'avais pu imaginer où tout cela allait me mener, je ne sais vraiment pas si j'aurais signé ce bail...

Il faut être perdu, il faut avoir perdu le monde, pour se trouver soi-même.

Henry David Thoreau

Chapitre vingt

Maxim n'a pas appelé. Il m'a écrit. Un bref courriel dans lequel il me disait que mon message s'était bien rendu jusqu'à lui et que si je souhaitais mettre un terme à notre relation, il l'acceptait. Rien d'autre. Aucune allusion à mes deux courriels. J'ai relu plusieurs fois ses mots si impersonnels, distants et froids pour m'assurer que je n'hallucinais pas. Il n'a pas même voulu me rappeler. Il a préféré ne pas entendre ma voix et se cacher derrière son ordinateur. Quelle lâcheté ! Recevoir deux phrases dépouillées de toute humanité, c'est tout ce que je vaux ? C'est tout ce que notre relation valait ? Je n'ai même pas droit à un adieu chaleureux, humain, empli de regrets en bonne et due forme ?

Quelque chose m'échappe. Jamais je n'ai dit à Antoine que je voulais rompre ma relation avec son frère. Je laissais la balle à Maxim. Je le laissais décider si oui ou non il désirait sauver notre relation. Monsieur n'a pas dû apprécier mon ultimatum. Il a choisi son orgueil au détriment de notre relation et m'a relancé la balle en plein visage !

Il y a quelqu'un d'autre dans sa vie, je ne vois pas d'autre explication. Et Antoine le sait. Sinon, comment expliquer son embarras au téléphone ?

Je n'arrive pas à croire que c'est de cette façon que Maxim souhaite clore notre relation. Comme si on n'avait rien partagé. Comme si on ne s'était jamais aimés. Pourquoi a-t-il joué la carte de la séparation temporaire à New York, si tout ce qu'il voulait, c'était rompre ? C'est du Maxim tout craché, ça. Incapable de dire ce qu'il pense réellement à moins d'y être forcé. J'ai dû l'acculer dans ses derniers retranchements pour qu'il me dise enfin que notre histoire était terminée.

La vie est tellement ironique. Je viens d'apprendre que mon premier amour ne m'a ni trompée et ni quittée pour une autre fille, et aujourd'hui voilà, c'est mon amour d'adulte, l'amour de ma vie, qui me rejette. Je suis sûre qu'il y a quelqu'un d'autre. Comment fermer ce trou béant que Maxim laisse dans mon cœur ? Qu'il laisse dans ma vie ? Maxim était mon âme sœur, mon *alter ego*. On se comprenait si bien. Ensuite, tout a changé. Il a changé. Et moi aussi, sans doute. Nous nous sommes peut-être rencontrés trop tôt. Nous étions trop jeunes, pas encore assez adultes et nous avons évolué différemment.

Qu'est-ce que je vais faire maintenant ? Rentrer au Québec ? Vivre là-bas sans lui ? Surmonter seule notre séparation ? Sans Lucie ? Sans Nathalie, Marjorie et Christelle ? Impossible. Vraiment. C'est impossible. Je ne m'en sens pas le courage. Mais alors, quoi ? Je reste en France ? Je chamboule ma vie à cause d'une rupture ? À cause d'un homme ?

Mon avenir était pourtant tout tracé et j'avançais avec confiance. Je ne veux pas écrire un autre scénario. Je ne veux pas. Il faut que Maxim me revienne ! Je ne sais pas vivre sans lui. Je l'aime tellement. Mais lui ne m'aime plus. Il n'a même pas remué le petit doigt pour sauver notre relation. Dès lors, le combat est perdu d'avance et les regrets ne servent à rien, sinon à me fustiger. Je n'aurais peut-être pas dû lui poser un ultimatum, mais le résultat aurait été le même.

J'aurais pu me montrer aussi douce et compréhensive que possible, ça n'aurait rien changé. Maxim voulait me quitter et depuis longtemps, je crois.

Épuisée, les yeux brûlants, le visage sillonné de larmes séchées, je me recroqueville dans mon lit et plonge dans un sommeil sans rêve. Deux jours plus tard, je n'ai toujours pas quitté mes draps et ma mère appelle Lucie à la rescousse.

Quarante-huit heures que j'apprends à vivre sans Maxim et ce n'est franchement pas une réussite. J'ai vidé vingt-deux boîtes de papiers-mouchoirs, un pot entier de Nutella, effacé toutes mes photos de Maxim sur mon ordinateur, arraché de mon poignet le bracelet qu'il m'a offert – qui gît maintenant sur le sol –, noirci des pages et des pages de ma colère et de ma peine sur des feuilles volantes, songé dix-sept mille fois à appeler Daniel pour faire rageusement l'amour avec lui, surfé sur le Net à la recherche d'un tueur à gages pour lancer un contrat sur la tête de Maxim – et de celle qui me l'a volé –, ignoré les courriels d'Ophélie, Marie-Anne et Cécile, certainement informées de la situation par Antoine, imaginé les scénarios de suicide les plus dramatiques et dormi le reste du temps. Voilà à quoi ressemble ma vie sans Maxim et ce n'est pas près de s'arranger.

Lucie s'assoit sur mon lit et me lance un regard peiné.

– Tu as eu des nouvelles de Maxim ?

La voix éteinte, je lui résume les derniers événements avant d'éclater en sanglots. Lucie ne dit rien, préférant laisser mourir sur le rivage la vague de tristesse qui me submerge. Elle me tend ensuite un mouchoir. Je me redresse et murmure :

– Qu'est-ce que je vais faire, Lucie ? Je ne peux pas retourner au Québec et affronter Maxim. Je ne peux pas affronter la réalité. Elle me fait trop mal, je ne suis pas assez forte. Je sais que c'est une fuite, Lucie, je le sais, j'en suis tout à fait consciente, mais c'est comme ça. Je n'ai pas envie de tout remettre en question à cause d'un homme, seulement je n'ai pas d'autre choix. Je ne peux pas revoir Maxim maintenant. Je ne peux pas, je ne peux pas, je...

Lucie pose sa main sur la mienne.

— Isa, calme-toi. Chacun réagit comme il peut à la douleur. Si tu ne te sens pas la force de retourner au Québec, alors reste en France, le temps de surmonter tout ça. Il faut que tu fasses ce qui est le mieux pour toi.

Je reprends mon souffle et tente d'y voir plus clair.

— Oui, mais mon travail ? Si je reste ici, je vais le perdre.

— Tu pourrais peut-être prolonger ton congé ?

Je secoue douloureusement la tête.

— Sans autre excuse que « je suis en peine d'amour et je ne veux pas remettre les pieds dans le pays où se trouve celui qui torture mon cœur », je ne pense pas. Ma chef est indulgente, mais pas à ce point.

— Qu'est-ce que tu préfères : rester ici et démissionner ou rentrer au Québec et garder ton travail ?

— Je ne peux pas tout quitter comme ça. Je ne peux faire ça à ma chef ni à mes collègues. Ce ne serait pas correct.

C'est vrai. Même si j'ai souvent eu l'impression de ne pas être à ma place lorsque j'ai commencé à travailler, j'ai appris à réellement aimer ce que je fais. Cela dit, je n'ai jamais perdu de vue que tout ça n'était qu'un gagne-pain, que ce que je désire vraiment, c'est écrire. Le hic, c'est que je suis encore très loin de pouvoir vivre de l'écriture. J'ai besoin de mon travail, c'est un fait. De là à revenir au Québec uniquement pour conserver ma place, il y a tout un monde.

Je suis paralysée à l'idée de revoir Maxim. Je n'ai toujours pas réussi à intégrer notre rupture. Ça me semble si irréel. Il y a six mois, nous étions heureux et aujourd'hui, je suis prête à chambarder toute ma vie à cause de lui.

— Isa, je comprends très bien ce que tu ressens, assure Lucie. Tu ne veux pas faire faux bond à ta chef et c'est tout à ton honneur. Mais il faut que tu penses à toi. Tu as des économies, non ? Tu pourrais vivre ici le temps de te reconstruire sans dépendre de ta mère financièrement.

— Ce n'est pas l'aspect financier qui m'inquiète. Je vais me sentir tellement coupable et égoïste si je démissionne.

— Peut-être que ta chef comprendrait si tu lui expliquais.

— Je ne me vois vraiment pas lui parler de ma vie privée ainsi.

— Tu dois faire un choix alors : ton travail ou toi.

Mon travail ou moi. C'est bien dit. Il faut que je m'occupe de moi. Je dois devenir ma priorité pour les prochaines semaines et tant pis si je me fais de nouveaux ennemis à mon futur ex-travail. Tant pis si ma mère me traite d'irresponsable qui gâche une grande partie de ce qu'elle a construit parce qu'elle n'est pas assez forte pour affronter un homme. Tant pis. C'est moi d'abord à partir de maintenant.

Je souris à Lucie.

— Bon, après délibération, le jury a décidé de m'accorder le droit de penser à moi durant quelques mois.

– Excellent verdict ! Tu vas voir, tu vas surmonter tout ça et je vais t'aider. On va toutes t'aider !

– Je sais que vous allez être là pour moi, mais j'avoue que pour l'instant, j'ai plutôt l'impression que la douleur va finir par m'étouffer ou arrêter mon cœur, au choix.

– J'ai vécu ça avec Justin et je te promets que tu vas réussir à t'en sortir.

– Merci, Lucie. Je ne sais vraiment pas ce que je ferais sans toi.

– Ne t'inquiète pas. Tu n'auras jamais à le savoir.

Après le départ de ma meilleure amie, j'attaque ma reprise en main par un long bain parfumé. J'allume quelques bougies et me glisse sous la mousse. La baignoire est tellement grande qu'elle pourrait facilement accueillir deux personnes. Maxim et moi n'avons jamais pris de bain ensemble. En revanche, nous étions adeptes des douches érotiques. Les larmes me montent aux yeux et je les laisse couler. Pleurer soulage, paraît-il, alors j'attends d'être soulagée.

Au bout d'une heure, alors que la peau de mes doigts est déjà toute plissée, je sors de l'eau beaucoup plus détendue qu'en y entrant. Je suis toujours triste et non soulagée – pleurer, ça ne sert à rien, finalement ! – mais, au moins, je commence à avoir envie de faire autre chose que traîner dans ma chambre. C'est quand même bon signe. J'enfile un chandail et un jean et décide d'aller prendre l'air quelques minutes.

Il fait nuit, les rues sont désertes. Je lève la tête et observe le ciel. Un ciel qui reste le même, quel que soit l'endroit sur la planète où l'on se trouve. Un ciel qui nous suit, partout où l'on va. C'est presque un repère et Dieu sait que j'ai besoin de repères en ce moment. Ma vie est partie pour être chaotique pour plusieurs semaines !

Quand je rentre à l'appartement, je retrouve ma mère assise sur le canapé du salon, semblant m'attendre. Je la rejoins et lui apprends que je ne compte pas repartir au Québec avant quelque temps. Je me pare, prête à encaisser ses reproches, mais elle se contente de hocher la tête et de dire :

– Je respecte ton choix, Isabelle.

Je me retourne vers elle, presque choquée.

– Vraiment ?

– Bien sûr. Pourquoi as-tu l'air si surprise ?

Euh !... Parce qu'elle a commencé à critiquer mes choix à partir du moment où j'ai donné mes premiers coups de pied dans son ventre ?

– Je peux te poser une question, néanmoins ? reprend-elle. Que comptes-tu faire de tes journées ? L'oisiveté est mère de tous les vices, ma chérie.

– Je sais, mais j'ai besoin d'avoir du temps pour moi.

– Je comprends, mais tu ne pourras pas rester inactive indéfiniment.

Bon, ma mère m'imagine déjà végétant sur le canapé, des cartons de pizza vides sur le sol et la télécommande de la télé à la main. Je n'ai pas le droit de souffler un peu sans qu'elle craigne que je tombe dans la paresse, voire la fainéantise.

– Je ne peux pas commencer un travail tout en ne sachant même pas si je serai encore en France d'ici la fin de l'année. De toute façon, ça va me prendre trois mois avant de trouver quelque chose d'intéressant.

– Pas si tu me permets d'intervenir.

Je réprime un mouvement d'humeur, saute du canapé et m'écrie :

– Tu ne me crois pas capable de me débrouiller toute seule ? Tu doutes de moi et de ma capacité à réussir, pas vrai ? Qu'est-ce que je dois faire pour te prouver que je suis capable de mener ma vie ? J'ai quitté la France, je me suis installée au Québec, j'ai obtenu un MBA, j'ai trouvé un emploi aux conditions idéales en moins de trois semaines. À travers ça, j'ai écrit et publié un roman qui se vend merveilleusement bien. Que va-t-il falloir que j'accomplisse pour que tu arrêtes de penser que je suis incapable de réussir ma vie ? Pour que tu arrêtes de me critiquer ? Éclaire-moi, parce que je suis à court d'idées !

Abasourdie, ma mère me fixe en silence. Pour la première fois de ma vie, j'ai réussi à lui faire perdre ses mots et je dois dire que j'en retire une certaine jubilation.

– Si je te propose mon aide, Isabelle, ce n'est pas parce que je ne te crois pas capable de trouver un travail par toi-même, c'est seulement pour te faciliter la vie.

– J'ai l'impression que tu n'es jamais satisfaite de ce que je fais.

– Tu te trompes. J'ai peut-être eu du mal à comprendre et à accepter certains de tes choix, mais tu as su me prouver que j'avais tort.

Je la jauge largement, cherchant une trace d'ironie sur son visage. Est-il possible qu'elle soit sincère ? Qu'enfin, après toutes ces années d'affrontements cinglants, elle soit réellement arrivée à m'accepter telle que je suis ? Avec ma conception de la vie et de la réussite ?

– Alors, insiste ma mère, vas-tu me laisser t'aider à trouver un travail ?

Je replace une mèche de mes cheveux derrière mon oreille et soupire :

– Quel genre de travail ? J'ignore combien de temps je vais rester en France et je ne suis pas sûre que les employeurs vont se bousculer à ma porte en sachant cela, même pour te faire plaisir.

– C'est à voir. Tu pourrais peut-être donner un coup de main au service des ressources humaines de l'hôpital.

Je pince les lèvres, indécise.

– Ça n'a pas l'air de t'emballer, remarque ma mère.

– J'aimerais quelque chose qui me permette d'écrire.

Je guette sa réaction. Un soubresaut, un tressaillement d'agacement, peut-être. Malgré ce qu'elle vient d'affirmer, je sais que ma mère a encore du mal à accepter ma passion pour l'écriture. Tout ça, ce n'est pas assez concret pour elle et ma mère a besoin de certitudes. De rentabilité aussi. Passer des centaines d'heures à écrire pour si peu de revenus, elle ne pourrait jamais. Cela étant, elle ne se lance pas dans une tirade visant à me faire fléchir et à considérer un éventuel poste à l'hôpital. Elle semble, au contraire, réfléchir.

— Que penserais-tu d'écrire quelque chose de court ? finit-elle par me proposer.

— Comme des chroniques ou des articles ?

— Oui. Tu pourrais écrire des chroniques littéraires.

— Je n'ai jamais fait ça.

— Pourquoi ne pas essayer ? Tu t'intéresses de près à l'actualité littéraire française et québécoise... Tu pourrais écrire des chroniques sur des romans d'auteurs québécois, par exemple. Il n'y a rien de ce genre en France et il y a des centaines de livres québécois, sinon plus, qui méritent d'être découverts.

Je reste un moment silencieuse, complètement abasourdie. Ce qui me choque, ce n'est pas l'idée de ma mère – que je trouve excellente – mais plutôt que ce soit elle qui me la propose ! Est-elle vraiment décidée à accepter ma passion pour l'écriture ?

Je hoche la tête et dis :

— Je dois reconnaître que j'adorerais ça, mais les livres québécois sont très mal distribués ici. Si les auteurs n'ont pas d'éditeurs en France, leurs romans sont presque impossibles à trouver en librairie. Je doute qu'un rédacteur en chef engagerait une jeune fille pour écrire sur des livres introuvables ici.

Ma mère pince ses lèvres en une moue embêtée.

— Tu n'as pas tort... Tu pourrais peut-être parler de ta vie au Québec, alors ?

— Ce serait fantastique, mais qui voudra m'engager ?

J'adore l'idée, vraiment, mais la concurrence sera rude pour une fille sans diplôme et sans expérience.

– Laisse-moi voir ce que je peux faire.

Je ne peux réprimer une grimace. Ma mère se lève du divan en s'écriant :

– Arrête tes enfantillages et laisse-moi t'aider ! Profite de ta chance ! Et puis, ne t'inquiète pas, si j'arrive à te décrocher un travail, tu ne pourras compter que sur toi pour le garder ! Ne crois pas qu'on te fera une faveur si tu es nulle !

Ah ! je retrouve la mère que je connais ! Directe, contrôlante et franche ! Je me sens mieux soudain. En terrain connu.

– Allez, il est temps d'aller se coucher ! Essaie de bien dormir parce que demain je veux que tu essaies d'écrire une chronique sur un sujet de ton choix en rapport avec le Québec. Avant de commencer à chercher qui pourrait t'engager, j'aimerais être certaine que tu es douée et que tu aimes ça !

Je mime le salut militaire et lance :

– Bien, chef !

L'idée d'écrire des chroniques et de poursuivre mon chemin sur la voie de l'écriture me galvanise. Je me couche avec une légère tristesse en moins. La vie continue en m'entraînant avec elle. Ce n'est cependant pas si facile de me dire que mon destin a basculé en trois jours à peine. J'ai appelé Antoine, reçu le courriel de Maxim, pleuré pendant deux jours avant de fermer une porte puis d'ouvrir une fenêtre.

Je sais que tout n'est pas fini. Je vais devoir revoir Maxim et obtenir les explications qui me manquent, seulement, pour le moment, le chapitre « *vie amoureuse épanouie au Québec avec lui* » est derrière moi. Ça s'est passé si vite que j'en ai le vertige ! Je me rends compte qu'on ne peut jamais avoir de certitudes dans la vie, car rien ne nous appartient vraiment. Tout ne nous est que prêté. J'ignore toujours comment je vais arriver à vivre sans Maxim, mais je sais que je fais le bon choix en restant en France. Maxim est ce genre d'hommes qu'on ne peut oublier qu'en se tenant très loin de lui. À six mille kilomètres. Minimum.

Ce que nous appelons commencement est souvent la fin.
La fin, c'est l'endroit d'où nous partons.

Thomas Stearns Eliot

Chapitre vingt et un

De moi à Cécile et Marie-Anne :

« *Objet : Des nouvelles du Vieux Continent !*

Salut, vous deux,

Aujourd'hui est un drôle de jour et je pense que vous devinez aisément pourquoi. Si les choses avaient suivi leur cours, si Maxim et moi n'avions pas définitivement rompu, je serais dans l'avion en ce moment en train de voler au-dessus de l'Atlantique. Je croyais que cette journée serait plus difficile. J'ai attendu de recevoir un coup au cœur lorsque l'heure de mon supposé départ est arrivée, mais rien. Je n'ai rien ressenti, à part ma peine habituelle d'avoir perdu Maxim. Je ne dirais pas que je commence à m'habituer à tout ça, mais j'ai arrêté de pleurer tous les jours, ce qui est déjà un grand pas en avant.

Les filles, pendant que j'y pense, j'aimerais qu'on instaure une règle entre nous : ne me parlez jamais de la vie de Maxim, s'il vous plaît, je ne veux pas savoir ce qu'il devient. Je veux couper les ponts de manière franche et nette jusqu'à mon retour à Québec. Je ne m'en sortirai pas, sinon. Cela étant dit, je tiens aussi à vous remercier de ne pas m'avoir assommée de reproches parce que j'ai décidé de ne pas rentrer tout de suite. Ça fait vraiment du bien de se sentir soutenue. Je sais que c'est la bonne décision. Quand je serai plus forte, quand je saurai ce que je veux (si ça arrive un jour !), alors je reviendrai.

Ma chef, en revanche, n'a pas apprécié ma défection subite, ce qui est compréhensible. À sa place, j'aurais probablement réagi de la même façon. Je n'ai pu que lui présenter mes excuses et nous avons ensuite longuement discuté. J'ai essayé de lui faire entendre mes raisons sans pour autant étaler ma vie intime. Finalement, je crois qu'elle a compris. Je me culpabilise dès que je pense à ce que j'ai fait, néanmoins. J'ai l'impression de fuir mes responsabilités. J'aurais aimé être plus forte, être plus courageuse, mais je ne le suis pas. Je suis seulement moi, avec mes faiblesses et c'est ainsi : je ne peux pas retourner au Québec et y vivre sans Maxim pour le moment.

Vous me manquez, les filles. Je pense très fort à vous.

À bientôt.

Isa xxx

PS : Sondage de dernière minute : depuis quelques jours, j'ai très envie d'écrire à Daniel pour lui poser tout plein de questions sur notre rupture, questions qui me turlupinent pas mal. Pensez-vous que c'est une bonne idée ? Lucie pense que non, mais j'essaie de recueillir le plus d'avis possible, alors répondez-moi franchement !

PS du PS : Marie-Anne, pourrais-tu veiller sur Ophélie pour moi pendant mon absence ? Je sais qu'elle n'a pas besoin qu'on la surveille, mais quand même, je me sentirai mieux en sachant que tu ne la perds pas de vue. Un grand merci !

PS du PS du PS : Bisous de la Lyonnaise à Lyon à toutes les deux ! »

De Marie-Anne à moi

« *Objet : Des nouvelles de la Nouvelle-France !*

Salut, ma belle !

Je suis contente de lire que ta supposée journée de départ ne t'a pas trop mis le moral à plat. Tu es plus forte que tu ne le penses, Isa. Tu nous manques ici, mais comme je te l'ai déjà écrit, je comprends très bien que tu ne puisses pas rentrer pour le moment. Prends tout le temps qu'il faut, on est là pour te soutenir. Et ne t'en fais pas pour Ophélie. Elle sait qu'elle peut passer à la maison quand elle le souhaite et nous avons aussi prévu d'aller à plusieurs expos ensemble. Tout est sous contrôle ! Occupe-toi de toi maintenant !

Quant à ton sondage « dois-tu ou non écrire à Daniel ? », je te réponds : « Pourquoi tiens-tu tant à le contacter ? » Et je ne veux pas que tu me sortes les raisons que tu t'es fabriquées. Je veux que tu me dises ce qu'il y a au fond de toi. Est-ce que tu essaies de remplacer Maxim ? De l'oublier ? Est-ce que tu cherches à te venger ? Cherche la vérité et tu trouveras ta réponse.

Bonne chance, ma belle, et à très bientôt, tu me manques !

Marie-Anne »

De Cécile à moi :

« Objet : Re : Des nouvelles du Vieux Continent !

Salut, Isa,

Contente de voir que tu vas bien malgré tout. La vie est bizarre sans toi ici. Tu sais, il m'arrive souvent de penser : « Tiens, si j'appelais Isa pour qu'on aille pleurer devant un film de filles ? » Et puis, je me souviens. Il me faut toujours plusieurs secondes avant que la réalité me rattrape. Je n'aime pas les changements, mais je crois que j'aurais fait pareil si j'avais dû rompre avec Antoine en étant en France. Je me sentirais protégée en étant loin.

Concernant Daniel, je te dirais de suivre ton instinct et de faire attention à ne pas te blesser au passage. Ne fais rien que tu pourrais regretter et je pense que tu devines de quoi je parle. Prends le temps de faire ton deuil avant de te lancer dans quoi que ce soit, avec qui que ce soit. Voilà mon conseil.

Tiens-moi au courant des dénouements. Je t'embrasse.

Cécile »

D'Ophélie à moi :

« Objet : Québec la belle s'ennuie de toi !

Allô, grande sœur !

Comment ça va ? Est-ce que tu remontes la pente ? Je suis sûre que oui ! Tu n'es pas du genre à te laisser abattre et à t'apitoyer sur ton sort. Si jamais tu as besoin de force, sache que je t'en envoie plein en pensée. Tu manques à ta petite sœur, tu sais ? Même Québec s'ennuie de toi, je l'entends qui te réclame !

Je voulais que tu saches aussi que je me suis installée chez Olivier définitivement ; je ne me voyais pas retourner chez toi sans toi. Ne t'inquiète pas, tout se passe bien avec lui et Marie-Anne veille sur moi. Oui, oui, je m'en suis rendu compte et je suis sûre que tu n'es pas étrangère à cela !

J'ai hâte de te revoir. Et puis, je tenais encore à m'excuser pour tout ce qui s'est passé. Je me sens responsable de ta rupture avec Maxim. J'ai l'impression d'avoir poussé votre relation au bord du précipice. J'ai retenu la leçon : plus jamais de mensonges.

Appelle-moi quand tu pourras !

Ophélie xxx »

De moi à Ophélie :

« Objet : RE : Québec la belle s'ennuie de toi !

Tant mieux si tout se passe bien avec Olivier, mais n'oublie pas que si jamais votre relation devait se terminer, Marie-Anne t'accueillerait à bras ouverts. Elle t'aime beaucoup et elle serait heureuse de t'aider. Et pas seulement parce que je lui ai demandé de veiller sur toi ! Je m'en veux de t'abandonner si loin. Fais attention à toi et si tu as besoin de quoi que ce soit, n'hésite pas à crier, je te promets que je t'entendrai d'ici.

Maintenant que ce point est réglé, j'aimerais que tu arrêtes de te culpabiliser à cause de ma rupture avec Maxim. Rien n'aurait pu briser notre relation si elle avait été solide. Malheureusement, elle était fragile depuis fort longtemps. Ce qui s'est passé entre Maxim et moi s'est passé entre lui et moi. Ça ne signifie pas que ce que tu as fait n'était pas grave, mais tu n'es pas responsable de l'échec de mon couple. Enlève ce poids de tes épaules, d'accord ?

Je t'appelle en fin de semaine. Je t'embrasse fort.

Isa »

D'Ophélie à moi :

« Objet : RE : RE : Québec la belle s'ennuie de toi !

O.K., on passe un marché ? J'arrête de me culpabiliser à propos de ta rupture si tu arrêtes de te culpabiliser parce que tu as l'impression de m'abandonner ici. C'est équitable, non ? ;-)

Ophélie »

De moi à Ophélie :

« Objet : RE : RE : RE : Québec la belle s'ennuie de toi !

Marché conclu !?

Isa xxx »

De moi à Daniel :

« Objet : Je ne sais pas quoi écrire, alors je n'écris rien !

Salut, Daniel,

Je ne sais pas si je fais bien de t'écrire. À vrai dire, j'ai hésité longtemps avant de le faire, et puis j'en ai eu marre de combattre mon envie de te contacter à nouveau, alors voilà. Je suis là, devant mon ordinateur.

Si je t'écris aujourd'hui, c'est parce que j'ai d'autres questions à te poser concernant notre rupture passée. Ma colère contre toi a fini par décanter (ce qui ne veut pas dire que je t'ai pardonné ton mensonge) et, depuis, des centaines d'interrogations se sont mises à danser dans ma tête. Il n'y a que toi qui peux me répondre.

J'ai besoin de comprendre ce qui, selon toi, faisait que je t'aimais trop ou pas de la bonne façon. Je n'arrive pas à mettre le doigt dessus. Il me semblait que je t'aimais comme toutes les adolescentes aiment la première fois, non ?

Non, sûrement pas, sinon tu n'aurais pas rompu avec moi.

Quoi qu'il en soit, si tu pouvais me répondre, j'apprécierais beaucoup.

Isa »

De Daniel à moi

« Objet : RE : Je ne sais pas quoi écrire, alors je n'écris rien !

Salut, Sab

Je suis content d'avoir de tes nouvelles.

Pour répondre à ta question, je ne pourrais pas te dire précisément ce qui m'étouffait dans notre relation, c'était un tout. Je sais, je ne t'éclaire pas beaucoup, mais je ne peux pas pointer du doigt certains moments. C'est juste que notre relation était tout pour toi ; il n'y avait de place pour rien d'autre.

Tu te rappelles, tu ne voyais pratiquement plus Lucie ? C'est un peu normal, les amis passent toujours après quand on tombe amoureux, mais tu voulais qu'on vive dans une bulle d'amour et que personne d'autre n'y entre. Tu voulais qu'on ne soit que tous les deux, tout le temps. On était enfermés dans notre couple. Je sentais que ta vie s'arrêtait à moi et je n'aimais pas ça. J'avais besoin de m'épanouir en dehors de notre relation et je voulais que tu le fasses aussi.

J'ignore si ça t'aide, ce que je te dis, mais voilà, je n'ai que ça à te donner. Encore une fois, je regrette de t'avoir menti.

Dan »

De moi à Daniel :

« *Objet : RE : RE : Je ne sais pas quoi écrire, alors je n'écris rien !*

Merci pour ta réponse.

Je l'ai lue plusieurs fois. J'ai revécu longuement le passé et je dois dire que tu as raison : mon amitié avec Lucie s'était étiolée quand je sortais avec toi. On se voyait beaucoup moins, elle et moi, parce que ce que je partageais avec toi, c'était toute ma vie. C'est sans doute pour ça que ton mensonge m'a tant marquée.

Pourquoi est-ce que tu ne m'as pas dit la vérité ? Pourquoi tu ne m'as pas parlé de ce que tu ressentais ? J'aurais pu m'améliorer.

Enfin, ce qui est fait est fait, le passé ne changera pas. À moi de m'y accoutumer.

Isa »

De Daniel à moi :

« *Objet : RE : RE : RE : Je ne sais pas quoi écrire, alors je n'écris rien !*

Bien sûr que j'aurais dû te parler ! Évidemment que j'aurais dû le faire au lieu de te mentir, mais ce n'était pas si facile. J'ai été lâche et je ne suis pas fier de ça. Je n'ai pas réfléchi aux conséquences de mon acte. Je n'ai pensé qu'à moi, qu'à mes sentiments, je voulais vivre autre chose, alors je suis parti. Je changerais tout si je le pouvais. C'est d'ailleurs pour cette raison que, lorsque j'en ai eu l'occasion, j'ai voulu te dire la vérité. Je ne te cacherai pas que je voulais certainement aussi que tu me pardonnes, mais je désirais surtout que tu saches qu'il n'y a jamais eu personne d'autre entre nous quand nous nous aimions. Il n'y a jamais eu que toi, parce que tu étais unique.

Dan »

De moi à Daniel :

« *Objet : RE : RE : RE : RE : Je ne sais pas quoi écrire, alors je n'écris rien !*

J'étais unique ? Peut-être... Mais c'est justement ça qui t'a fait partir. Une autre fille ne t'aurait pas aimé comme moi.

301

Ne te méprends pas, je suis contente de connaître la vérité et, si je préfère effectivement qu'il n'y ait eu personne d'autre entre toi et moi, cette vérité n'est pas plus facile à accepter, parce qu'elle signifie que c'est moi et moi seule qui t'ai détourné de moi.

Isa »

De Daniel à moi :

« Objet : RE : RE : RE : RE : RE : Je ne sais pas quoi écrire, alors je n'écris rien !

Sab, tu n'es pas responsable de l'échec de notre relation. J'ai choisi de partir. J'aurais pu te parler et, ensemble, on aurait pu essayer d'arranger les choses. Je ne l'ai pas fait. J'ai préféré te quitter, ce que je regrette, mais à dix-huit ans, on a envie de réaliser des tas d'expériences différentes et on ne pense plus qu'à ça.

Ne te flagelle pas. Quand on tombe amoureux la première fois, on ne sait pas trop comment aimer, on a besoin de temps pour découvrir ce qui nous convient.

Comme tu dis, ce qui est fait est fait, alors autant vivre le présent, non ?

Dan »

De moi à Daniel :

« Objet : RE : RE : RE : RE : RE : RE : Je ne sais pas quoi écrire, alors je n'écris rien !

Oui, tu as raison, autant vivre le présent et accepter le passé. Mais quand tu dis que tu es parti aussi parce que tu voulais expérimenter des tas de choses, tu parles des filles ?

Isa »

De Daniel à moi :

« *Objet : RE : RE : RE : RE : RE : RE : RE : Je ne sais pas quoi écrire, alors je n'écris rien !*

Non. Je ne t'ai pas quittée pour collectionner les aventures. Bien sûr, il y a eu d'autres filles, mais ce que je voulais surtout, c'était vivre sans attaches, sans obligation envers quiconque, sans compte à rendre. Je voulais voir mes amis, sortir, rater mes examens, rentrer chez moi à l'aube, vivre ma jeunesse jusqu'au bout. Je voulais tester mes limites, je crois et, quand je les ai atteintes, j'ai commencé à grandir.

Dan »

De moi à Daniel :

« *Objet : Et si ?*

Et si tu racontais ces dix ans qui nous séparent ? J'aimerais savoir qui tu es maintenant.

Sab »

De Daniel à moi

« *Objet : RE : Et si ?*

Et toi ? Tu feras la même chose ?

Dan »

De moi à Daniel :

« Objet : RE : RE : Et si tu me racontais qui tu es maintenant ?

Oui.

Sab »

Les départs ne comptent pas,
seuls les retours méritent une larme.

Christian Mistral

Chapitre vingt-deux
Un mois plus tard

Le train ralentit sa course pour entrer en gare. Je sens les battements de mon cœur bourdonner dans mes oreilles. C'était peut-être une erreur de venir à Paris pour le week-end ? Une folie même ? Quand Daniel m'a invitée à passer la fin de semaine chez lui, j'ai commencé par refuser. J'avais un peu peur de ce qui pourrait arriver. Deux jours et deux nuits, ensemble ??? C'était prendre le risque d'ouvrir une porte vers quelque chose que je ne suis pas certaine de vouloir. Et puis, petit à petit, j'ai fini par me laisser convaincre. Je me suis dit que ça me ferait du bien de changer d'air, de fêter mon nouvel emploi de pigiste et de mettre ma peine sur pause le temps d'une fin de semaine.

Daniel et moi nous écrivons plusieurs courriels par jour depuis un mois maintenant. Sans le savoir, il m'aide à surmonter ma rupture avec Maxim. Ses mots sont des petits bonheurs au quotidien qui me sont très vite devenus nécessaires. Quand j'écris à Daniel ou que je lis un de ses messages, mon chagrin disparaît comme si quelque chose l'aspirait. Dès que je fais autre chose, il revient. Ma petite voix me martèle que je me sers de Daniel, mais moi, je ne sais pas. Ce que je sais, c'est que je suis là, dans ce train qui m'amène vers lui.

Si j'ai tant eu besoin de revenir sur ma rupture avec Daniel, c'est aussi parce que je désirais accomplir mon examen de conscience par rapport à ma relation avec Maxim. L'ai-je trop aimé ? S'est-il senti étouffé ? J'ai envie de penser que non, mais lui seul pourrait me le confirmer. Cela étant, je crois sincèrement que j'arrive à mettre l'amour à la bonne place maintenant. Daniel n'avait pas tort quand il m'a écrit qu'on a besoin de temps pour trouver notre façon d'aimer. Maxim était le premier sur le podium de ma vie, mais tout un tas de choses gravitaient autour de lui : ma sœur, mes amis, ma mère, mon père, mon roman et mon travail, et c'était ce qui devait être. Si notre relation n'a pas fonctionné, c'est sans doute parce que... Je ne sais pas. Tant de choses ont détruit notre couple à petit feu qu'il m'est impossible de déterminer l'origine de la tumeur.

Daniel et moi, nous avons discuté de tout durant nos échanges. Notre complicité d'antan est revenue très vite à travers nos mots. Nous avons parlé de mon roman, de sa vie à lui, et je l'ai bombardé de questions. Il en sait tellement sur moi grâce à mon blogue que je voulais me mettre à son niveau. J'ai donc appris qu'il habite à Paris depuis six ans et qu'il s'y est installé après avoir décroché un stage puis un emploi dans une grande maison d'édition où il travaille toujours. Sa mère et son frère vivent encore à Lyon et il retourne souvent les voir. Daniel adore la frénésie de la capitale, mais sa famille lui manque. Il a toujours été très proche de son frère.

En poussant plus avant mes interrogations, j'ai aussi découvert que bien qu'étant actuellement célibataire, Daniel a vécu une grande histoire d'amour qui s'est terminée un an auparavant. Il s'en est remis depuis, mais il est ressorti changé de cette relation. J'ai préféré ne pas trop m'aventurer de ce côté-là et nous avons bifurqué vers un terrain plus neutre. Daniel m'a alors détaillé toutes ces rencontres qu'il a faites en tant que bénévole pour un organisme qui vient en aide aux sans-abris. Son implication pour ce genre de cause n'a pas faibli avec les années. C'est un côté de lui que j'admire beaucoup : son dévouement pour les plus démunis.

Nous avons parlé de tout sauf de Maxim. Je n'ai pas pu lui avouer que ma relation avec lui est finie. Je n'arrivais pas à l'écrire. L'écrire ou en parler rend la chose trop réelle pour l'instant. Aussi, lorsque Daniel m'a demandé pourquoi j'avais décidé de prolonger mon séjour en France, je lui ai dit que trop de personnes me manquaient ici pour que je puisse repartir si vite. J'ai ajouté que mon entreprise étant d'accord pour reconduire mon congé sans solde jusqu'en janvier, j'en avais profité, et il n'a pas insisté. Il n'a pas voulu savoir si Maxim venait me rejoindre. Il s'est contenté de me croire et nous avons changé de sujet.

Le train s'arrête. Je rassemble mes affaires, la tête pleine de questions, et descends sur le quai.

— J'espère que t'as pensé aux préservatifs !

Je lève les yeux au ciel.

— T'es vraiment une obsédée de première, toi ! Pour ta gouverne, sache que je ne suis pas venue ici pour coucher avec Daniel !

— Pourquoi avoir apporté une tonne de lingerie affriolante, dans ce cas ?

— Une tonne de lingerie affriolante ? Qu'est-ce qu'il ne faut pas entendre ! Mes sous-vêtements sont la marque de ma féminité ! Point final ! De toute façon, Daniel ne les verra même pas !

– On parie ?

– Mais qu'est-ce que tu peux être chiante ! Coucher avec Daniel serait la pire des bêtises !

– Je ne te le fais pas dire !

– Aie confiance en moi pour une fois. Il ne se passera rien !

– Tu n'as donc pas envie de savoir quel amant Daniel est devenu ?

Je me sens rougir mais m'indigne néanmoins :

– Franchement ! T'as de ces pensées aujourd'hui !

Bon, si je veux être honnête, je dois bien reconnaître que cette question m'a traversé l'esprit une ou deux fois. Cela dit, je ne compte absolument pas assouvir ma curiosité en fin de semaine. Je pense sincèrement que ce serait la pire chose à faire. Coucher avec Daniel pour oublier Maxim ? Non. Jamais.

– Sab ?

La voix de Daniel s'élève derrière moi. Je me retourne, toujours rougissante. Je reste un court moment à l'observer, puis il se penche vers moi pour me faire la bise. Ses joues sont froides.

– Tu as fait bon voyage ? s'enquiert-il.

– Oui. Merci.

Daniel fronce les sourcils puis me demande :

– Est-ce que tu regrettes d'être là ?

– Non, pourquoi ?

– Tu me dévisages d'une drôle de façon.

Bravo ! Ça doit se voir gros comme le nez au milieu de la figure que je pensais au sexe il n'y a même pas deux minutes ! Merci, ma petite voix !

Embarrassée, je cherche mes mots :

– Excuse-moi. C'est que... ça me fait bizarre de te revoir, je crois.

– Ça te fait bizarre au point de vouloir rentrer chez toi ?

– Mais non, allons-y !

Daniel s'empare de mon sac de voyage et le glisse sur ses épaules. Nous nous engouffrons ensuite dans le métro, direction le Quartier Latin, près de la rue Mouffetard, une des plus anciennes rues de la ville. Aujourd'hui encore, elle conserve l'aspect qu'elle avait au Moyen Âge avec ses accents pittoresques.

Nous nous arrêtons devant un vieil immeuble en pierre de taille. Son appartement se trouve au quatrième et dernier étage. Je me sens subitement surexcitée en montant les marches. J'adore pénétrer pour la première fois dans l'intimité d'un foyer. Surtout celui d'un homme. L'ambiance qui se dégage des pièces en dit tellement long sur lui. Le mot qui me vient à l'esprit dès que je franchis la porte de l'appartement de Daniel est « épuré ». Tout est discret, naturel, tout en étant recherché. Les murs peints en beige contrastent avec le bois du parquet. Le mobilier, dans les tons bruns et chauds, rappelle les teintes du sol. Une grande bibliothèque vitrée posée à côté du meuble de télévision m'attire tel un aimant. Je demande à Daniel la permission de fouiller à travers sa collection de livres et pénètre dans la caverne d'Ali-Baba, aussi excitée qu'une enfant.

À travers les grands noms de la littérature française, je retrouve plusieurs classiques anglais tels que Dickens, ou les sœurs Brontë, de même que des classiques américains comme Scott Fitzgerald ou Salinger. Un peu plus bas sur les étagères, des romans aux allures plus modernes se côtoient. Auster, Easton Ellis, Houellebecq, Follet. Daniel ne se confine pas à un seul genre et je tombe amoureuse de sa bibliothèque.

— Tu lis beaucoup, dis-je tout en continuant mon exploration.

— Je suis éditeur. Tu te verrais écrire sans lire, toi ?

— Non, effectivement... Ah ! tu possèdes *Le journal de Bridget Jones* ! Le un *et* le deux !

— Oui, et je les ai même dévorés.

— Mon Dieu, tu es l'homme de mes rêves !

Daniel hausse les sourcils et me sourit avec espièglerie. Je rougis et bafouille :

— Oui, enfin, je veux dire... tu lis de tout, même des romans plus... féminins... et je trouve ça bien. C'est juste assez rare pour être souligné.

— Détends-toi, Sab, j'avais compris. Eh oui, je lis de tout, même de la *chick-lit*. J'ai tellement ri en lisant *Le diable s'habille en Prada* ! En passant, tu t'es défendue comme un chef lors de ton interview à la radio.

– Tu m'as écoutée ? je m'exclame, surprise.

– Oui, Val m'avait indiqué le jour et l'heure de ton passage.

– En tout cas, j'adore ta bibliothèque et ton appartement !

– Merci.

Nous nous installons sur le canapé, puis Daniel enchaîne :

– Dis-moi, Maxim n'est pas trop jaloux de te savoir ici, avec moi ?

Je tressaille en entendant le nom de Maxim puis jette un œil à Daniel. Il se doute de quelque chose, c'est évident. Je me mords la lèvre avant de tout avouer :

– Il aurait peut-être été jaloux si on était encore ensemble, mais ce n'est plus le cas.

Daniel hoche la tête et murmure :

– Je vois.

– Tu ne le pressentais pas ?

– Si, un peu. Quand tu m'as réécrit après notre rencontre à Fourvière, je me suis dit qu'il avait dû se passer quelque chose. Mais c'est seulement quand tu m'as dit que tu restais en France encore quelques semaines que j'ai commencé à supposer qu'il s'était passé quelque chose avec Maxim. Je n'ai pas pu résister à l'envie d'en être sûr. Je suis désolé.

– Ça va. Je savais que le sujet viendrait sur le tapis de toute façon.

– Tu veux en parler ?

Je baisse les yeux sur mes mains posées sur mes cuisses.

– Non. À moins que tu veuilles que je pleure.

– Pourquoi pas ? Je pourrais te consoler.

Je relève la tête et transperce Daniel de mon regard. Non, mais ils sont tous obsédés par le sexe aujourd'hui, ce n'est pas possible ! Il est grand temps de mettre les choses au clair une bonne fois pour toutes ! Non je ne suis pas venue à Paris pour faire l'amour avec Daniel !

Un peu brusquement, je l'interroge :

– Tu penses que je suis venue chez toi pour ça ?

– Je l'ignore. À toi de me le dire.

– Tu te trompes et si tu t'attends à ce qu'on fasse... à ce qu'il se passe quoi que ce soit entre nous, autant que je m'en aille tout de suite !

Daniel lève ses deux mains et s'exclame :

– Arrête, j'ai compris. Je voulais seulement savoir, Sab.

– Savoir quoi ?

– Si tu étais là pour oublier Maxim.

Je hoche doucement la tête.

— Dans ce cas, il faut que tu saches que je suis effectivement là pour oublier Maxim, mais pas de la façon que tu crois.

— Explique-toi.

— Je ne pense pas à Maxim quand on s'écrit ou que je suis avec toi et j'ai eu envie de prolonger ce sentiment en venant ici. Tu m'apaises.

— Je suis ton antidote à Maxim ? plaisante Daniel.

— Peut-être bien, mais, sincèrement, il ne se passera rien entre nous.

— Je ne le désire pas, de toute façon.

Piquée dans mon orgueil, je m'écrie :

— Et je peux savoir pourquoi s'il te plaît ?

Daniel sourit de mon indignation.

— Parce que ton cœur n'est pas libre, et si jamais il doit se passer quelque chose entre nous, ce jour-là, tu ne penseras qu'à moi. Je ne veux pas te partager.

L'honnêteté de Daniel m'atteint en plein cœur. Je n'étais pas préparée à autant d'authenticité et je ne suis pas sûre de savoir comment la gérer. Daniel a-t-il réellement des attentes par rapport à nous ?

Confuse, je balbutie :

— Est-ce que c'est ce que tu souhaites ? Qu'on revive quelque chose tous les deux ? Plus tard ?

– À ton avis ? Es-tu vraiment si surprise ?

– Euh !... oui, quand même.... Tu es en train de me dire quoi, là ? Que tu as encore des sentiments pour moi ?

– J'ai à nouveau des sentiments pour toi, ce qui n'est pas la même chose. Ce ne sont pas des trucs issus du passé que je ressens, ce sont des sentiments bien réels.

J'ai soudain très chaud. Je dois résister à l'envie d'ouvrir toutes les fenêtres pour prendre une grande respiration. Je ne m'attendais vraiment pas à ça. Bien sûr, je me doutais qu'il éprouvait quelque chose pour moi, mais j'avais mis ça sur le compte d'une certaine tendresse due à notre lien passé. Qu'est-ce que je fais ici ? Je ne peux pas gérer ça. Ma vie est déjà bien assez compliquée.

– Sab, ne panique pas, me dit Daniel. Si tu veux oublier ce que je viens de te dire, c'est d'accord pour moi. Tu sembles vraiment troublée.

– T'es drôle, toi. Tu voudrais que je le prenne comme si tu m'avais annoncé qu'il allait pleuvoir ce soir ?

– Bon, oublie toute cette conversation, ça vaudra mieux.

– Mais Dan...

Il se lève brusquement et lance :

– Allez, viens, ne restons pas enfermés chez moi. Sortons.

*   *

*

– Tu te souviens de la première fois qu'on s'est rencontrés ?

Assis l'un en face de l'autre dans un bar australien, rue Montmartre, Daniel et moi sirotons chacun un cocktail au son d'une musique qui gravit lentement les échelons du volume.

Daniel ne me quitte pas des yeux quand il me répond :

– Bien sûr que je me souviens. Tu dansais avec Lucie, sur... *J't'emmène au vent* de Louise Attaque, si mes souvenirs sont bons.

J'ouvre la bouche, mais pendant un instant, aucun son ne sort. Je me racle la gorge et m'exclame :

– Tu as vraiment une excellente mémoire !

– Je me souviens de tout, Sab. C'était à une soirée. Tu dansais comme si rien ne comptait à part les trois minutes de cette chanson. Tu étais transportée. Tu riais, tu bougeais, c'était beau à voir.

– Je ne sais pas, je devais avoir l'air... endiablée.

– Oui, aussi, mais j'ai toujours eu un faible pour les petites démones.

– Ah ! je le savais. C'est pour ça que tu es venu m'aborder après.

– Exact. Mais dès que j'ai commencé à te parler, tu t'es mise à me fixer d'un air farouche. J'ai même cru que tu allais me bondir dessus comme un chat.

– Je ne me laissais pas approcher facilement.

– Oui, mais j'ai quand même réussi à t'apprivoiser et on s'est embrassés à la fin de la soirée.

– Tu avais un goût sucré.

– Idem pour toi.

– Hum... À mon avis, c'était à cause des cocktails qu'on venait de boire.

– Probable, oui.

Nous rions et je me sens rougir. Je me souviens avec une précision quasi microscopique de notre premier baiser. Je n'ai pas pu résister au regard de Daniel bien longtemps. Nous nous sommes installés dehors, à l'écart. Nous avons discuté et puis Daniel s'est penché vers moi. Je n'attendais que ça. On s'est embrassés pendant au moins dix minutes avant de reprendre notre souffle. Quel premier baiser !

Pourquoi ai-je lancé la conversation sur notre première rencontre ? Ça allait inévitablement nous conduire à revivre des choses plutôt intimes, non ? J'avais pourtant décidé d'accéder à la demande de Daniel et d'oublier notre discussion chez lui. Il vaut mieux que nous restions sur un terrain plus neutre. Tu parles d'un terrain neutre ! Notre première rencontre ! Notre premier baiser ! À croire que mon inconscient veut à tout prix savoir si Daniel a, à nouveau, de réels sentiments pour moi.

Quand nous avons quitté l'appartement après cette conversation qui s'est terminée en queue de poisson, une petite gêne nous enveloppait. Aucun de nous ne parlait.

Une fois installés l'un à côté de l'autre dans le métro, je me suis décidée à ouvrir la bouche et je lui ai posé des questions sur Paris. J'ai essayé de me concentrer sur autre chose que sur ses possibles sentiments pour moi et ça a marché. Daniel et moi sommes amis, c'est tout. Je suis encore amoureuse de Maxim et il est hors de question que je me lance tête baissée dans je ne sais quoi avec Daniel. De toute façon, même si mon cœur était libre, j'ignore si je retomberais amoureuse de lui si facilement. J'aurais bien trop peur qu'il agisse comme la première fois. Qu'il me reproche des choses sans me le dire et qu'il finisse par me quitter en inventant un mensonge. Je crois que nous sommes destinés à être amis maintenant. J'ai toujours rêvé d'être amie avec un ex.

Je regarde Daniel et souris. Oui. Amis. C'est ce qu'il y a de mieux.

*   *

*

Euh !... Amis avec bénéfices, c'est possible ? Parce que ça fait une demi-heure que je suis couchée dans le lit de Daniel et que je hume son odeur à chaque respiration. Non, Daniel n'est pas allongé à côté de moi. Nous ne sommes pas fous au point de tenter le diable ! Ne possédant pas de chambre d'amis et, en galant homme qu'il est, Daniel m'a laissé son lit pour investir le divan-lit du salon. Le problème, c'est qu'il m'a aussi laissé son odeur à travers sa couette et qu'elle me chatouille les reins. J'ai toujours été très olfactive. Trop.

Allez, je me lève et je vais rejoindre Daniel ! Advienne que pourra ! Et puis, ce n'est pas de ma faute, c'est ma petite voix qui m'a mis cette envie en tête ! Je suis obligée d'y succomber maintenant et j'ai terriblement envie d'être dans les

317

bras de Daniel ! De toute façon, Maxim doit certainement être dans ceux d'une autre à l'heure qu'il est, alors autant faire la même chose !

Merde.

Je viens réellement de formuler cette phrase-là ? Je pousse un long soupir et remonte la couette par-dessus ma tête avec déception. Je ne peux pas aller retrouver Daniel alors que je pense encore à Maxim. Ce ne serait juste pour personne et cela compliquerait vraiment les choses entre Daniel et moi. Je dois jouer la carte de la prudence dans toutes les sphères de ma vie, sinon je ne vais jamais m'en sortir.

Quand est-ce que Maxim va me sortir de l'esprit ? Je sais que ça ne fait qu'un peu plus d'un mois que nous avons officiellement rompu, mais je trouve la route bien longue. Il paraît qu'il faut compter la moitié du temps qu'a duré une relation pour réussir à en faire son deuil. Je ne suis pas sortie de l'auberge ! S'il est utopique d'espérer éteindre mes sentiments en quelques semaines, j'aimerais au moins être capable de ne plus trop souffrir lorsque Maxim surgit dans ma tête. J'ai l'impression que mon cœur meurt un peu chaque fois. Un vaccin contre les peines d'amour serait idéal, merci.

Je finis par m'endormir, hantée par les deux hommes que j'ai aimés.

*   *

*

Daniel et moi passons la fin de semaine à nous balader dans les rues de la capitale. Je le suis à travers un Paris inconnu, un Paris conservé précieusement à l'abri de visiteurs avides de photographies de cartes postales. Ce week-end se déroule un peu comme hors du temps et c'est avec tristesse que je remonte dans le TGV direction Lyon, le dimanche soir. Daniel viendra me voir la fin de semaine prochaine. Je me sens légère à cette idée...

Nul ne peut atteindre l'aube
sans passer par le chemin de la nuit.

Khalil Gibran

Dans la tête de Maxim
(suite et fin)

Antoine vient de partir. Il en a profité pour me chauffer les oreilles avec des tonnes de reproches, reproches que je sais justifiés. Je le mets dans une position impossible avec Cécile en lui demandant de ne rien lui dire sur ce qui m'arrive. Je m'en veux, mais je ne peux pas courir le risque qu'Isa apprenne ce qui se passe dans ma vie.

Je regrette tellement la façon dont notre relation s'est terminée. Le pire, c'est que je suis le seul fautif dans cette histoire. Quand Antoine m'a transmis le message d'Isa disant qu'elle voulait que ce soit moi qui sauve notre relation, je n'étais pas prêt à lui parler, alors j'ai agi lâchement. J'ai estimé que la rupture était sans doute la meilleure solution pour elle. Et peut-être pour moi aussi. Je ne sais pas. Trop de choses se bousculaient dans ma tête pour que je puisse considérer toutes les options correctement.

Isa doit me haïr d'avoir tiré un trait sur notre relation d'un simple courriel, mais j'avais besoin d'encore un peu de temps pour moi. Je croyais qu'elle reviendrait. Je croyais qu'on pourrait discuter l'un en face de l'autre, à tête reposée. J'aurais ainsi pu tout lui avouer et la laisser décider si, oui ou non, elle désirait m'accompagner sur ce nouveau chemin. Jamais je n'aurais imaginé qu'elle déciderait de rester à Lyon.

La vie a déjoué mes plans. La vie a déjoué *tous* mes plans.

Isa me manque. Deux mois déjà qu'elle est partie en France et que je ne sais pas ce qu'elle devient. Je ne sais plus rien d'elle, je ne sais plus rien de ses pensées, de ses sentiments et ce n'est pas facile à gérer. Je sens son parfum partout dans l'appartement. Une odeur de printemps en hiver.

Je devrais déménager. C'est ce qu'il y a de mieux à faire. Ophélie vit chez Olivier à temps plein depuis New York et, vu ma situation, c'est ce qu'il y a de mieux à faire. Partir. Recommencer. M'adapter.

Ouais. La vie a vraiment déjoué tous mes plans.

Chapitre vingt-trois

– Salut, cow-boy !

– Salut, princesse ! Est-ce que je te dérange ?

– Non, pas vraiment. Je suis avec Lucie à la Part-Dieu, elle est en train d'essayer des vêtements. Attends une minute.

Je sors du magasin dans lequel je me trouvais et m'installe dans un endroit plus à l'écart. J'ai toujours l'impression que les gens autour de moi écoutent ma conversation quand je suis au téléphone avec mon cellulaire.

– Ça y est, je suis plus tranquille.

– T'es sûre ? J'entends un espion derrière toi qui t'épie !

– Arrête de te moquer !

– O.K., je voulais juste te dire que je descends à Lyon ce week-end. Je vais aider mon frère à se choisir une nouvelle voiture samedi, mais je serai libre le reste du temps.

Je ne résiste pas à l'envie de taquiner Daniel.

– Ta vie sociale est bien vide, dis donc !

– Je sais ! C'est pour ça que je compte sur toi pour la remplir ! répond-il sur le même ton.

– Faut que je réfléchisse, j'ai déjà dépassé mon quota de bonnes actions pour le mois !

– Et moi, qu'est-ce que je devrais dire ? Tu n'as personne d'autre à voir, à part moi, quand tu viens à Paris ?

– C'est bon, tu as gagné ! Tu m'appelles vendredi quand tu arrives ?

– Ça marche. Allez, je te laisse retourner à ta virée de filles. À vendredi.

– À vendredi.

– C'était qui ? lance Lucie en surgissant derrière moi.

Je sursaute et hurle :

– Tu m'as fait peur, espèce de curieuse !

– C'était Daniel ?

Je tente de changer de sujet.

– Tu n'as rien acheté finalement ?

– Non, rien ne tombait correctement. Alors, c'était Daniel ?

– Oui. Il vient à Lyon ce week-end.

– Rendez-vous galant en perspective ? demande Lucie avec un clin d'œil.

– N'importe quoi !

– Comment est-ce que tu qualifies tes rendez-vous avec Daniel, alors ?

– C'est une excellente question à laquelle je n'ai pas encore trouvé de réponse, mademoiselle-je-me-mêle-de-ce-qui-ne-me-regarde-pas ! je m'exclame en rendant à Lucie son clin d'œil.

Daniel et moi avons passé les deux derniers week-ends ensemble. Je dépense presque tout mon maigre salaire de pigiste en billets de train ; ma mère en fait une syncope ! C'est elle qui a réussi à me dégoter cet emploi. Elle a sollicité l'aide de tout le monde et c'est le fils aîné de Bertrand qui m'a mise en contact avec le rédacteur en chef d'un quotidien lyonnais. Il voulait étoffer son cahier du week-end avec des articles incitant à l'évasion. Je lui ai fait lire ce que j'avais écrit et il a proposé de m'engager à l'essai. Une fois par semaine, je rédige donc une chronique sur l'expatriation et la vie au Québec, le tout avec une plume savoureuse, évidemment !

Daniel adore ce que j'écris. Je lui fais lire mes chroniques en avant-première et il les dévore. Nous passons ensuite la fin de semaine à découvrir des expos, des restaurants, à aller au théâtre, à danser dans les bars. Nous dormons toujours séparément. Je bataille encore parfois avec l'envie de retrouver Daniel la nuit, mais je me retiens parce que je refuse de gâcher ce que nous vivons. Le sexe viendrait compliquer les choses et c'est parfaitement ce que je souhaite éviter. Je me sens bien avec Daniel et j'ai vraiment besoin de me sentir bien en ce moment. Tout est simple avec lui, léger, drôle, nous nous taquinons souvent, comme des enfants. Nous pouvons parler de tout, aussi.

Je sais que je me cache derrière l'excuse de l'amitié. Mon expérience avec Maxim me l'a apprise : l'amitié homme-femme est rare, très rare. Et pourtant, j'aime considérer Daniel comme un vieil ami que j'aurais retrouvé. C'est plus sûr.

Je range mon cellulaire dans mon sac à main et lance :

— Si on y regarde bien, Daniel et moi ne sommes que deux amis qui viennent de se réconcilier après plusieurs années.

— Bien sûr, oui ! Et le côté « premier amour », tu en fais quoi ?

— J'agis comme s'il n'existait pas ! Plus sérieusement, je crois que je ne suis pas encore prête à envisager qu'il se passe quoi que ce soit entre nous.

— Pourquoi ?

— Parce que ça voudrait dire que c'est vraiment fini avec Maxim et qu'il n'y a plus de retour en arrière possible.

— Tu espères encore reconstruire ta relation avec lui ?

— Non, c'est terminé. Je ne suis juste pas encore prête à le laisser sortir de mon cœur.

Je ne suis pas prête, c'est vrai. Pourtant, chaque jour un peu plus, il devient un souvenir. Ça me rend triste, mais je n'ai pas le choix de faire avec. C'est un passage obligé dans tout processus de deuil, je crois.

— Je comprends, dit Lucie. C'est le problème de l'amour. Notre tête assimile la fin de la relation, mais notre cœur, lui, refuse.

— Disons qu'il lui faut plus de temps, effectivement.

On devrait pouvoir avoir plusieurs cœurs, un pour chaque amoureux qui compte. À chaque rupture, on repartirait avec un cœur neuf et on arrêterait de traîner nos échecs. On arrêterait d'entacher le présent à cause du passé. D'un autre côté, nos blessures, nos relations, ce que nous avons appris, c'est ce qui fait de nous ce que nous sommes. Si on repartait à neuf chaque fois, on ne pourrait jamais grandir et évoluer.

– Et Daniel, lui, poursuit Lucie, comment perçoit-il votre relation ?

– Je ne sais pas.

Daniel ne m'a jamais reparlé de ses sentiments pour moi. Je le surprends parfois à me regarder avec un certain désir dans les yeux. L'électricité flotte dans l'air dès que nous nous approchons un peu trop près l'un de l'autre mais, pour le moment, il ne s'est rien passé. Daniel ne fait pas le moindre pas en avant. Il attend que je le fasse, pour être sûr que je sois prête. Le problème, c'est que j'ignore si j'arriverai à faire ce pas un jour. Maxim me hante trop.

– Prends garde à ne pas le blesser. Daniel ne passe pas tous ses week-ends avec toi sans raison, conclut Lucie.

Oui. Je m'en doute. Moi non plus, je ne passe pas autant de temps avec lui sans raison. Je suis toujours enjouée quand il m'appelle ou quand on est tous les deux. On aime les mêmes choses, on partage la même passion de la lecture et je retrouve un peu de mon adolescence avec lui. Parfois, quand on se balade quelque part, je peux distinguer nos deux ombres d'ados qui marchent devant nous.

Comment savoir si ce que je ressens pour Daniel est réel ? Si ce ne sont pas seulement des souvenirs d'amour ? Ou pire, une manière d'oublier Maxim ? Remplacer un homme par un autre, c'est tellement cliché ! Tellement injuste, pour celui qui subit. Daniel sait que j'aime encore Maxim, je ne le lui ai jamais caché, mais les faits sont là. C'est à lui que j'envoie des dizaines de courriels par semaine.

Suis-je vraiment en train de développer des sentiments pour Daniel ? Je n'en sais rien et je n'ai pas envie de savoir. Tout ce que je veux, c'est pouvoir continuer à voir Daniel sans me poser de questions. Vivre le plus longtemps le moment présent, est-ce que c'est possible ? Dites-moi, est-ce que c'est possible ?

*   *
*

Eh bien, c'est la première fois que je pose une question à Dieu, le cosmos, ma bonne étoile (rayez la mention inutile) et qu'ils me répondent, et sans tarder avec ça ! Je ne suis pas sûre d'apprécier. En réalité, c'est plutôt la réponse que je n'apprécie pas. Je voulais continuer à vivre encore un peu sans penser à demain, et le message est clair : non. N-O-N. Te prendre la tête, c'est ton destin, Isa !

J'ai l'air de bonne humeur comme ça mais, en vérité, je dois plutôt me retenir pour ne pas hurler. Maxim arrive encore à gâcher ce que je vis tout en se trouvant à plus de six mille kilomètres de moi ! Non, mais où va-t-il falloir que je m'exile pour lui échapper ? Sur Pluton ? O.K., un aller simple pour Pluton, s'il vous plaît !

Les courriels sont de véritables explosifs quand on y réfléchit. C'est ça que Bush aurait dû combattre et non des armes de destruction massive invisibles en Irak ! Plus de courriels, donc plus de raison de se prendre la tête ! CQFD. Bush n'ayant pas fait son travail correctement (décidément, on ne peut compter sur personne !), je dois maintenant gérer un courriel en apparence innocent de la part de Cécile.

Elle m'a écrit aujourd'hui. Elle m'a écrit parce qu'elle est persuadée qu'Antoine lui cache quelque chose par rapport à Maxim, quelque chose d'important. Antoine refuse catégoriquement d'aborder le sujet avec elle et s'emporte si Cécile essaie d'en savoir plus. Magnifique ! Maxim est en train de transformer son frère en un mini-lui ! Premier commandement : à ta blonde, surtout, tu auras des secrets et tu ne lui diras rien de ce qui te tracasse ! Pff !

Que Maxim dissimule-t-il à tout le monde ? Que vit-il de si grave qu'il empêche Antoine d'en parler à celle qu'il aime ? Je me doute que c'est à cause de moi s'il oblige son frère à rester muet. Il a peur que Cécile me raconte tout. C'est tellement ridicule ! Il s'imagine que nous passons notre temps à disserter sur lui ? Que chaque semaine, elle m'envoie un rapport détaillé sur ce qu'il fait et avec qui ? Je m'en fiche de son secret ! J'aurais d'ailleurs préféré que Cécile garde toute cette histoire pour elle. Si elle m'en a parlé, c'est parce que cela la peine qu'Antoine lui cache des choses. Sans compter qu'apparemment, Maxim demande souvent à son frère de le rejoindre. Ils disparaissent plusieurs heures sans que Cécile ait la moindre idée de l'endroit où ils se trouvent et, à son retour, Antoine refuse de lui donner la plus petite explication.

Je sais que dans son for intérieur, même si elle n'en a rien laissé paraître à travers son courriel, Cécile espère que je décroche mon téléphone ou, mieux, que je rentre à Québec pour prendre Maxim entre quatre yeux et lui intimer de m'avouer ce qui se passe. Mais de quel droit est-ce que je ferais ça ? Il ne me doit plus rien. Il a sa vie, j'ai la mienne et, entre les deux, il y a notre rupture.

Ah ! que j'aurais aimé pouvoir encore vivre quelques semaines sans penser à l'avenir, mais ce courriel me ramène sur terre ! La vie me rattrape et je dois prendre ces décisions qui m'attendent. Je m'étais donné jusqu'à la fin de l'année pour me remettre de ma rupture avec Maxim et reprendre ma vie au Québec. Je ne savais pas que je me construirais, petit à petit, une vie qui me plaît ici.

D'abord, il y a Daniel et tous ces moments que nous passons ensemble. Ensuite, il y a Lucie, Nathalie, Christelle et Marjorie, que je peux voir aussi souvent que je le désire. Je me rends compte à quel point elles m'ont manqué ces dernières années. Et puis il y a mon roman, qui se taille une jolie place parmi les géants de la rentrée littéraire, et ma chronique sur le Québec. Je n'ai pas envie de quitter tout ça.

Le seul point plus délicat de ma nouvelle vie, c'est mon manque d'indépendance et d'intimité. Vivre avec ma mère et Bertrand n'est pas facile tous les jours. Ma mère surveille mes moindres faits et gestes. Quant à Bertrand, même s'il ne me le dit pas, je sens bien qu'il aimerait bien retrouver son espace.

Qu'est-ce que je vais faire ? Retourner au Québec ? Rester en France plus longtemps ? Revoir Maxim et découvrir ce qu'il cache ? Succomber à mon désir pour Daniel ? Tout ça s'emmêle dans ma tête et je suis incapable de trancher.

Pile, je reste en France, je saute sur Daniel, et advienne que pourra ? Face, je retourne au Québec, je harcèle Maxim pour qu'il me dise ce qui se passe, et advienne que pourra ?

Et si je veux un mélange des deux, je fais quoi ?

Pense que maintenant, à cet instant, tu es en train de créer...
En train de créer ton propre avenir.

Sara Paddison

Chapitre vingt-quatre

— Quelque chose te tracasse ?

— Non, pourquoi ?

— Disons que tu n'as pas l'air dans ton assiette.

Je soupire et fais la moue.

— C'est à cause de Maxim.

Daniel hoche la tête. Il dépose ses couverts et me demande :

— Tu veux m'en parler ?

Je baisse les yeux et me maudis intérieurement de ne pas arriver à profiter de la soirée. Assise à une table éclairée par deux bougies dans un restaurant libanais, rue Mercière, j'essaie de me détendre et de chasser Maxim de mes pensées depuis une heure. Sans succès.

Je relève la tête et murmure :

– Une de mes amies pense que Maxim cache quelque chose d'important et, malgré moi, ça me travaille.

– Tu as envie de savoir ce qu'il te cache ?

Un peu amère, je corrige :

– Il ne *me* cache rien, puisqu'il ne me doit plus rien.

– Ça ne t'empêche pas d'être intriguée et de vouloir connaître la vérité, constate Daniel d'un ton neutre.

– Oui, mais je ne devrais pas. De toute façon, je suis sûre qu'il a une nouvelle copine et qu'il fait toute une histoire pour que je ne l'apprenne pas.

– Et cette idée te dérange ?

J'hésite un instant puis décide de dire la vérité.

– Oui. Je suis désolée.

Imaginer Maxim avec quelqu'un d'autre, ça m'énerve, mais ça me fait surtout mal. L'imaginer embrasser, toucher, parler à une autre fille m'amène au bord de la suffocation.

– Ne sois pas désolée, murmure Daniel, je préfère de loin que tu sois honnête avec moi.

– Je ne sais pas quoi faire, Dan. Je ne sais pas ce que je veux. J'ai une vie au Québec qui m'attend, mais j'en ai maintenant une ici aussi.

Évidemment, si on y regarde de plus près, on pourra s'apercevoir que je n'ai plus ni chum, ni job, ni appartement au Québec. De quoi rendre nerveuse plus d'une personne.

Et pourtant, je reste calme. J'ai adopté le Québec et le Québec m'a adoptée. Je ne peux pas balayer d'un simple geste de la main tout ce que j'ai construit, tout ce que j'ai vécu là-bas. Pas si vite, en tout cas, et certainement pas comme ça, à cause de ma rupture avec Maxim.

– Et si tu te laissais le temps d'y voir plus clair, Sab ? Si tu essayais seulement de vivre le moment présent pour l'instant ?

– Tu lis dans mes pensées, ce n'est pas possible ! C'est exactement ce que j'essaie de faire, mais on dirait que l'univers refuse de m'accorder ce droit !

– L'univers n'a pas son mot à dire, assure Daniel, c'est à toi de décider de ta vie. Si tu veux vivre l'instant présent sans te poser de questions, alors fais-le.

– Tu es tellement convaincant.

– Laisse-toi convaincre.

Je souris. Daniel a raison. Personne ne peut me forcer à quoi que ce soit. Si je désire attendre encore un peu avant de prendre une décision quelle qu'elle soit, c'est mon droit le plus strict et personne ne peut me l'enlever ! Décidée, je lève mon verre et porte un toast :

– Au moment présent !

– Au moment présent ! répète Daniel.

L'atmosphère se détend enfin. Maxim retourne au Québec, là où est sa place, et j'écoute Daniel me raconter sa semaine avec ravissement. J'adore lorsqu'il me parle de son travail. Il est tellement passionné. Quand il s'attarde sur la découverte d'un nouveau manuscrit qu'il vient de lire et qui l'enthousiasme, il ressemble à un enfant ébloui par la découverte d'un trésor.

— Tu ne m'as jamais dit ce qui t'a poussé vers l'édition. Tu voulais devenir professeur au lycée, non ?

— Oui. J'ai d'ailleurs obtenu une licence en lettres modernes* avec l'idée d'entrer à l'IUFM**. Avec les années, je me suis rendu compte que ce que je désirais, ce n'était pas d'analyser des classiques pour le reste de ma vie. Ce n'était pas d'essayer de communiquer mon enthousiasme pour la littérature à des élèves trop jeunes pour saisir tout le sens de *La comédie humaine* ou de *Phèdre*. Ce que je désirais, c'était découvrir de nouveaux classiques. Dénicher des perles rares. Sentir une voix s'élever des mots. Polir un diamant brut lors des corrections. Je ne me verrais vraiment pas faire autre chose aujourd'hui.

— Tu as de la chance d'être aussi passionné par ton travail.

— Tu n'es pas passionnée par l'écriture, toi ?

— Si, bien sûr, sauf que ça ne me permet pas d'en vivre.

— Oui, je sais, c'est tout le problème des auteurs, soupire Daniel.

— Il faudrait que je publie un roman par an, et encore, si mon prochain se vend à mille exemplaires, je n'irai pas loin !

— As-tu des idées pour ton prochain roman ?

---

* Baccalauréat de littérature.

** École nationale qui forme les enseignants du primaire et du secondaire.

– Oui et non. Je note les sujets qui me passent par la tête et j'attends d'être frappée par la foudre. Je suis convaincue que je le saurai quand je tiendrai *le* sujet !

Daniel et moi continuons à discuter d'écriture et de littérature. Nos assiettes se vident. Les aiguilles tournent. Je n'ai pas envie que la soirée se termine. Malheureusement, nous ne pouvons pas nous attarder davantage sous peine de voir le serveur nous balancer de la vaisselle sale à la figure ou se mettre à pleurer – au choix. Je demande à Daniel :

– Alors, où est-ce qu'on va ?

Il me sourit.

– À Fourvière ! On n'est jamais arrivés en haut la dernière fois.

– C'est vrai que la vue y est magique, la nuit.

– Je sais. On y va ? J'ai ma Clio.

Dix minutes plus tard, Daniel gare sa voiture dans une rue près de la basilique de Fourvière et nous marchons côte à côte en silence. Nous ne sommes pas seuls. Plusieurs couples sont venus admirer la ville. Debout contre un muret qui nous sépare du vide et de la forêt en contrebas, nous contemplons un instant le spectacle qui se déploie sous nos yeux. Les lumières scintillent, les cathédrales dominent, tandis que le Rhône et la Saône poursuivent leur route paisiblement. Je soupire :

– Je ne me lasserai jamais de cette vue.

– Moi non plus, répond doucement Daniel.

Nos regards se croisent et je retiens mon souffle. Debout l'un à côté de l'autre, nous n'osons plus bouger. Je ne sais pas quoi faire. J'ai très envie de me laisser aller au désir que j'éprouve. J'ai très envie d'explorer mes sentiments pour Daniel, mais quelque chose me retient. Ou quelqu'un.

Je n'arriverai pas à faire ce premier pas que Daniel attend de moi. Je ne serai jamais sûre de faire le bon choix. Comme s'il sentait mes doutes, Daniel se glisse lentement derrière contre mon dos et pose son menton sur mon épaule, proche de ma nuque. Nos corps inspirent et expirent à l'unisson. Je me sens trembler légèrement. Le souffle de Daniel caresse ma peau. Je ferme les yeux pour mieux savourer le désir qui me submerge. Je ne me suis pas sentie aussi tendue, aussi excitée depuis longtemps. Daniel passe ses bras autour de moi. Je voudrais ne plus jamais quitter sa chaleur.

D'une voix rauque, il me murmure :

– Il faut que tu me le demandes, Sab, sinon je ne le ferai pas.

Sans un mot, je me retourne face à lui. Doucement, je lui chuchote à l'oreille :

– Embrasse-moi.

Daniel pose enfin sa bouche sur la mienne. Le bonheur dans un baiser. Nos langues se titillent, se goûtent, se redécouvrent. Daniel aspire délicatement ma lèvre inférieure, la caresse de sa bouche, glisse dans mon cou. Mon corps frissonne. Soudain, une décharge électrique me coupe les jambes. Je prends conscience que ce n'est pas Maxim que j'embrasse. Je prends conscience que ce baiser ouvre une brèche dans laquelle je ne suis pas sûre de vouloir glisser. Tout va trop vite. Une partie de moi ne désire qu'une chose : plonger dans ce délire des sens, l'autre ne songe qu'à s'échapper.

Daniel finit par sentir la raideur de mon corps et s'éloigne de moi. Confuse, tiraillée entre ma tête et mon corps, je cherche mes mots :

– Je suis désolée... C'était très bien... Plus que bien... C'est juste... que...

– Tu n'étais pas prête, Sab, et je t'ai forcé la main, conclut Daniel avec une certaine déception.

– Mais non, tu ne m'as pas forcé la main, je croyais que j'étais prête. C'est seulement en t'embrassant que j'ai su que je ne l'étais pas.

Daniel soupire et je murmure :

– Je pense qu'il vaudrait mieux qu'on y aille.

– Tu as raison. Je te ramène chez toi.

– Je suis désolée.

– Arrête de t'excuser.

Je suis Daniel jusqu'à la voiture sans rien dire. Je n'arrive pas à savoir s'il est en colère contre lui-même ou furieux contre moi. J'ai honte. J'ai tellement honte. Je suis une girouette qui ne sait pas ce qu'elle veut et qui blesse au passage un homme qui tient à elle et auquel elle tient aussi. Quand apprend-on à prendre des décisions et à s'y tenir ? Quand devient-on capable de gérer sa vie correctement ?

Le trajet du retour se déroule dans un silence total et c'est d'un simple regard que Daniel et moi nous disons au revoir. Je pénètre dans le hall de l'immeuble puis dans l'ascenseur en poussant un long soupir. Presque un gémissement. Dieu que la vie est compliquée ! Maxim, Daniel, Daniel, Maxim, je n'en peux plus ! Je vais finir par m'isoler sur une île déserte ! Avec ma chance, je tomberais sûrement sur un séduisant Robinson !

Arrivée au cinquième étage, je sors de l'ascenseur et tâtonne à la recherche de l'interrupteur pour éclairer le palier. Lorsque les néons s'allument, mon cœur bondit hors de ma poitrine. Un homme est assis sur la première marche de l'escalier. Ça y est ! Je vais mourir ! Un psychopathe m'attend pour me torturer, me violer et m'assassiner ! Une autre réponse de l'univers : puisque tu n'arrives pas à décider de ta vie, tant pis pour toi ! Adieu !

Super ! Il faut que j'arrête de regarder *Esprits criminels*, moi. Toutes leurs histoires de tueurs en série me travaillent trop !

Je m'approche et pousse un cri de surprise en découvrant l'identité de celui qui m'attend. Je m'appuie contre le mur pour reprendre mon souffle, tandis que cette voix que je reconnaîtrais entre toutes murmure :

– Désolé, je ne voulais pas te faire peur.

– Qu'est-ce que tu fais là ?

– Je suis venu te parler.

Un baiser peut être une virgule,
un point d'interrogation ou d'exclamation.
Voici les points essentiels de la ponctuation que toute femme
devrait connaître.

Mistinguett

Chapitre vingt-cinq

– Me parler ? je répète, encore sous le choc de l'apparition de Maxim.

– Oui.

– Et tu étais obligé de prendre un avion pour ça ? Tu ne sais plus utiliser ni le téléphone ni Internet ?

Mon ton est revêche. Visiblement, je n'ai toujours pas pardonné à Maxim ce qui s'est passé entre nous. Celui-ci murmure :

– Je voulais te voir.

– Tu aurais pu me prévenir.

– J'avais peur que tu me dises de ne pas venir et je voulais vraiment te voir.

Je farfouille dans mon sac, le cœur battant à tout rompre. Il faut que je m'asseye, mes jambes menacent de flancher d'une minute à l'autre. Je déteste les surprises. Pourquoi les hommes désirent-ils toujours me surprendre ? D'abord Daniel au restaurant, à Paris, et maintenant, voilà que Maxim débarque sur mon palier sans crier gare. Je ne suis pas conçue pour les émotions fortes ! À qui dois-je signaler ce défaut de fabrication ?

J'ouvre la porte. L'appartement est désert. Ma mère et Bertrand sont partis pour le week-end. Maxim dépose ses affaires dans l'entrée tandis que je me dirige vers la cuisine. Je me sers un verre d'eau et l'avale à petites gorgées puis me laisse tomber sur une chaise. Je demeure ainsi quelques minutes, le temps de puiser ce qui me reste de courage pour affronter ce qui se prépare. Je me relève et rejoins Maxim, toujours dans l'entrée.

– Tu es à Lyon depuis quand ?

– Depuis ce soir. Je suis venu directement de l'aéroport en taxi. Comme il n'y avait personne, j'ai décidé de t'attendre.

Maxim m'observe. Je lis dans ses yeux la question qu'il n'ose poser : « Et toi, tu étais où ? » Je ne réponds pas à son interrogation muette. S'il voulait conserver un droit de regard sur mes allées et venues, il n'avait qu'à ne pas rompre.

Un peu sèchement, je lance :

– Qu'est-ce que tu aurais fait si je n'étais pas rentrée ? Tu aurais squatté le palier toute la nuit ?

– J'avais un plan de rechange. Ne t'inquiète pas pour moi.

C'est vrai. Pourquoi est-ce que je me fais du souci pour lui ? Après tout, il est assez grand pour se prendre en charge. Je ne lui demande donc pas s'il a soif ou faim et lui intime de me suivre au salon. Il s'assoit sur le divan et je m'installe dans le fauteuil en face de lui, le plus loin possible. Mon cœur s'entraîne toujours pour le record du monde de vitesse et je n'arrive pas à savoir ce que je ressens. Est-ce que je suis heureuse de le revoir ? Est-ce que je suis surprise ? Choquée ? Oui, voilà, c'est ça. Je suis en état de choc. Maxim est devant moi et je n'étais pas du tout préparée à ça. La soirée avait déjà été bien assez riche en émotions, je n'avais pas besoin qu'on en rajoute !

Maxim n'a pas changé. Il a l'air aussi stressé qu'à la fin de l'été. Peut-être que c'est moi qui le rend comme ça. Je ne sais plus quoi penser. Dire qu'on ne s'est pas vu ni parlé depuis des mois. Dire que je viens d'embrasser un autre homme et que j'y ai pris plaisir. Qu'est-ce qui s'est passé pour qu'on en arrive là ?

— Tu as l'air en forme, murmure Maxim.

— Tu espérais me trouver complètement dépressive ? Eh bien, non, tu vois, je me suis remise de notre rupture !

La bafouée en moi a pris les commandes et n'hésite pas à mentir ! Les choses seraient tellement plus simples si je m'étais réellement remise de la fin brutale de notre relation. Maxim reste de marbre.

— Tant mieux, Isa. Cela dit, ça ne m'empêche pas d'être désolé de la façon dont les choses se sont terminées entre nous. Je suis désolé de ne pas avoir répondu à tes courriels pour commencer. Je les ai lus et relus, plus que tu ne peux l'imaginer, mais je ne pouvais pas répondre. J'étais... j'avais besoin d'être seul.

— Pourquoi ?

Maxim hésite.

— J'avais besoin de... me déconstruire pour me reconstruire, et je ne souhaitais pas t'entraîner là-dedans.

341

– Tu avais des démons à combattre ?

– Exactement.

Avec un certain ressentiment, je m'exclame :

– Et, bien sûr, tu voulais régler ça tout seul. Pas question de demander de l'aide, pas vrai ?

– Je ne voulais pas te faire souffrir davantage.

– J'aurais préféré t'apporter mon soutien. C'est aussi ça, être en couple : soutenir l'autre quand il ne va pas bien. Le fait que tu m'aies tenue à l'écart m'a blessée encore plus.

Maxim me lance un regard désolé.

– Tu n'aurais pas pu m'aider. Et, effectivement, il y avait des choses que je tenais à régler seul.

Je pousse un long soupir de dépit.

– C'était ça, le problème entre nous. Tu étais en couple avec moi, mais tu gardais tout pour toi, tu me fermais ta porte.

– Je t'aurais entraînée dans ce que je vivais et ça t'aurait rendue malheureuse. Je ne voulais plus que tu aies mal à cause de moi.

Je hoche la tête et réplique, ironique :

– Donc, si je comprends bien, tu n'as pas répondu à mes messages pour me protéger ?

– En quelque sorte.

Ridicule. Vraiment. Il a été la chercher loin, celle-là.

– Et la souffrance que tu m'as causée en ne me donnant aucun signe de vie, tu y penses ?

– J'ai essayé de te répondre, Isa, mais rien ne venait.

Il aurait dû essayer plus fort, essayer jusqu'à ce qu'il y arrive.

– Tu ne t'es pas dit que j'allais interpréter ton silence comme une confirmation que tu ne voulais plus rien savoir de moi ? Tu aurais dû m'écrire, Maxim, me dire ce qui se tramait dans ta tête ou juste me donner un indice que tu pensais encore à moi.

– Je croyais que c'était évident.

Soit Maxim joue à l'autruche, soit il me connaît vraiment mal. A-t-il oublié que ma confiance en moi se situe plus proche du zéro que du cent ? Que je saute toujours aux conclusions les plus sombres sans tenter de nuancer la situation et d'apprécier les teintes plus grises ? Pensait-il vraiment que je n'allais pas conclure que notre relation était terminée à ses yeux ?

– Évident ?! je répète, éberluée. Après ce qui s'était passé à New York ? C'est impardonnable, ce que tu as fait, Maxim. On ne laisse pas les gens dans un silence cruel comme ça.

– Je suis désolé, mais je pensais qu'on allait pouvoir discuter de tout ça de vive voix à ton retour et que ce n'était pas si grave si je ne te répondais pas.

Piquée au vif, je m'emporte :

– Merde, Maxim, je me suis mise à nu dans ces courriels ! Et toi, tu es resté indifférent !

Il secoue farouchement la tête.

– Non, Isa, ça ne m'a pas laissé indifférent. Bien au contraire. J'ai été bouleversé, mais c'est bien parce que j'étais bouleversé que je ne pouvais pas te répondre. J'avais juste besoin de temps pour voir plus clair dans ce que je vivais. Dans tout ce que je ressentais. Je pensais que tu rentrerais, Isa. Je le pensais vraiment.

– Mais quand tu as eu le message que j'ai laissé à Antoine, pourquoi est-ce que tu ne m'as pas appelée ? Tu m'as écrit un courriel de deux lignes, Maxim, deux lignes ! Non, mais est-ce que tu te rends compte ?

– Je... ne voyais pas l'utilité de m'étaler davantage.

Je dévisage Maxim comme si c'était la première fois que je le voyais et répète :

– T'étaler davantage ? Est-ce que j'ai bien entendu ?

– Qu'est-ce que tu aurais voulu que je te dise ?

L'incrédulité me submerge. Ce n'est pas possible. Je ne peux pas entendre ce que j'entends.

– Isa..., commence Maxim.

– Tais-toi. J'ai une autre question pour toi. Jamais je n'ai dit à Antoine que je voulais rompre, alors pourquoi as-tu agi comme si c'était moi qui avais pris l'initiative de la rupture ?

– Parce que j'ai supposé que tu souhaitais refaire ta vie et je ne pouvais pas te le refuser. Je croyais vraiment qu'on allait pouvoir se parler à ton retour, répète-t-il. Même si c'était fini entre nous, je pensais que tu reviendrais au Québec et qu'on

344

pourrait éclaircir toutes ces zones d'ombre qu'il y avait eu entre nous. Je voulais qu'on se parle en face, pas au téléphone ni par courriel. C'est pour ça aussi que je suis là.

– Tu n'aurais pas dû t'arrêter à tes suppositions. Je n'avais pris aucune décision concernant notre relation. Je te donnais le choix de te battre pour nous et tu ne l'as pas fait. Tu ne t'es pas battu pour moi. Pire, tu t'es comporté comme si c'était moi qui avais tout gâché.

Ma voix tremble, ma vue se brouille, mes larmes menacent. Maxim murmure :

– Je sais que c'est moi qui ai tout gâché, Isa. Pas toi. J'en accepte l'entière responsabilité.

Je laisse échapper un soupir moqueur.

– Tu veux jouer au martyr maintenant ?

– Je ne gagnerai jamais avec toi, hein ? s'exclame Maxim. Quoi que je fasse, quoi que je dise.

– Tu penses que c'est un jeu, tout ça ? Tu penses que c'est moi qui gagne ? Qu'est-ce que j'ai gagné ? Peux-tu me le dire ? Parce que moi, j'ai plutôt l'impression d'avoir perdu toute ma vie ! Tu n'aurais jamais dû venir, Maxim ! À quoi ça sert de remuer tout ça ? Je... je n'avais pas besoin de ça. Je veux... je veux...

Ma voix s'étrangle, coincée au milieu de sanglots irrépressibles. Maxim s'approche. Ses yeux sont humides. Il me prend dans ses bras, me berce et le temps s'arrête. À moins que ce ne soit moi. Le temps continue et moi, je m'arrête. Je fais une pause de la vie pour un instant.

— Ne pleure pas, chuchote Maxim. Je ne dirai plus rien, je vais m'en aller.

— Non, reste !

Un cri du cœur. Je ne veux pas que Maxim s'en aille, mais ça me fait mal qu'il soit là. Un choix impossible. Je ferme les yeux et respire son odeur. Je sens sa douceur, le contact de son visage, de sa peau nue. J'écoute son souffle. La pause se prolonge. Je ne pense à rien. Je ne suis qu'une femme dominée par ses sens. Lentement, mes pleurs finissent par se ternir. Je m'apaise. Je me reconnecte à la réalité. Maxim me console, mais c'est lui qui m'a blessée. Il ne peut pas me consoler. Il ne peut pas.

Je me dégage de son étreinte et me lève.

— Pourquoi es-tu venu ?

Maxim se redresse à son tour et me regarde droit dans les yeux.

— Parce que je t'aime et que je veux que tu reviennes.

Décontenancée par la réponse de Maxim, je reste silencieuse. Il m'aime ? J'ai du mal à le croire. Un homme amoureux ne se comporte pas comme lui. Je proteste de toutes mes forces :

— Si tu m'aimais vraiment, tu n'aurais pas agi comme ça ! Tu m'as envoyé un courriel de deux lignes pour me dire que c'était fini ! Je n'oublierai jamais ça.

— Je suis désolé.

— Et tes excuses sont censées m'apaiser ?

Une migraine lancinante me vrille les tempes. Mes yeux me font mal et je suis si fatiguée. Je déglutis péniblement et ajoute :

— Ne réponds pas. Il est tard et je suis épuisée. On a une chambre d'amis toute prête si tu veux dormir ici. Je vais te montrer la salle de bains.

— Tu es sûre que ca ne te dérange pas si je reste ?

— Je ne veux pas que tu erres dans les rues d'une ville que tu ne connais pas à la recherche d'un hôtel à minuit passé. Viens. Nous reprendrons notre conversation demain, à tête reposée.

Maxim dépose ses affaires dans la chambre d'amis et s'enferme ensuite dans la salle de bains pour prendre une douche. Assise sur mon lit, j'essaie de reprendre mes esprits. Maxim est ici. Il m'aime encore. Il veut que je revienne. Et moi, qu'est-ce que je veux ? Est-ce que je veux repartir avec lui et oublier ces dernières semaines, ces derniers mois ? Non. Je ne peux pas. Je ne *veux* pas. Ce serait trop facile. Maxim décide qu'il est temps de venir me chercher et il s'attend à ce que je le suive sans broncher ? Et puis, il y a Daniel. Daniel que j'ai embrassé justement ce soir et qui a tant coloré ma vie après ma rupture avec Maxim. Daniel si ouvert, si drôle, si optimiste. Le temps qui s'écoule lorsqu'on est tous les deux est tellement doux. Avec Maxim, c'est douloureux et imprévisible. Maxim est un être imprévisible et je ne suis pas sûre de vouloir revivre avec lui. Le hic, c'est que je l'aime encore et qu'il m'aime encore lui aussi. Que faire avec ça ?

J'entends la porte de la salle de bains s'ouvrir puis se refermer. J'écoute les pas souples de Maxim qui s'éloigne. À quoi peut-il bien penser, lui ? Je me déshabille et me glisse sous les couvertures. Une heure plus tard, je ne dors toujours pas.

Quelqu'un pourrait venir me retirer mon cerveau l'espace d'une nuit ? Je n'en peux plus de me poser toutes ces questions ! Maxim est ici. Très bien. Mais il le sera encore demain. Je ne réglerai rien en une nuit d'insomnie, alors dodo ! Oui, je l'aime, oui, je suis en colère, oui, je suis triste mais, pour le moment, il est temps de dormir !

Après plus d'une demi-heure de *tournage* et *retournage* dans mon lit, je finis par prendre le dessus sur ma tête et m'endors enfin. Quand je me réveille le lendemain, aucun bruit ne vient troubler le silence de l'appartement. L'arrivée de Maxim la veille m'apparaît comme irréelle. Je sors de mon lit et me rends jusqu'à la porte de sa chambre. Sa respiration me parvient de loin, mais elle est bien là. Sans faire de bruit, j'investis la salle de bains le temps de me doucher et de m'habiller, puis je m'installe dans la cuisine pour prendre mon déjeuner. Je suis en train de terminer mon thé quand Maxim apparaît, vêtu d'un jean et d'un chandail.

— Tu as bien dormi ? s'enquiert-il en s'asseyant en face de moi.

— Pas vraiment, et toi ?

— J'étais fatigué à cause du voyage, mais j'ai eu du mal à m'endormir.

— Tu dois être en plein décalage horaire. Tu peux te faire un espresso si tu veux, la machine se trouve sur le comptoir.

— Merci.

L'odeur du café embaume bientôt la pièce, puis Maxim revient en face de moi.

— Avais-tu prévu quelque chose pour la fin de semaine ?

– Non, pas vraiment.

Daniel et moi devions nous voir, mais après ce qui s'est passé hier, il doit certainement ressentir le besoin de prendre un peu de recul par rapport à notre relation. Tout comme moi.

– Est-ce que tu veux qu'on aille se promener ? propose Maxim.

– Non. On n'est plus un couple, n'agissons pas comme tel.

Maxim ne répond pas. Il semble un peu déçu, voire peiné, mais je campe sur mes positions. Il est hors de question qu'on aille se balader comme si tout était normal. Comme si tout était comme avant. De toute façon, on gèle dehors !

– Restons ici, alors, dit Maxim. Ce n'est pas grave.

Si, c'est grave ! Nous ne sommes plus un couple, nous ne pouvons plus faire des activités de couple et ça me fait mal ! Je préfère donc changer de sujet.

– As-tu vu Ophélie dernièrement ?

– Non, pas trop, mais je sais qu'elle est restée en contact avec Marie-Anne et Cécile.

– Ses parents viennent la voir à Noël. Elle est très impatiente.

– J'imagine, oui.

Ce sujet ne semble pas plus intéresser Maxim que la couleur de mes chaussettes. D'ailleurs, il oriente la conversation vers autre chose.

– Isa, as-tu réfléchi un peu à ce que je t'ai dit hier soir ?

– Il faudrait que tu sois plus précis. Tu m'as dit beaucoup de choses hier soir.

– Je t'ai surtout avoué mes sentiments, Isa. Je t'aime et je veux que tu reviennes au Québec.

Je secoue la tête, désolée.

– Je ne peux pas me décider si vite. Pas en une nuit.

– C'est pourtant simple : soit tu m'aimes encore, soit tu ne m'aimes plus, proteste Maxim sur un ton sec.

– Ce n'est pas aussi facile que ça. Et tu le sais bien. Tu te rappelles ce que j'ai dit à New York ?

– Que tu ignorais si tu pourrais me pardonner ce que je t'avais fait vivre ?

– Oui, et à l'époque, il n'y avait pas encore eu ton silence et ton courriel de rupture. Tu m'as fait vraiment mal, Maxim, et à cause de ça, je ne sais pas si je pourrais être à nouveau heureuse avec toi.

Maxim hoche lentement la tête mais ne répond rien. Je l'observe à la dérobée. Il bouge une de ses jambes de manière quasi involontaire et se tord les doigts.

Je fronce les sourcils et lance tout à trac :

– Qu'est-ce que tu caches, Maxim ?

– Comment ça ? demande-t-il, l'air interrogatif.

– Cécile m'a écrit il y a quelques semaines pour m'informer que tu cachais quelque chose à tout le monde. Quelque chose que seul Antoine sait et dont il ne peut parler à personne, même pas à Cécile.

Maxim tressaille. Il évite mon regard, se mordille la lèvre inférieure et inspire fortement. Je ne bouge pas. Je lui laisse le temps de trouver une façon de tout m'avouer. Son secret a l'air sérieux. Je supposais qu'il avait quelqu'un d'autre dans sa vie, mais s'il désire tant que je revienne vivre avec lui, c'est qu'il n'y a personne. Alors que dissimule-t-il ?

– Isa, écoute, je... C'est vrai, il y a quelque chose et je...

La sonnerie de la porte d'entrée retentit soudain. Je sursaute et Maxim s'interrompt. Il est à peine dix heures. Qui ose nous déranger à cette heure-ci ? Les amis de Bertrand et ma mère ne viennent jamais sans s'être annoncés. Quant aux miens, le samedi matin, ils dorment ! C'est sûrement un voisin. Si c'était une personne de l'extérieur, elle aurait d'abord dû sonner à l'interphone. Il a vraiment bien choisi son moment, le voisin ! Je me dirige vers la porte d'entrée à contre-coeur. Je jette un œil par le judas et retiens un cri d'effroi.

Ma vie est une tragédie grecque ! Je vous jure ! Et elle va finir dans un bain de sang ! Appelez les urgences !

Parler, parler pour ne rien dire,
parler pour faire peur au silence.
Parler pour tout dire.
Mais on demande toujours trop aux mots.
Plus qu'ils ne peuvent dire.

Pierre Filion

Chapitre vingt-six

J'entrebâille la porte, me faufile sur le palier et demande, légèrement paniquée :

– Qu'est-ce que tu fais là ?

Daniel reste un moment sans réaction. Ce n'est franchement pas l'accueil qu'il devait espérer.

– Je te dérange, on dirait.

Un peu contrite, je confirme :

– Tu tombes mal, effectivement.

– Je voulais te parler à propos d'hier soir.

Mais qu'est-ce qu'ils ont tous à vouloir me parler ? Est-ce la fin de semaine mondiale « Parlons, communiquons, dialoguons » et suis-je la seule à l'ignorer ? Et si je n'ai pas envie de parler, moi ? Et si la seule chose que je veux, c'est de rester planquée sous ma couette jusqu'à la fin du monde ?

Je m'exhorte au calme puis m'approche de Daniel.

– Je suis désolée, mais je ne peux pas te laisser entrer pour l'instant.

– Tu n'es pas seule ?

– Non... Maxim est là.

Stupéfait par ma réponse, Daniel répète :

– Maxim ?

– Oui. Il est arrivé hier soir.

Daniel recule d'un pas et murmure, l'air lugubre :

– Je vois.

– Non, tu ne vois pas. Je ne savais pas qu'il allait venir.

– Il est venu te chercher ?

Je grimace. À la façon dont Daniel prononce cette phrase, on dirait que Maxim est venu me récupérer comme on récupère un vieux bagage. Je concède néanmoins :

– Oui, on peut dire ça.

Je ne peux pas empêcher Daniel de voir les choses comme il le souhaite et je n'ai ni le courage ni l'énergie de lui expliquer toute la situation en détail.

– Tu comptes repartir avec lui ?

– Je ne sais pas.

– Je vois.

– Non, tu ne vois rien ! Arrête de dire ça !

– Je te souhaite un bon retour, Sab !

Daniel tourne les talons. Confuse, je mets quelque temps avant de réagir puis le retiens par le bras.

– Mais attends ! Ne le prends pas comme ça ! Je n'ai jamais dit que je voulais repartir avec Maxim.

– Sab, je vois bien que tu n'es pas prête à l'oublier.

– Mais tu voudrais que je jette trois ans de ma vie comme ça, sans un regard ?

Ils font vraiment la paire, Maxim et lui. Maxim veut que je saute dans un avion aujourd'hui et que tout redevienne comme avant. Daniel veut que j'oublie Maxim d'un claquement de doigts. Ils ne se rendent pas compte de ce qu'ils me demandent.

– Non, c'est pour ça que je m'en vais. Tu as des choses à régler, je l'ai bien senti, hier, quand on s'est embrassés.

– Ça ne signifie pas que je ne tiens pas à toi, Dan.

– Ouais... Tu tiens à moi, répète Daniel comme si ce n'était rien. Écoute, il vaut mieux qu'on arrête de se voir. C'est mieux pour toi et... pour moi. Au revoir, Sab.

Je reste debout dans l'escalier et regarde Daniel descendre les marches. Je l'appelle plusieurs fois, mais il ne se retourne pas. Je ne sais pas quoi faire. Le retenir ? Le laisser partir ? Bien sûr que de ne plus revoir Daniel et repartir au Québec avec Maxim serait la solution la plus simple, la solution idéale, mais je n'ai pas envie que Daniel ressorte de ma vie. Surtout pas comme ça.

Je sais, je suis chiante ! J'ai d'ailleurs de plus en plus de mal à vivre avec moi-même ! Je veux le beurre, l'argent du beurre et tout ce qui va avec. J'ai toujours été comme ça. Si ça continue, un jour, je risque de me retrouver avec rien. Si je continue, Maxim va repartir et Daniel ne voudra plus me voir. Il faut que je fasse un choix.

Je rouvre la porte de l'appartement et manque de faire une crise cardiaque en découvrant Maxim dans l'entrée. Mon cœur va lâcher, Messieurs, si vous n'arrêtez pas, mon cœur va lâcher ! À l'expression de Maxim, je devine qu'il a entendu tout ou une partie de ma conversation avec Daniel. Je soupire, passe devant lui et retourne dans la cuisine débarrasser la table.

— C'est stupide, pas vrai ? commence Maxim en me suivant. J'aurais dû te demander si tu voyais quelqu'un d'autre avant de te dire que je t'aimais encore.

Sa voix est voilée de reproches – ce que je conçois –, mais il semble oublier que nous ne sommes plus un couple et que, par conséquent, j'ai le droit de faire ce que je veux, avec qui je veux. Cela étant, j'aurais peut-être dû lui parler de Daniel quand il m'a avoué ses sentiments. Par souci d'honnêteté. J'ai été lâche ou prudente, au choix. Je ne voulais pas que ma relation avec Daniel interfère dans celle avec Maxim. C'est tout.

— Ce n'est pas ce que tu crois. Il ne s'est rien passé avec Dan.

— Dan ?

Maxim me jette un regard consterné.

— C'est de ton ex qu'on parle, là ? Celui qui t'a brisé le cœur à dix-huit ans ?

– Oui, c'est lui, mais il...

– Il a changé ?

Je dépose tasses et ustensiles dans le lave-vaisselle puis soupire :

– C'est une longue histoire.

Maxim secoue la tête, visiblement dépassé.

– Je n'aurais pas dû venir.

– Mais à quoi tu t'attendais ? À ce que je reste là à me morfondre parce que je t'avais perdu ? À ce que je te saute dans les bras et que tout ce qui s'est passé entre nous ces derniers mois s'efface comme par magie ? J'ai continué à vivre ma vie, Maxim. Je n'ai pas eu le choix, sinon la douleur m'aurait tuée sur place !

Je ferme d'un coup sec le lave-vaisselle et m'appuie contre le comptoir, le souffle court. Je porte une main à mon front tout en cherchant à dominer le tumulte d'émotions qui se déchaîne en moi. Il faut que je sois rationnelle, maintenant. Que je règle les choses une à une.

– Écoute, je ne vais pas te mentir : je vois Daniel depuis ces dernières semaines. Il m'a expliqué certaines choses sur notre passé qui m'ont... d'abord rendue furieuse mais qui m'ont fait du bien. Ensuite, nous avons commencé à passer un peu de temps tous les deux. J'avais besoin de ça. Il était ma bulle d'oxygène dans tout ce que je vivais à cause de toi.

Maxim lâche d'un ton cinglant :

– C'est moi qui t'ai poussée dans ses bras si je comprends bien ?

— Tu ne m'as poussée dans les bras de personne parce que Dan et moi n'avons pas couché ensemble, c'est clair ?

Un éclair de soulagement traverse le regard de Maxim.

— Il ne s'est rien passé ? demande-t-il.

Mentir ? Ne pas mentir ? La tentation est grande de ne rien dire à Maxim. Pourtant, je ferme les yeux et soupire :

— Pas tout à fait...

Je déteste l'honnêteté ! J'aurais bien aimé naître sans conscience pour pouvoir mentir sans remords ! Avec difficulté, j'articule :

— On... s'est embrassés hier soir, mais...

— Tu l'as embrassé ?

Je rouvre les yeux. Le visage de Maxim n'exprime plus que stupeur et colère.

— Oui.

— Bravo ! Moi, je suis là, à te dire que je t'aime, et toi, tu ne m'avoues même pas que tu as embrassé un autre gars ?

— Parce que ça ne te concernait pas !

— Tu le penses vraiment ?

— On n'était plus ensemble, O.K. ? Je ne t'ai pas trompé, alors ne réagis pas comme si c'était le cas !

J'en ai assez que Maxim joue à l'offensé ! Je n'ai rien fait de mal ! Aucune loi ne nous oblige à rester fidèles à notre amour perdu un temps donné ! Je n'ai même pas fait l'amour avec Daniel !

— C'est bon ! Reste avec lui, Isa, je m'en vais ! jette Maxim.

Je rêve ! Daniel me dit de rester avec Maxim et Maxim me dit de rester avec Daniel ! L'un des deux se préoccupe-t-il de ce que je veux, moi ? Oui, bon, d'accord, je ne le sais pas, mais ce serait sympa de ne pas décider à ma place ! Ce serait sympa, aussi, qu'ils se battent un peu pour moi. Et je ne dis pas ça par vanité. Je dis ça avec tristesse. Ni Daniel ni Maxim ne font l'effort de comprendre ce que je ressens. Ils jettent l'éponge dès qu'une difficulté survient et se lavent les mains de tout ce qui pourrait se passer ensuite. C'est tellement lâche comme attitude.

Je jette un regard furieux à Maxim et crie :

— Pourquoi es-tu venu ? Pour me faire souffrir plus que tu ne l'avais déjà fait ?

— Je suis venu parce que je croyais qu'il restait quelque chose à sauver entre nous. Mais je me trompais.

— Oui, tu te trompais !

Maxim et moi restons plusieurs minutes à nous jauger l'un l'autre, puis Maxim lâche sèchement :

— Je m'en vais, Isa. Bonne chance avec ton ex !

— Merci et ne reviens pas !

Maxim quitte la cuisine en trombe et se rend dans la chambre où il a passé la nuit. Va-t-il vraiment partir, juste comme ça, sur une dispute ? Nous n'arrivons plus à nous souffrances entre nous. J'aurais tellement aimé qu'on arrive à dépasser tout ça, qu'on arrive à régler toutes ces choses qui ont détruit notre relation, mais cela semble impossible. Il prend la fuite et je le laisse faire. Le temps où nous nous aimions sans l'ombre d'un nuage à l'horizon paraît si loin.

Est-ce que tous les couples sont voués à vivre quelques semaines de bonheur, voire quelques mois pour les plus chanceux, avant de tomber dans des problèmes de toutes sortes ? Est-il irraisonnable de croire à un amour qui durerait toute une vie ?

Maxim ne peut pas repartir sur un coup de tête. Il va se calmer, ce n'est pas possible. Le temps qu'il rassemble ses affaires va lui permettre de revenir à la raison. Sans compter que j'ignore toujours ce qu'il dissimule à tout le monde, sauf à Antoine. Qu'est-ce que ça peut être ? Il a perdu son travail ? Il est atteint d'une maladie incurable ? Il a tué quelqu'un ?

Je suis sûre qu'il a perdu son emploi. C'est l'explication la plus plausible. Se retrouver au chômage a dû l'amener à se remettre en question. Peut-être envisage-t-il d'accorder plus de place à la photo dans sa vie ? Cela expliquerait pourquoi il avait tant besoin d'être seul pour réfléchir et se reconstruire. Il a certainement préféré cacher cette histoire à tout le monde par orgueil. Peut-être a-t-il commis une faute au travail dont il a honte et qui a conduit à son renvoi ? Septembre a dû être un mois difficile pour lui. Il a dû repenser toute sa vie. Ça n'excuse en rien son silence à mes courriels ni sa manière de rompre avec moi, mais je comprends mieux ses réactions maintenant.

Je me demande ce qu'il a décidé concernant son avenir professionnel. Travaille-t-il pour un autre cabinet d'avocats ? Se consacre-t-il à la photo ? Il y a tant de questions que j'aimerais lui poser. Il ne peut pas partir ainsi. Il faut qu'il reste. J'ai besoin de savoir s'il va bien et s'il a pu vaincre ses démons.

— Empêche-le de partir si tu ne veux pas qu'il parte ! Il ne pourra pas le deviner par l'opération du Saint-Esprit !

— Pourquoi est-ce que ce serait à moi de retenir Maxim ?

— Parce qu'il a fait l'effort de venir jusqu'en France ! Il a pris l'avion en espérant reconstruire votre relation, et qu'est-ce qu'il trouve en arrivant ? Toi qui embrasses un autre homme.

— Je n'ai rien fait de mal, j'avais tout à fait le droit d'embrasser Dan !

— Arrête de te cacher derrière ça. Bien sûr que tu en avais le droit, ce n'est pas la question. Ça n'empêche pas Maxim de souffrir à cause de ce que tu as fait.

— Je t'accorde ce point, mais pourquoi repartir si vite ? Il fuit parce que la situation a tourné au vinaigre.

— Tu ferais quoi, toi, si la situation était inversée ? Tu n'aurais pas envie de repartir loin ? Et puis, je te signale que tu n'as pas cessé de l'attaquer à partir du moment où il a mis les pieds ici !

— Tu aurais voulu que je lui fasse couler un bain et que je lui propose un massage ? Je ne lui ai pas demandé de venir.

— Tu n'es pas contente qu'il l'ait fait ?

— Oui, peut-être, mais j'aurais préféré qu'il me prévienne.

Le bruit d'une porte qui se referme me parvient soudain et je me précipite dans le couloir. Maxim est là, son sac de voyage à la main. Sans un regard pour moi, il se dirige vers l'entrée et enfile ses chaussures et son manteau. Il me rend folle avec son orgueil !

Je décide de faire le premier pas.

– Ne pars pas, s'il te plaît. Nous devons encore régler certaines choses.

Maxim se tourne vers moi et lance avec humeur :

– Qu'est-ce que tu veux, Isa ? Tu veux rentrer à Québec avec moi ? Tu veux rester ici avec *lui* ?

Je pousse un long soupir exaspéré. Maxim pense-t-il vraiment que c'est en me harcelant que je vais trouver mes réponses ? Il me faut du temps pour y voir plus clair. Comme lui en a eu besoin, selon ses propres dires.

– Je ne peux pas me décider aujourd'hui, Maxim, je suis désolée.

– Alors tu veux rester en France pour toujours ? Tu veux faire table du rase du passé et oublier tout ce que tu as construit au Québec ?

– Bien sûr que non ! Ce que je te dis, c'est que je ne peux pas décider maintenant si oui ou non je suis prête à rentrer avec toi.

– Parce que tu as des sentiments pour Daniel, c'est ça ?

– Non... Je ne sais pas... Peut-être. J'ignore ce que je ressens pour lui en vérité.

– Isa, je veux une réponse maintenant : c'est lui ou moi, conclut Maxim avec une certaine rudesse.

– Tu es tellement intransigeant. Tu veux tout et tout de suite, comme un enfant. Tu veux tout de moi, mais tu ne donnes rien en retour. Je ne sais même pas ce que tu caches à tout le monde. Je pense l'avoir deviné, mais je voudrais que tu me le dises.

– Pourquoi je te parlerais de ma vie si tu ne désires plus en faire partie ?

– Qui a dit que je ne désire plus en faire partie ?

– Tu n'es pas capable de choisir, ça en dit long sur tes sentiments pour moi ou pour ton ex !

– Maxim, ce qui se passe entre toi et moi et ce qui se passe entre Daniel et moi sont deux choses différentes, je voudrais que tu comprennes ça. Si je ne suis pas capable de te donner si vite ce que tu attends, c'est parce que j'ai encore des doutes par rapport à notre relation, et ça n'a rien à voir avec Daniel.

– Tu as des doutes sur notre relation ou sur moi ?

– Sincèrement, sur les deux. Je n'arrive pas à envisager sereinement l'avenir avec toi. Est-ce que tu te sens prêt à faire des efforts, à arrêter de me fermer la porte quand quelque chose ne va pas ?

Maxim me renvoie la balle.

– Et toi, est-ce que tu sens prête à m'accepter tel que je suis ? À accepter que j'aie parfois du mal à communiquer ? À accepter que j'aie parfois besoin d'être seul ?

Je secoue la tête avec impuissance.

– Je ne sais pas. C'est bien pour ça que nous avons des choses à régler avant que je puisse repartir avec toi.

— Et tu ne crois pas que nous arriverons à travailler sur notre relation au Québec ?

— Je ne peux pas partir comme ça. Tu ne veux même pas dire ce que tu me caches.

— J'ai besoin de savoir que tu crois en notre relation pour te le dire. C'est trop personnel. Je te sens trop loin de moi pour te parler de ça maintenant.

— Tu as perdu ton travail, c'est ça ?

Maxim passe une main dans ses cheveux en soupirant. Lorsque son regard croise le mien, je comprends qu'il vient de prendre une décision.

— Isa, je t'aime et je veux que tu reviennes à Québec. J'admets qu'il est sans doute difficile pour toi de te décider ainsi, alors je vais passer le reste de la fin de semaine chez un ami d'Antoine qui habite Lyon. Si tu décides que tu m'aimes assez pour rentrer à la maison, appelle-moi.

Maxim sort un carnet de sa poche. Il en arrache une page et y écrit l'adresse et le numéro de téléphone de son futur hôte.

— Appelle-moi avant dimanche, Isa, me dit-il en me tendant le bout de papier.

— Dimanche ?! Maxim, c'est demain !

— Je sais.

— Est-ce que tu repars au Québec si vite ?

— Appelle-moi avant dimanche, répète Maxim sans plus d'explications.

Il saisit son sac de voyage, ouvre la porte puis la referme derrière lui. Immobile, je reste debout dans l'entrée pendant plusieurs minutes. Je ne peux pas croire qu'il me laisse à peine trente heures pour me décider. Je ne peux pas croire qu'il me lance un ultimatum, tout comme je l'ai fait. C'est tellement lui. Il me met dans la position dans laquelle je l'ai mis il n'y a pas si longtemps. Soit je rentre avec lui, soit c'est terminé pour de bon. Je déteste le procédé, mais je ne peux pas protester, puisque je l'ai utilisé. Œil pour œil.

Vais-je réussir à me sortir de cette situation mieux que Maxim ? Décider de ma vie en une trentaine d'heures, voilà le défi qu'il me lance. Comment le relever ?

La vie est une succession de paragraphes
qui finissent tous par un point d'interrogation.

Charlélie Couture

Chapitre vingt-sept

Une demi-heure que je tourne en rond depuis le départ de Maxim et je n'arrive pas à me décider. Je l'aime, c'est sûr, mais l'année que nous venons de vivre n'a vraiment pas été facile. Comment être certaine que rien de tout ça ne se reproduira ? Je sais que Maxim ne pourra jamais me donner de garanties, seulement j'aurais au moins aimé qu'il m'affirme être prêt à essayer de ne pas refaire les mêmes erreurs. J'aurais aimé qu'il ne se contente pas de me répéter qu'il m'aime et qu'il veut que je revienne, comme si rien d'autre ne comptait. Il fera des efforts quand il aura obtenu ce qu'il désire, pas avant. Il attend qu'on lui donne pour donner ensuite. Comment vivre comme ça ?

Je compose le numéro de portable de Lucie, mais elle ne répond pas. Je commence alors à écrire un long courriel à Marie-Anne puis m'interromps. Je ne peux pas demander aux autres de décider pour moi. Leurs conseils ne feraient que m'embrouiller l'esprit et le cœur. C'est à moi de déterminer ce que je désire vraiment. Si je suis réticente à repartir avec Maxim, c'est certainement parce que quelque chose, au fond de moi, me dicte de ne pas le faire. Est-ce de la peur ? De la méfiance ? De la vigilance ? Si on ne doit pas se laisser gouverner par nos craintes, peut-on avoir recours à la prudence en amour ? La prudence n'annihile-t-elle pas la passion ?

Au secours ! Je suis en train de devenir une philosophe du dimanche ! Il faut que je sorte ! Il faut que je prenne l'air, sinon je vais me transformer en... Socrate ! Front dégarni, moustache et barbe blanche en moins !

J'enfile mon manteau, mes bottes et quitte l'appartement. Dès que je passe la porte de l'immeuble, j'aperçois une Clio ressemblant à celle de Daniel, garée dans la rue. Je m'avance vers elle et reconnais le petit singe accroché au rétroviseur intérieur qui embaume l'habitacle. C'est moi qui l'ai offert à Daniel. Un soir, alors que je patientais dans un garage avec Lucie pendant la vidange d'huile, je suis tombée dessus et j'ai craqué. Ma Yaris étant bien loin, j'ai donné le singe à Daniel. J'ai bien vu à sa tête qu'il n'aimait pas beaucoup mon cadeau, mais il l'a quand même suspendu à son rétroviseur pour me faire plaisir.

Je colle mon visage contre la fenêtre de la voiture avant afin de m'assurer qu'il s'agit bien de la Clio de Daniel. Mon regard se pose sur un sac de sport à l'arrière avec le logo du club où il s'entraîne. Le doute n'est plus permis. Intriguée, je tourne la tête de gauche à droite en espérant l'apercevoir quelque part, mais rien. Pourquoi a-t-il abandonné sa voiture devant chez moi ? Est-elle là depuis notre conversation de ce matin ? Et s'il était arrivé quelque chose à Daniel ?

Je compose son numéro de portable et atterris sur sa messagerie après quelques sonneries. Je réessaye, mais il ne répond toujours pas. Je lui laisse un message lui expliquant que je m'inquiète de voir sa voiture seule devant chez moi. Je lui demande de me rappeler pour me dire qu'il va bien et je raccroche. Résignée, je décide de marcher jusqu'au parc de la Tête d'Or à dix minutes d'ici.

Le ciel se dégage, laissant le soleil ménager quelques percées. Le vent ne souffle pas, ce qui rend la balade agréable malgré le froid de cette fin de novembre. Plusieurs familles se promènent le long des allées. Certains enfants font du vélo, d'autres du patin à roulettes. De nombreux couples avancent en se tenant par la main. Un groupe de jeunes filles pouffent à la vue d'un coureur vêtu d'un short un peu trop moulant. Ah ! l'insouciance de la jeunesse ! C'est un peu ça que Daniel fait naître en moi : une insouciance. Avec Maxim, tout est plus... je ne sais pas... lourd.

Ne pas les comparer. Ça ne sert à rien. Maxim et Daniel sont très différents l'un de l'autre. Même moi, je suis différente quand je suis avec l'un ou avec l'autre. La question est : « Quelle est l'Isa que je préfère ? »

Je crois que je vais rentrer au Québec. J'aime Maxim et il m'aime, et toute ma vie est là-bas. J'ai été tellement heureuse avec lui. Je sais que je peux l'être à nouveau. Je sais que nous pouvons être encore heureux ensemble. Il est quand même venu jusqu'ici et, même s'il a mal réagi quand il a su pour Daniel, il est tout de même prêt à passer par-dessus ça. Oui, mais... et si, malgré toute la volonté du monde, Maxim n'était pas capable d'oublier ce que j'ai vécu avec Daniel ? Je sens mes craintes revenir au galop. Peut-être notre relation a-t-elle reçu trop de coups ? Peut-être est-elle trop endommagée pour survivre ? Je n'ai plus aucune certitude et ça m'énerve.

Alors que je suis sur le point d'exploser, mon cellulaire se met à vibrer dans la poche de ma veste. C'est Daniel.

– J'ai eu ton message, dit-il. Tu t'inquiétais ?

Il semble étonné et je lui explique :

– J'ai juste été surprise de voir ta voiture près de chez moi. J'ai eu peur qu'il te soit arrivé quelque chose.

– Ça va. J'ai eu envie de marcher après notre conversation de ce matin.

– Je comprends. Tu es où ?

– Au parc de la Tête d'Or.

Les grands esprits se rencontrent.

– Moi aussi, je suis au parc.

Daniel ne répond pas tout de suite, analysant cette information.

– Est-ce que tu veux qu'on se rejoigne ? finit-il par me proposer.

– D'accord.

Peut-être qu'en revoyant Daniel, qu'en discutant avec lui, je saurai enfin ce que je veux.

– Je suis sur le chemin du lac, lui dis-je.

– O.K., je te retrouve là-bas, vers les embarcations.

– À tout de suite.

Mon cœur ne cesse de battre à un rythme effréné tandis que j'avance vers le lac. Mes mains sont moites, mon souffle est court. Je m'arrête près de notre point de rendez-vous. Je baisse les yeux et pousse quelques cailloux du pied. Lorsque je relève la tête, Daniel est devant moi. Ses joues sont rosies par le froid. Le vent a décoiffé une mèche de ses cheveux et je me retiens pour ne pas la remettre en place.

– Ça va ? demande-t-il.

– Oui. Et toi ?

– Ça m'a fait du bien de marcher, mais je commence à avoir froid.

– Tu veux qu'on aille boire un chocolat chaud quelque part ?

– Non, pas tout de suite. J'ai quelque chose à t'avouer avant. J'ai passé ces deux dernières heures à réfléchir et je suis arrivé à la conclusion que je ne suis pas prêt à renoncer à toi.

– Tu n'es pas prêt à renoncer à moi ? je répète, interdite.

– Non et je n'aurais pas dû te dire de repartir avec Maxim, parce que ce n'est pas ce que je veux. Ne te méprends pas. Je n'ai aucune intention de te forcer à quoi que ce soit, mais je veux que tu saches que je tiens vraiment à toi et que je souhaite que tu restes en France. Je souhaite que tu prennes le temps d'oublier Maxim, que tu retournes au Québec pour régler tout ce que tu as à régler, que tu reviennes ici et qu'ensuite tu décides si oui ou non tu as envie de te lancer dans une relation avec moi. Ça, c'est ce que je souhaite ; seulement je sais qu'il y a des chances pour que tu retournes avec Maxim. Si tel est le cas, ne t'en fais pas, je l'accepterai. Tout ce que je veux, c'est que tu sois heureuse, Sab. Je veux que tu fasses ce qui est le mieux pour toi. Je veux que tu penses à toi.

Toute chamboulée à l'intérieur, pas un seul son ne sort de ma bouche. Je ne quitte pas Daniel des yeux. Comment serait la vie avec lui ? Comment serait l'amour ? Comme du temps de nos dix-sept ans mais sans la fin ? Comme quand on passait des heures à discuter, à s'embrasser, à se chamailler ? Non, on ne peut pas retrouver le passé. Il faut que je regarde en avant, mais qu'y a-t-il en avant ?

– Je ne sais pas quoi dire, Dan.

– Prends le temps d'y réfléchir.

Je me raidis.

– Tu vas me donner une date limite, toi aussi ?

Daniel hausse les sourcils et dit d'une voix douce :

– Bien sûr que non. Prends le temps que tu veux, Sab. Je me doute bien que ce n'est pas facile comme décision.

– C'est vrai.

– Est-ce que Maxim est parti ?

Je rougis et détourne les yeux. Daniel enchaîne :

– Si tu ne veux pas me répondre, ce n'est pas grave. Oublie.

Je secoue la tête puis murmure avec tendresse :

– Pourquoi t'es comme ça, Dan ?

– Comme quoi ?

– Comme tu es.

Daniel s'approche doucement de moi.

– Comment est-ce que je suis, Sab ? répète-t-il avant de m'enlacer.

Sans hésiter, il pose sa bouche sur la mienne. Mon premier réflexe est de le repousser, mais quelque chose de merveilleusement doux me submerge. Une chaleur, un frisson, je ne sais pas, mais cette sensation qui me chatouille les reins est la seule chose qui compte. Mes papillons s'envolent dans mon ventre et je m'envole avec eux, emportée par le parfum suave de ce premier baiser. Oui. Ce premier baiser. Bien sûr, Daniel et moi nous sommes embrassés des milliers de fois quand nous étions adolescents. Nous nous sommes également embrassés hier soir, mais nous n'étions pas seuls. Nous étions trois dans ce baiser. Aujourd'hui, nous ne sommes plus que deux. Et c'est ainsi que Daniel et moi vivons notre premier baiser après dix ans d'absence. Nos lèvres ont connu d'autres lèvres, d'autres goûts, d'autres passions. Aujourd'hui, elles se retrouvent et, dans ces retrouvailles, j'entrevois l'avenir.

*Une fois dans sa vie, juste une fois,
on devrait avoir suffisamment la foi en quelque chose
pour tout risquer pour ce quelque chose.*

André Brink

Ma promesse

C'est encore moi ! On dirait que je suis en train d'instaurer une tradition, vous ne trouvez pas ? Alors, voici la recette de la tarte Tatin aux figues et aux fruits secs de Nathalie. N'oubliez pas, c'est un secret entre nous !

~ Préparation : 20 à 30 min
~ Cuisson : 35 min

Ingrédients pour 6 à 8 personnes

~ Pour la pâte brisée :

- 100 g (3 $\frac{1}{2}$ oz ou $\frac{1}{3}$ t + 2 c à soupe) de farine de froment
- 150 g (5 oz ou $\frac{2}{3}$ t) de farine blanche
- 200 g (6 $\frac{1}{2}$ oz ou 3 $\frac{3}{4}$ t + 1 c à soupe) de beurre demi-sel ramolli
- 100 g de sucre semoule (sucre blanc)
- 1/2 verre (125 ml ou $\frac{1}{2}$ t) d'eau tiède

~ Pour la garniture :

- 3 pommes rouges
- 3 figues fraîches
- 2 abricots secs
- 2 dattes
- 50 g de pépites de pralines (aux amandes ou aux cacahuètes)

~ Pour le caramel :

- 20 morceaux de sucre ou (100g ou 3 $\frac{1}{2}$ oz)
- 2 cuillères à soupe d'eau

Préparation

~ Préparer le caramel. Mettre les morceaux de sucre dans une casserole et les mouiller avec les deux cuillères à soupe d'eau et mettre à cuire. Retirer du feu lorsque le caramel a une couleur brun-rouille foncé (attention à ne pas le faire brûler).

~ Le verser dans le moule à tarte en veillant à bien napper tout le fond du plat.

Réserver le plat à tarte.

~ Préparer la pâte brisée. Mettre les deux farines et le sucre semoule dans un saladier, bien mélanger. Couper en petits dés le beurre. Avec le bout des doigts mélanger, en émiettant, les ingrédients. Mouiller la préparation avec le verre d'eau tiède et malaxer doucement jusqu'à l'obtention d'une pâte compacte, puis former une boule.

Réserver.

~ Préparer la garniture. Peler et épépiner les pommes et les couper en gros quartiers. Couper en quatre les figues. Émincer les abricots secs et les dattes.

~ Placer les fruits découpés dans le fond du moule à tarte en alternant pommes et figues. Parsemer les émincés d'abricots et de dattes sur les fruits frais. Finir en saupoudrant le tout de pépites de pralines. Disposer quelques dés de beurre (facultatif).

~ Abaisser la pâte brisée, en un cercle de 2 à 3 mm d'épaisseur. Foncer la pâte dans le moule à tarte, en veillant à bien recouvrir toute la garniture et en repliant vers l'intérieur du moule les bords de la pâte brisée.

~ Mettre à cuire dans un four à 350 °F - 180 °C durant 30 à 35 min. La tarte est cuite lorsque la pâte brisée a une couleur bien dorée.

~ Sitôt la sortie du four, mettre un plat de service sur le plat à tarte et renverser la tarte en la retournant. Attention à ne pas vous brûler...

~ Astuce pour les gourmets : servir cette tarte tiède avec un coulis d'abricots ou bien chaude avec une boule de sorbet abricot ou de crème glacée rhum et raisins.

Bon appétit !

À PARAÎTRE
Tome 3

Dans la même collection

100 %

Imprimé sur du papier 100 % recyclé